Der Heilsbringer

Wilhelm J. Krefting lebt und arbeitet in Münster. Nach dem Abitur studierte er Politikwissenschaften und Journalistik und lebte einige Zeit in Australien, wo er für verschiedene deutsche und australische Zeitungen arbeitete.

Schreiben ist seine große Leidenschaft, und Krefting liebt es, seine vielfältigen Erlebnisse in spannende Geschichte zu gießen. Seine schriftstellerische Karriere begann der Autor 2013. Im Jahr 2016 veröffentlichte er mit »Aschekinder« seinen ersten Tolino Nr. 1 eBook-Bestseller.

W.J. KREFTING

DER HEILSBRINGER

THRILLER

Bibliografische Information der Deutschen Nationalbibliothek:
Die Deutsche Nationalbibliothek verzeichnet diese Publikation in
der Deutschen Nationalbibliografie; detaillierte bibliografische Daten
sind im Internet über dnb.dnb.de abrufbar.

Die automatisierte Analyse des Werkes, um daraus Informationen
insbesondere über Muster, Trends und Korrelationen gemäß §44b
UrhG („Text und Data Mining") zu gewinnen, ist untersagt.

Korrektorat: SW Korrekturen/Sybille Weingrill
Covergestaltung: 187designz/Alex Saskalidis
Buchsatz: BoD

Verlag: BoD – Books on Demand GmbH,
In de Tarpen 42, 22848 Norderstedt
Druck: Libri Plureos GmbH, Friedensallee 273, 22763 Hamburg

ISBN: 978-3-7597-2990-3

MIT DANK AN ALLE, DIE ZU DIESEM WERK
BEIGETRAGEN HABEN

Kapitel 1

Die Wirkung des letzten Schusses Heroin begann nach-
zulassen und ihr Körper war dabei, sich in einen einzigen
großen Schmerz zu verwandeln. Jede Bodenwelle, die der
Wagen ihres »Kunden« mitnahm, tat enorm weh. *Jetzt
Augen zu und durch. Wenn er mich bezahlt hat, gibt er mir
genug Kohle für einen neuen Schuss, dann ist alles wieder
in Ordnung und mein Körper bleibt für die nächsten paar
Stunden ruhig,* dachte sie. So ließ es sich besser aushalten.

Wie war sie nur hier gelandet? Früher hätte sie sich nie
vorstellen wollen, mal so zu enden. Jeden Tag nur damit
zu verbringen, dem Geld für den nächsten Schuss hinter-
herzurennen und dabei sogar ihren Körper zu verkaufen.
Es machte sie traurig, wenn sie darüber nachdachte. Wenn
sie high war, plagten sie wenigstens nicht diese ständigen
Gedanken über ihr Leben. Das war vielleicht der einzige
Vorteil der Droge.

Ihre Lider wogen schwer und sie versuchte sich beim
Blick aus dem Autofenster zu orientieren. Doch die Lichter
da draußen, die dazu noch von den Regentropfen auf der
Scheibe gebrochen wurden, waren so hell und blendeten
sie. Kraft, um die Augen zusammenzukneifen, hatte sie
nicht und so richtete sie ihren Blick nach unten. Der Turkey hatte sie eingeholt.

»Wo sind wir?«, lallte sie. Der Mann auf dem Fahrersitz

antwortete nicht. Wer er war? Egal. Sie konnte nicht mal sagen, ober er gut aussah oder nicht. Sein Gesicht war die ganze Zeit im Dunkeln gewesen und er trug ein Cappy. Er hatte sie im Voraus bezahlt und das war es, worauf es ihr hauptsächlich ankam.

»Wo fahren wir hin?«, wiederholte sie.

»Wir fahren zu mir. Habe ich doch gesagt. Da machen wir es uns gemütlich und dann bringe ich dich zurück«, antwortete er.

Bei einem Blick aus dem Fenster sah sie die Streben eines Brückenbogens vorbeisausen. Selbst in ihrem benebelten Zustand bemerkte sie, dass etwas nicht stimmte. Er hatte gesagt, dass seine Wohnung in der Innenstadt läge. Aber sie waren gerade auf dem Weg in die entgegengesetzte Richtung. Aus der Stadt raus, und zwar über den Kanal. *Er hat bestimmt nichts Gutes vor. Wenn er mich schon anlügt, verrät das viel über ihn. Ich muss hier raus.*

»Halt an, ich muss kotzen«, sagte sie plötzlich. Das war ihr Notfallplan, der bisher immer funktioniert hatte. Niemand wollte, dass eine Drogensüchtige ihm in sein Auto brach. Tatsächlich schien ihr Plan auch diesmal aufzugehen.

Verärgert seufzte er und setzte den Blinker. »Da vorne ist die Feuerwache. Da halten wir kurz an«, sagte er.

Er steuerte den Wagen in eine dunkle Ecke des Parkplatzes vor der Wache. Sie ging im Kopf noch mal ihren Fluchtplan durch. Dass die Feuerwehr direkt um die Ecke war, beruhigte sie. *Irgendjemand wird mich dort hören.* Ein Adrenalinstoß durchfuhr ihren Körper. Fast vergessen waren ihre Entzugserscheinungen. Der Wagen stoppte. Die Räder waren noch nicht ganz zum Stehen gekommen, da stieß sie die Tür auf und rannte los.

»Hilfe! Helft mir!«, schrie sie. Die Feuerwache schien unendlich weit weg und nicht näher zu kommen. Oben brannte Licht, die Wache war also schon mal besetzt. »Hilfe, er ist hinter mir her!«

Hastig drehte sie sich um. Der Mann hatte die Verfolgung aufgenommen. Und er war schneller. Verzweifelt versuchte sie, noch mehr aus ihren sich taub anfühlenden Beinen herauszuholen. Vergeblich. Ihre einzige Hoffnung bestand darin, dass jemand aus der Wache sie hören und ihr beistehen würde. Doch danach sah es im Moment nicht aus.

Sie hörte, wie der Mann hinter ihr laut fluchte, und drehte sich um. Er lag auf dem Boden, war auf dem nassen Asphalt ausgerutscht. *Das verschafft mir einige Sekunden.*

Sie erreichte die Eingangstür der Feuerwache und schlug mit aller Kraft gegen die Scheibe.

»Macht auf, bitte!«, flehte sie. Das Licht im Erdgeschoss der Feuerwache blieb aus, niemand hatte sie gehört. Sie versuchte es noch einmal.

Der Mann hatte sich offenbar bei seinem Sturz auf den harten Asphalt verletzt. Er humpelte, war langsamer, hielt aber immer noch direkt auf sie zu. Im Licht einer der Laternen auf dem Parkplatz erkannte sie, dass er nervös ins Obergeschoss schaute. *Na klar, wenn einer der Feuerwehrleute dich erwischt, musst du erst mal was erklären,* dachte sie. Aber dazu mussten die Leute da oben sie zunächst verdammt noch mal hören. Sie traf eine Entscheidung. *Ich muss versuchen, ihm zu Fuß zu entkommen. Ich bin zwar nicht die Schnellste, aber mit seinem lädierten Fuß habe ich vielleicht eine Chance.*

Die Feuerwache lag nur einen Steinwurf vom Kanal

entfernt. *Ich laufe einfach so weit wie möglich am Kanal entlang. Früher oder später werde ich auf jemanden treffen, der mir hilft.*

Direkt hinter der Feuerwache führte eine Böschung zur Uferpromenade hinab. Sie rutschte über das nasse Gras hinunter und landete in einer Matschpfütze.

Sie hatte keine Zeit, sich über ihre durchnässten Sachen den Kopf zu zerbrechen. Eigentlich nahm sie sie auch gar nicht richtig wahr. Einzig ihre Jeans, die jetzt schwer an ihren Beinen klebte, behinderte sie beim Laufen. *Er ist noch nicht oben an der Böschung angelangt, ich muss weiter. Aber gehe ich links-, der rechtsherum?* Sie entschied sich für Letzteres. *Jetzt nur noch hoffen, dass hier jemand auftaucht, der mir helfen kann.*

Der Regen wurde stärker. Er war noch immer nicht hinter ihr aufgetaucht. *Vielleicht habe ich ihn abgehängt.* Hoffnung keimte in ihr auf. Noch mehr, als sie in einiger Entfernung plötzlich die Umrisse eines Menschen sah. *Gott sei Dank.* Sie nahm noch einmal all ihre Kraft zusammen und rannte weiter.

»Helfen Sie mir, ich werde verfolgt!«, rief sie der Gestalt zu. Dann blieb sie abrupt stehen und stutzte einen kurzen Augenblick. *Es ist er! Verdammt. Er muss auf der anderen Seite der Feuerwache die Böschung runter … Wie ist er so schnell dorthin gekommen? Ist ja auch egal. Ich muss weg.*

Sie sprintete los in die entgegengesetzte Richtung. Auf dem nassen Schotter rutschte sie aus und landete auf dem Boden. Wie auf Autopilot rappelte sie sich wieder auf und rannte weiter. Immer wieder drehte sie ihren Kopf und sah im Augenwinkel, dass ihr Verfolger dicht hinter ihr war. Vor Entsetzen, dass er näher kam, stieß sie ein paar schrille

Schreie aus. Sie schlug einige Haken, was auf dem glatten Untergrund nicht so einfach war. Es half jedoch nichts. Bis auch ihr Verfolger ausrutschte und platschend in einer Pfütze landete. Ein fast euphorisches Gefühl überkam sie. *Jetzt nicht langsamer werden, das ist meine Chance. Soll ich wieder die Böschung hinaufkraxeln und es noch mal bei der Feuerwehr versuchen, oder lauf ich weiter am Kanal entlang?*

Sie entschied sich für den Kanal, ohne auf dem vor ihr liegenden, dunkler werdenden Abschnitt, der hinter der Brücke lag, den Boden noch richtig zu erkennen. Unter der Brücke war es trocken, dahinter fielen die kalten Regentropfen wieder in ihr Gesicht, platschten ihre Füße durch die Pfützen. Ihr Verfolger hatte sich wohl wieder berappelt, sie hörte seine Schritte unter der Brücke hallen. *Da habe ich mich zu früh gefreut, aber …* Sie konnte den Gedanken nicht zu Ende führen. In der Dunkelheit tauchte am Kanalufer ein großer Doppelpoller vor ihr auf. Sie sah ihn viel zu spät und stolperte darüber. Noch bevor ihr klar wurde, dass sie den Sturz nicht mehr abfangen konnten, schlug sie mit dem Kopf auf einem der Poller auf und es wurde dunkel um sie herum.

Ihr schlaffer Körper rollte vom Poller herunter und blieb in einer Pfütze, nur wenige Zentimeter vor der Spundwand des Kanals, liegen. Ihr Verfolger näherte sich langsam und beäugte sie kritisch.

»Hey du!«, rief er. Er trat mit seinem Fuß gegen ihren Körper, der sich sanft bewegte. Er beugte sich zu ihr hinunter und legte seinen Finger auf ihre Halsschlagader. Die Haut war noch warm, doch er fühlte keinen Puls. Außerdem lag sie mit dem Gesicht nach unten in einer

Pfütze, weshalb sie, wenn sie der Sturz auf den Kopf nicht umgebracht hatte, inzwischen wohl schon ertrunken wäre.

»So eine Scheiße«, fluchte er leise. *Was soll ich denn jetzt noch mit dir anfangen?*

Eine Weile schaute er auf ihren leblosen Körper hinab. Vielleicht bewegte sie sich ja doch noch. Das würde ihm jedenfalls eine Menge Aufwand ersparen. Als er sich sicher war, dass sie nicht mehr aufstehen würde, fing er an, sich Gedanken darüber zu machen, wie er die Leiche der Frau entsorgen sollte. *Nach oben zu meinem Auto schleifen und sie dann irgendwo in den Wald bringen? Nein, zu gefährlich. Ich könnte sie einfach hier liegen lassen und dann abhauen.* Dann kam ihm eine bessere Idee. Er ging in die Hocke, packte die Fußgelenke der Frau und drehte ihren Körper so, dass die Beine die Spundwand hinunterhingen. Jetzt brauchte er nur noch sanft gegen ihre Schultern zu treten und ihr Körper glitt hinunter in den Kanal. Er landete platschend auf der Wasseroberfläche und trieb sogleich, wippend wie ein Korken, davon. Zwischen all den Regentropfen war er in der Dunkelheit schon bald nicht mehr zu erkennen. Dann gab es nur noch ihn, das sanfte Plätschern des Regens und seinen Plan, den er nun etwas würde anpassen müssen.

Kapitel 2

Die Sonne stand tief und Thomas hob die Hand vors Gesicht, damit er nicht geblendet wurde. Um diese Uhrzeit waren zum Glück noch nicht viele Menschen am Aasee unterwegs und er konnte trotz eingeschränkter Sicht gefahrlos laufen.

Das Thermometer zeigte heute Morgen fünfzehn Grad an, zu warm für einen November. Thomas schwitzte, was in den Jahren zuvor so spät im Herbst nie vorgekommen war. Trotzdem genoss er die Runde, die einen schönen Start in seinen freien Tag darstellte.

Er war schon länger nicht mehr laufen gewesen und seine Kondition ließ laut der App auf seinem Handy, das zuverlässig den zu hohen Puls anzeigte, ein wenig zu wünschen übrig. *Ich habe zu wenig Zeit, um Sport zu machen. Ich arbeite zu viel. Aber der Personalmangel zwingt mich nun mal dazu,* rechtfertigte Thomas sich vor sich selbst. Auch wenn er wusste, dass er immer eine Ausrede fand, wenn er mal keine Lust zum Sporteln hatte.

Thomas versuchte wieder, seinen Kopf auszuschalten, als sein Telefon plötzlich in der Brusttasche vibrierte. Er wollte es ignorieren, aber es hörte selbst nach einer Minute nicht auf, weshalb er genervt stehen blieb und das Handy aus der Tasche zog. Seufzend stellte er fest, dass der Name seines Vorgesetzten, Wilfried Deuter, auf dem

Display aufleuchtete. Kurz spielte er mit dem Gedanken, seinen Chef wegzudrücken. Schließlich nahm er den Anruf jedoch entgegen.

»Hallo, Deuter hier. Entschuldigung für die Störung.« Thomas merkte an seiner Stimme, dass es Deuter unangenehm war, ihn an seinem freien Tag in dienstlichen Belangen zu kontaktieren. »Ich hätte Sie nicht angerufen, wenn es nicht dringend wäre. Sie wissen ja, die Personaldecke ist mehr als dünn. Gerade jetzt im November ist der Krankenstand immer besorgniserregend hoch. Herr Herold, Sie sind meine letzte Hoffnung.«

»Ich springe immer gerne ein, das wissen Sie doch. Was ist denn passiert?«, fragte Thomas.

»Heute Morgen wurde in Greven eine Frauenleiche gefunden«, erklärte Deuter.

»Wie ist die Frau gestorben?«

»Das wissen wir noch nicht. Fremdeinwirkung kann aber nicht ausgeschlossen werden«, antwortete Deuter.

»Greven liegt im Kreis Steinfurt. Ist das nicht eher ein Fall für die Kollegen dort? Wenn wir schon in Münster eine so angespannte Personalsituation haben, müssen wir doch nicht auch noch bei den Nachbarn aushelfen«, sagte Thomas.

»Prinzipiell haben Sie recht. Die Frau ist allerdings vermutlich in Münster ums Leben gekommen, deshalb kommen wir ins Spiel. Alles Weitere werden Ihnen die Kolleginnen und Kollegen von der Kriminaltechnik erklären, sie sind schon vor Ort«, antwortete Deuter.

Nachdem sein Chef ihm den Standort des Leichenfunds auf sein Handy geschickt hatte, machte Thomas sich auf den Weg nach Hause ins Südviertel Münsters.

Die heiße Dusche fühlte sich bei diesen Temperaturen

gar nicht so schön an wie sonst im Winter, Thomas beeilte sich dementsprechend und machte sich alsbald auf den Weg nach Greven.

Die Fahrt dorthin dauerte keine halbe Stunde und das Handy führte ihn zuverlässig an den Fundort der Leiche, der dank der Streifenwagen schon von Weitem zu erkennen war.

Thomas stellte sein Auto unweit des rot-weißen Flatterbands ab und wurde von den uniformierten Kollegen kritisch beäugt, bis er seinen Dienstausweis vorzeigte und passieren durfte.

Vier Mitarbeiter von der kriminaltechnischen Untersuchung aus Münster wuselten in ihren weißen Schutzanzügen um eine Stelle am Ufer des Kanals herum, auf deren Höhe ein Boot der Wasserschutzpolizei festgemacht war. Thomas freute sich, bekannte Gesichter zu sehen. Insbesondere mit dem Teamleiter der Kriminaltechnik, Horst Maurer, hatte er bereits oft zusammengearbeitet. Thomas schüttelte Maurer zur Begrüßung die Hand. Jetzt sah er auch die Frauenleiche, die etwas abseits lag.

»Wilfried Deuter hat mir gesagt, sie hätten weitere Informationen zum Leichenfund für mich«, sagte Thomas.

»Was wissen Sie denn schon?«, fragte Maurer.

»Im Prinzip nur, dass es sich um eine Frau handelt, die höchstwahrscheinlich in Münster ums Leben kam. Wobei noch nicht ganz klar sein soll, ob sie ermordet wurde. Aber ich komme natürlich gern an meinem freien Tag hierher«, sagte Thomas mit ein wenig Ironie.

Maurer wusste Thomas' Humor zu nehmen und grinste. »Wie auch immer«, begann er. »Heute Morgen hat ein Spaziergänger ein Stück weiter stromaufwärts etwas

Eigenartiges im Wasser treiben sehen, das aussah wie ein Körper, und die 110 gewählt. Die Wasserschutzpolizei Münster hat sich umgehend auf den Weg gemacht und den Kanal abgesucht. Es stellte sich heraus, dass der Spaziergänger tatsächlich einen Körper gesehen hatte, denn die Kollegen haben die Frau dort aus dem Wasser gezogen.« Maurer deutete auf die tote Frau, die gerade von seinem Team fotografiert wurde.

»Wie können Sie wissen, dass sie in Münster gestorben ist?«, fragte Thomas.

»Ausgehend von ihrer Körperkerntemperatur, der Wassertemperatur des Kanals und der Abkühlungsrate können wir mit relativer Sicherheit sagen, dass sie seit etwa zwölf Stunden tot ist. Wenn wir noch die Fließgeschwindigkeit des Wassers im Kanal zugrunde legen, wissen wir, dass die Frau in Münster ins Wasser gefallen ist. Oder geworfen wurde. Das herauszufinden ist Ihre Angelegenheit«, erklärte Maurer.

»Das ist wohl so«, antwortete Thomas. »Dazu brauche ich aber noch mehr Informationen.« Er ging in die Hocke und betrachtete das Gesicht der Toten. »Das ist die erste Wasserleiche, mit der ich es zu tun habe. Müsste der Körper nicht aufgequollen sein?«

Maurer schüttelte den Kopf. »Dazu lag er nicht lang genug im Wasser.«

»Mmh«, brummte Thomas und betrachtete die Leiche vom Kopf bis zu den Füßen. »Was ist denn das da?« Er zeigte auf eine dunkle Stelle am Kopf der Frau.

Maurer schob die nassen Haare zur Seite. »Das ist ein Hämatom. Ein ziemlich großes sogar. Oberhalb der Stirn ist auch eine Platzwunde, sehen Sie?«

»Ja. Ist sie an der Verletzung gestorben oder ist sie ertrunken?«, fragte Thomas.

»Ich möchte mich jetzt noch nicht festlegen«, antwortete Maurer. »Ohne Obduktion kann ich nichts Genaueres sagen. Aber generell kann man sagen, dass der Tod durch Ertrinken unter anderem durch Schaum vor Mund und Nase gekennzeichnet ist. Der Schaumpilz entsteht nur, wenn die Person im Wasser zum Zeitpunkt des Ertrinkens weder tot noch bewusstlos war. Dieser Pilz fehlt hier, weshalb ich vermute, dass die Frau post mortem ins Wasser geworfen wurde. Oder gefallen ist. Unser Vorteil ist auf jeden Fall, dass sie noch nicht so lange im Wasser lag. Je länger eine Leiche im Wasser liegt, desto schwieriger wird eine exakte Ermittlung der Todesumstände.«

Thomas stimmte Maurer zu. »Da ist etwas in der Hosentasche. Darf ich?«

Maurer nickte. »Warten Sie. Lassen Sie mich das machen, ich habe Handschuhe an.« Maurer zog den Gegenstand aus der Tasche der Frau. Es war ein kleines Mäppchen, offenbar ein Schlüsseletui. Maurer öffnete den Reißverschluss. Schlüssel fand er nicht, dafür sechzig Euro in Scheinen, Kleingeld und zwei Kondome.

»Geld ist noch da, ich gehe mal davon aus, dass es sich nicht um Raubmord gehandelt hat. Außerdem weiß jeder, dass bei einer Drogensüchtigen nicht viel zu holen ist«, vermutete Maurer und zeigte auf eindeutige Einstichlöcher entlang der Halsschlagader der Frau, die er in diesem Moment wahrnahm.

Thomas widersprach. »Sagen Sie das nicht. Es gibt eine Menge Junkies, die sich für eine Zigarette umbringen würden. Wenigstens weiß ich jetzt, dass ich im Milieu mit der Befragung beginnen muss, das ist doch schon was.«

»Ich kann Ihnen sogar noch genauer sagen, wo Sie mit der Befragung beginnen können«, sagte Maurer und zog eine Karte aus dem Schlüsseletui. »Der Personalausweis ist zwar schon seit einem Jahr abgelaufen, aber vielleicht hilft Ihnen die Adresse darauf ja weiter.«

Thomas schaute sich den Ausweis an. Dem Foto nach zu urteilen war es tatsächlich der Ausweis der Frau. »Astrid Semmler. Fünfundzwanzig Jahre.« Er warf einen weiteren Blick auf die Leiche. »Es ist traurig, wenn man sieht, was Drogen mit dem Körper machen. Ich hätte sie locker zehn Jahre älter geschätzt«, sagte er.

Trotz der nachdenklichen Töne freute Thomas sich, denn der unerwartete Fund des Ausweises stellte für ihn eine große Arbeitserleichterung dar. Natürlich nur in dem Fall, dass unter der Adresse noch die Familie des Opfers oder ein Partner anzutreffen war. Mit dem Handy machte Thomas ein Foto von dem Ausweis. »Bitte halten Sie mich über das Ergebnis der Obduktion auf dem Laufenden«, sagte Thomas.

»Das mache ich, wir bringen den Leichnam gleich direkt in die Rechtsmedizin«, antwortete Maurer.

Thomas benötigte kein Navigationssystem, um zur Adresse in der Kettelerstraße zu gelangen, die in Münsters Kreuzviertel lag. Es handelte sich um eine traditionell eher schicke Wohngegend, die architektonisch von ansehnlichen Häusern im Stil der Gründerzeit geprägt war.

Auch unter der Adresse der Familie Semmler fand Thomas eine Villa aus der entsprechenden Epoche. Das

Grundstück war mit einem gusseisernen, hohen Zaun befriedet und war ziemlich groß, weshalb Thomas lieber noch mal sicherging, dass es sich tatsächlich um die richtige Hausnummer handelte.

Am Eingangstor befand sich eine Kamera. Thomas klingelte und fühlte sich sogleich beobachtet.

»Wer sind Sie?«, fragte eine Frauenstimme schüchtern durch die Gegensprechanlage.

»Guten Tag, mein Name ist Thomas Herold von der Kriminalpolizei Münster. Dürfte ich bitte reinkommen?«

Nach einer langen Stille summte das Tor und Thomas trat ein.

Der Vorgarten erschien sehr gepflegt. Kein bisschen Moos war auf dem Rasen zu sehen und der gepflasterte Weg zum Haus frei von jeglichem Unkraut. Auf halbem Weg durch den Vorgarten öffnete sich die Haustür, doch es war kein Mensch zu sehen. Erst als er die paar Stufen hinauf zum Türabsatz erklomm, zeigte sich eine Frau. Sie versteckte sich hinter der Tür und wirkte verunsichert, als sie Thomas ins Wohnzimmer führte. Ihr Mann, der dort bereits wartete, war scheinbar das genaue Gegenteil. Er grüßte nur knapp, ohne die Zähne auseinanderzubekommen, und befahl Thomas barsch, auf dem Sofa Platz zu nehmen.

»Was führt Sie hierher?«, fragte er mit versteinerter Miene, während seine Frau, die wohl bereits ahnte, dass der Besuch aus keinem erfreulichen Anlass erfolgte, sich langsam in einen Sessel sinken ließ.

»Sind Sie die Eltern von Astrid Semmler?«, fragte Thomas, um noch einmal sicherzugehen, dass er hier richtig war.

»Was hat sie denn jetzt schon wieder angestellt?«, blaffte Herr Semmler den Kriminalkommissar an.

Sogleich erntete er einen bösen Blick von seiner Frau. »Ich habe dir schon tausendmal gesagt, dass du nicht immer so aggressiv reagieren sollst, wenn es um Astrid geht«, sagte sie.

»Wie soll ich denn deiner Meinung nach reagieren? Das Mädchen hat uns doch wahrlich schon genug Sorgen bereitet, oder findest du nicht?«, erwiderte Herr Semmler.

»Wir haben schon x-mal darüber gesprochen: Astrid hat einfach Pech gehabt. Wenn wir nur einen Zugang zu ihr finden, können wir sie wieder auf die richtige Bahn bringen. Dann musst du allerdings aufhören, bei allem abzublocken und sie immer als die Drogensüchtige zu brandmarken, wenn wir mit ihr oder über sie sprechen«, sagte Frau Semmler.

Thomas erkannte, dass das Thema ihrer Tochter ein sehr sensibles war. Zu Recht. Und auch wenn er viele hilfreiche Informationen aus dem Gespräch der Eltern zog, entschied er, sie zu unterbrechen. »Herr und Frau Semmler, ich muss Ihnen mitteilen, dass wir Ihre Tochter heute Morgen tot aufgefunden haben.«

Eine lange Stille herrschte im Wohnzimmer.

»Was meinen Sie mit ›tot aufgefunden‹?«, fragte Frau Semmler schließlich. Ihr Mann und sie hörten andächtig zu, als Thomas berichtete, was passiert war. Währenddessen setzte Herr Semmler, der eigentlich sehr distanziert war, sich hinüber zu seiner Frau auf die Lehne des Sessels und nahm sie in den Arm. Sie weinte bitterlich, während Herr Semmler jegliche Gefühlsregung zu unterdrücken versuchte. Das ging so lange gut, bis Thomas fertig war mit seinen Ausführungen und auch Herr Semmler schließlich in Tränen ausbrach. Das wiederum verwunderte offenbar seine Frau so sehr, dass sie wiederum aufstand und ihren Mann umarmte. Es dauerte minutenlang, bis Thomas wieder mit den beiden sprechen konnte.

Thomas kannte das Ehepaar nicht, doch augenscheinlich passierte hier gerade ein Paradoxon, das er schon während vieler ähnlicher Situationen erlebt hatte: Der Tod eines Familienangehörigen schweißte den Rest der Familie noch enger zusammen.

»Wenn sie umgebracht wurde, versprechen Sie mir, dass Sie das Schwein finden«, sagte Herr Semmler schließlich.

»Wir ermitteln in alle Richtungen«, antwortete Thomas so diplomatisch wie möglich. »Sind Sie in der Lage, mir ein paar Fragen zu beantworten?«, fragte er.

Frau Semmler nickte.

»Sie haben gerade angedeutet, dass Ihre Tochter auf die schiefe Bahn geraten ist. Wenn ich mir Ihre Lebensverhältnisse so anschaue, ist es für mich schwer vorstellbar. Sie kam ja ganz offensichtlich aus gutem Hause. Wie ist das passiert?«, fragte Thomas.

»Tja, wenn das manchmal so einfach zu erklären wäre. Im Prinzip haben Sie recht. Wir haben immer alles getan, unsere Tochter so gut es ging auf das Leben vorzubereiten. Wir haben ihr alles ermöglicht. Schüleraustausche, Reisen, ein Pferd. Es sollte Astrid an nichts fehlen. Vor allem aber wollten wir ihr eine gute Ausbildung ermöglichen. Damit sie Juristin werden kann. Sie sollte doch mal Herberts Anwaltspraxis übernehmen«, erklärte Frau Semmler.

»Und dann hat sie ein Studium angefangen?«, hakte Thomas nach.

»Genau, hier in Münster. Eigentlich wollte sie raus aus Münster und in einer Stadt irgendwo weiter weg ihr Studium aufnehmen. Aber das kam nicht infrage. Sie hätte es doch so gut haben können hier. Sie hätte hier bei uns im Haus wohnen, mit dem Fahrrad zur Uni fahren und sich ganz aufs Studium konzentrieren können. Ohne Stress, eine Wohnung in einer fremden Stadt zu finden. Aber sie wollte es ja anders haben«, sprang Herr Semmler ein.

»Das müssen Sie mir erklären. Sie haben doch gerade gesagt, dass Ihre Tochter in Münster studiert hat. Ist sie nun woandershin gegangen oder nicht?«, fragte Thomas.

»Sie hat letztendlich an der Wilhelms-Uni in Münster studiert. Aber sie hat auf dem Kompromiss bestanden, dass sie nicht zu Hause wohnt, sondern sich eine WG suchen darf, in die sie einzieht. Das hat sie auch gemacht. Sie hat mit zwei anderen jungen Frauen in der Kanalstraße gewohnt«, erklärte Frau Semmler.

»Oh, das ist nicht weit von hier. Das hat Sie bestimmt gefreut«, bemerkte Thomas.

»Das hat es am Anfang auch. Nur danach stellten sich Astrids Mitbewohnerinnen als absolute Katastrophe heraus. Sie haben nur gefeiert, getrunken und was weiß ich was gemacht. Als wir eines Tages zu Besuch waren, haben wir sogar Gras in der Küche gefunden. Das war der Tropfen, der das Fass zum Überlaufen gebracht hat. Ich habe Astrid gesagt, dass sie mit einer Vorstrafe wegen Drogenbesitzes ihre Karriere als Anwältin direkt vergessen kann«, erinnerte sich Herr Semmler, seufzte und machte eine Pause.

»Und weiter?«, hakte Thomas nach.

»Dann machte sie komplett zu und hat sich gar nichts

mehr sagen lassen. Ich hatte den Eindruck, als wäre sie nur noch im Trotz-Modus unterwegs. Sie muss irgendwann angefangen haben, härtere Drogen zu nehmen. Zumindest gehe ich davon aus, da sie immer, wenn wir sie gesehen haben, benebelt wirkte. Ihre Leistungen im Studium wurden immer schlechter und irgendwann ist sie gar nicht mehr zur Uni gegangen, sondern hing nur noch in ihrem Zimmer rum. Dann haben wir ihr ein Ultimatum gestellt: Entweder sie ändert ihr Leben und lässt sich helfen, oder wir bezahlen ihre Miete nicht mehr. Das mag für Sie vielleicht brutal klingen, aber wir wussten keinen anderen Ausweg mehr. Wissen Sie, das war so ärgerlich, ich habe doch die besten Kontakte. Zu Psychologen und Psychiatern und so weiter. Sie hätte doch nur was sagen müssen, dann hätten die ihr helfen können. Aber sie wollte nicht«, bedauerte Herr Semmler.

»Wann war das mit dem Ultimatum?«, fragte Thomas.

»Vor etwa zwei Jahren.«

»Ich schätze, sie ist nicht darauf eingegangen?«, fragte Thomas.

»Nein, nicht wirklich. Sie hat an genau einer Sitzung eines befreundeten Psychiaters teilgenommen, das wars. Vom einen auf den anderen Tag ist sie dann quasi aus der WG ausgezogen. Ihre Mitbewohnerinnen wollten uns nicht sagen, wohin sie gegangen ist. Wir haben natürlich sofort Ihre Kollegen von der Polizei eingeschaltet. Es hat nur einen Tag gedauert, bis sie sie gefunden haben. Auf der Straße. Am Bremer Platz hinterm Bahnhof. Mit ihren Junkie-Freunden.« Herr Semmler machte eine Pause und atmete durch. »Ich sage Ihnen, dass es sehr schwer ist, als Vater so was mitansehen zu müssen. Ich meine den

Totalabsturz der eigenen Tochter. Wie auch immer. Astrid hat sich mit Händen und Füßen gewehrt, zu uns nach Hause zu kommen. Die Polizei war machtlos, Astrid ist ja volljährig. Oder sie war es. Aber nun ist das alles auch egal. Das Kapitel ist wohl abgeschlossen.« Herr Semmler und seine Frau begannen wieder zu weinen.

Thomas hatte selbst keine Kinder und versuchte sich so eine Situation auch gar nicht vorzustellen, wie es sich anfühlen musste, einen Menschen zu verlieren, den man wohl am meisten liebt. »Ich gehe mal davon aus, dass Sie nicht wissen, wer Ihrer Tochter etwas antun wollte. Falls es sich um eine absichtliche Tötung handelt«, fragte Thomas vorsichtig.

Frau Semmler schüttelte den Kopf. »Wir kennen uns in der Szene absolut nicht aus und wollten auch nie etwas mit so Menschen zu tun haben. Wir wissen weder, mit wem Astrid Kontakt hatte, noch was sie sonst so getrieben hat.«

»Verstehe«, entgegnete Thomas. »Ich werde Sie informieren, sobald ich nähere Informationen zur Todesursache Ihrer Tochter habe.«

Kapitel 3

Er stellte den Wagen so ab, dass man ihn nicht sofort sehen konnte, er aber dennoch einen guten Blick auf den Bremer Platz hatte. *Ja, hier ist es gut, ich stehe nicht einmal im Halteverbot,* befand er.

Wie er es hasste, zu improvisieren. *Aber warum musste die Schlampe gestern auch wegrennen. Es war doch ihre Schuld, dass sie sterben musste, nicht meine,* ging ihm durch den Kopf. *Zum Glück gibt es von ihrer Sorte genug hier. Trotzdem: Ich muss mein gesamtes Vorgehen ändern. Ich muss vorsichtiger sein. Nicht auszudenken, wenn gestern Nacht am Kanal jemand der Frau geholfen hätte. Ja, ich brauche einen neuen Plan.*

Er lehnte sich zurück und ließ sich in den Fahrersitz sinken. Nur einen Steinwurf vom Ende seiner Motorhaube entfernt stand eine Gruppe von fünf augenscheinlich Heroinsüchtigen. Zwei von ihnen schwankten auf der Stelle und unterhielten sich laut über belangloses Zeug, das zwei andere sehr lustig fanden. Jedenfalls lachten sie mit ihren fast zahnlosen Mündern und ihren verrauchten Stimmen so laut, dass er es durch das geschlossene Fenster der Fahrertür hören konnte. Die Droge hatte offensichtlich ihren Tribut gefordert und den körperlichen Verfall der beiden Männer beschleunigt. *Was für ein erbärmliches, sinnloses Leben ihr doch führt, aber für meine Zwecke genügt es,* dachte er. Für diese Art von Menschen empfand er tatsächlich nichts als tiefe Verachtung.

Dann fiel sein Blick auf die fünfte Person. Es war eine Frau und sie saß als Einzige aus der Gruppe auf einer Bank und zog an einer Zigarette. Oder an sonst etwas. Er benötigte nur wenige Momente, um zu wissen, dass es sie war, die er wollte. Die nächsten Minuten, in denen sein Blick nicht von ihr wich, bestätigten den ersten Eindruck nur.

Sie war ein Junkie, zweifelsohne, doch irgendetwas an ihr zog ihn in ihren Bann. *Dich werde ich mitnehmen, ganz bestimmt.*

Etwa eine Stunde lang beobachtete er sie. Bis sie plötzlich von der Bank aufstand und auf seinen Wagen zukam. *Was? Das kann doch nicht sein.* Er versank noch tiefer in den Sitz. *Vielleicht sieht sie mich ja nicht.*

Tatsächlich beachtete sie ihn nicht, sondern passierte das Fahrzeug nur. Er verrenkte sich den Kopf, um zu sehen, wohin sie ging. Die Frau verschwand in einer Gaststätte an der Schillerstraße mit dem Namen »Masematte«. Ein paar Minuten später kam sie mit nassen Händen, die sie an ihrer Hose abwischte, wieder heraus. Jetzt wurde ihm klar, was sie in der Kneipe gewollt hatte: Einige Gastronomen in Münster rund um den Bremer Platz boten Obdachlosen beziehungsweise Drogensüchtigen die kostenlose Benutzung ihrer Toilette an. Das mochte vielleicht selbstlos klingen, hatte aber einen praktischen Zweck, denn auf diese Weise verrichteten die Junkies ihr Geschäft nicht in den Büschen nahe der Lokalität oder direkt davor und vergraulten damit die Gäste.

Er hatte noch nicht gewusst, dass auch die »Masematte«

diese Übereinkunft mit den Obdachlosen hatte. Doch es freute ihn, denn in diesem Moment kam ihm eine Idee, ein Einfall für einen neuen Plan, der weitaus sicherer war als der von gestern.

Plötzlich stockte ihm der Atem. Er ließ sich so tief in den Fahrersitz sinken, dass er nur noch so gerade aus dem Fenster schauen konnte. Schuld daran war ein Mann, der zielstrebig den Bremer Platz betrat und offensichtlich nicht dorthin gehörte. *Der hat das Wort »Bulle« doch schon auf der Stirn stehen,* dachte er und versuchte, von seiner unbequemen Position auf dem Sitz aus zu erkennen, welche Richtung der vermeintliche Polizist einschlug. Er hatte ihn aus den Augen verloren.

Nachdem er hektisch den Kopf verrenkte, um ihn doch noch zu entdecken, wurde ihm die Situation schnell zu heikel. *Ich darf auf keinen Fall riskieren, entdeckt zu werden. Ich komme heute Abend in Ruhe wieder,* dachte er und startete den Wagen. Im Schritttempo, ohne viel Aufmerksamkeit zu erregen, lenkte er den Wagen über die Wolbecker Straße davon.

Kapitel 4

Die meisten Menschen mieden den Bremer Platz in Münster. Die Angst, von Drogensüchtigen angepöbelt, bespuckt oder ausgeraubt zu werden, hielt sie davon ab, den Platz hinterm Hauptbahnhof zu betreten.

Thomas hingegen fühlte sich immer recht sicher, wenn er hier unterwegs war. Das lag zum einen daran, dass die Leute ihn hier aufgrund seiner häufiger vorkommenden Anwesenheit bereits als Polizist kannten und ihn somit in Ruhe ließen, um sich keinen Ärger einzuhandeln. Zum anderen aber auch daran, dass Thomas stets eine Waffe bei sich trug, die er im Notfall als Meinungsverstärker einzusetzen wusste.

Thomas musste daran denken, dass der Großteil der Münsteraner es gut gefunden hätte, wenn die Stadt den Bremer Platz dem Erdboden gleichmachen und dieses Sammelbecken gescheiterter Existenzen endlich beseitigen würde. Entsprechende Pläne waren schon oft diskutiert worden. Die Erkenntnis, dass man das Problem der Drogenszene damit jedoch lediglich verlagern und Gefahr laufen würde, dass Drogensüchtige sich dann Orte in der Nähe – womöglich Wohngebiete oder Spielplätze – aussuchen würden, hatte die Verantwortlichen zurück auf den Boden der Realität geholt.

Thomas erkundigte sich bei mehreren der auf dem

Platz verteilten Anwesenden nach Astrid Semmler. Alle verwiesen ihn auf ihre engeren Freunde an der Bank an der Begrenzung des Platzes zur Schillerstraße.

Als Thomas zur Gruppe stieß, die aus vier Männern und einer Frau auf der Bank bestand, wurde er skeptisch angeschaut. Zwei der Männer hatten offenbar gerade Heroin konsumiert und kaperten herum.

»Thomas Herold, Kripo Münster. Können Sie mir weiterhelfen?«, fragte er.

»Was willst du, Bulle? Wir haben nichts gemacht«, bemerkte einer der zugedröhnten Männer und Thomas wunderte sich, dass er überhaupt noch imstande war, einen deutlich artikulierten Satz hervorzubringen. Die Frau auf der Bank schien die Einzige zu sein, mit der man reden konnte. Jedenfalls ergriff sie das Wort und beruhigte ihren Kumpel.

»Ralli, komm runter.« Sie schaute ihn ernst an und er riss sich zusammen. »Was ist denn los?«, wandte sie sich schließlich an Thomas.

»Sagt Ihnen der Name Astrid Semmler etwas?«, fragte Thomas.

»Natürlich. Sie ist meine beste Freundin. Ich habe sie heute allerdings noch nicht gesehen. Kommt vielleicht gleich noch.«

Thomas hielt es für besser, das Gespräch unter vier Augen fortzuführen, und nahm die Frau zur Seite. Ihr Name war Julia Buschkowsky, wie er erfuhr.

»Was machen Sie denn für einen Aufstand?«, fragte Julia.

»Ich muss Ihnen leider mitteilen, dass Astrid gestern Abend ums Leben gekommen ist.« Thomas erkannte Unglauben in Julias Augen.

»Wieso ums Leben gekommen? Das kann doch nicht sein«, stammelte sie.

»Sie wurde heute Morgen in Greven aus dem Kanal gezogen.«

Julia taumelte und setzte sich auf den kalten Boden, wo sie in Tränen ausbrach. »Warum muss immer jeder von mir gehen, mit dem ich eine Freundschaft aufbaue?«, schluchzte sie. »Das war schon immer so. Bin ich irgendwie verflucht oder so?«

»Kommen Sie, Sie erkälten sich.« Thomas half Julia auf die Beine. Es dauerte nicht lang, bis sie sich wieder fasste. *Das Leben auf der Straße härtet ab,* schoss es Thomas durch den Kopf.

»Ich habe Astrid gesagt, dass sie nicht zu dem Typen ins Auto steigen soll. Irgendwie hatte ich ein schlechtes Gefühl«, sagte Julia und wischte sich eine Träne von der Wange.

»Astrid hat sich prostituiert?«, fragte Thomas.

Julia nickte. »Irgendwann macht man alles, um an Geld für Stoff zu kommen«, sagte Julia.

»Verstehe. Was war denn das für ein Mann?«

»Ich habe ihn nicht gesehen. Ich saß hier auf der Bank. Sie war vorne am Bahnhof und kam nur kurz vorbei, um mir Bescheid zu sagen, dass sie noch arbeiten muss.«

»Haben Sie denn das Auto gesehen? Oder Ihre Freunde vielleicht?«, hakte Thomas nach.

Julia schüttelte den Kopf. Leider konnte Thomas keine weiteren brauchbaren Informationen aus Astrids Freundin herausbekommen. »Melden Sie sich, wenn Ihnen noch etwas einfällt«, sagte Thomas und gab ihr seine Karte.

»Ich habe leider kein Handy. Aber Sie können gern

zwischendurch vorbeischauen. Sie wissen ja, wo Sie mich finden. Meistens auf der Bank da drüben«, antwortete Julia und ging zu ihren Freunden zurück. Thomas konnte hören, wie sie vor Verwunderung und Trauer aufschrien, als Julia ihnen die Nachricht vom Tod Astrids überbrachte.

Es dauerte etwa eine halbe Stunde, bis Thomas alle anderen auf dem Bremer Platz befragt hatte. Die einzigen brauchbaren Informationen, die er erfahren hatte, waren die, dass Astrid sich gelegentlich prostituierte und sie gestern Nacht zu einem Unbekannten ins Auto gestiegen war. *Das ist nicht viel, aber immerhin bin ich ein bisschen schlauer als vorher,* dachte er und fuhr zurück aufs Präsidium. Unterwegs kam ihm eine Idee.

Kapitel 5

Auf der Straße, insbesondere unter Drogenabhängigen, galt das Gesetz, dass sich selbst jeder der Nächste war. Man musste halt sehen, wo man bleibt. Das bedeutete jedoch natürlich nicht, dass man den Tod einer »Kollegin« nicht betrauerte. Julia Buschkowsky und all die anderen auf dem Bremer Platz hatten sich für heute Abend zu einer Abschiedsfeier für Astrid unter freiem Himmel verabredet, die erwartungsgemäß dabei war, in ein großes Besäufnis auszuarten.

Bald war der eigentliche, traurige Anlass, aus dem sich die Feiernden versammelt hatten, vergessen und es wurde nur noch darüber gesprochen, wer die nächste Runde Dosenbier besorgt.

Einzig Julia saß auf ihrer Bank und dachte über das Leben nach. Um den negativen Gedanken nicht zu viel Raum zu geben, versuchte sie sie zwischendurch mit einem Schluck Wodka-Lemon zu betäuben, was nur bedingt funktionierte. Sie wusste nicht, wie viel von dem Zeug sie schon getrunken hatte, jedenfalls drückte ihre Blase bereits merklich.

»Ich geh mal kurz aufs Klo«, kündigte sie an und machte sich auf den Weg in die »Masematte«.

Von der Schillerstraße neben dem Bremer Platz aus wurde die Trauerfeier für Astrid von ihm genauestens beobachtet.

Er wollte sich gar nicht ausmalen, was passierte, wenn die Junkies erfuhren, dass er in gewisser Weise für ihren Tod verantwortlich war. Irgendwie reizte ihn die Vorstellung dann aber doch. Bis er sich wieder auf das konzentrierte, warum er eigentlich hier war. Er schaute auf die Bank, wo Julia noch immer saß und er sich fragte, warum sich nie einer von den anderen zu ihr setzte. *Das muss an deiner Aura liegen. Sonst hättest du mich nicht so in deinen Bann gezogen. Aber der Tod von der anderen scheint dich echt mitzunehmen. Sei nicht traurig, Kleines, ich gebe dir etwas, das dich glücklich machen wird*, dachte er.

Unvermittelt stand Julia auf und überquerte die Schiller-straße. Jetzt gehst du aufs Klo in die »Masematte«. Mein Einsatz. Er stand in sicherem Abstand zum Kneipenein-gang und verhielt sich so unauffällig es ihm möglich war. Doch selbst aus dem Augenwinkel konnte er sehen, dass Julia beim Gehen schwankte. *Das wird es einfacher für mich machen,* schoss es ihm durch den Kopf. Als er sicher war, dass sie in der Kneipe verschwunden war, schaute er sich um und folgte ihr. Er zog sein Cappy tiefer ins Ge-sicht und stellte den Jacken-Kragen auf, bevor auch er die Gaststätte betrat.

Der Innenraum der »Masematte« wirkte sehr urig und war von Eichenholz dominiert. In der Mitte stand eine Thekeninsel, um die ein paar Männer auf Barhockern saßen und sich an ihren Biergläsern festhielten. Sie be-achteten den Neuling kaum.

»Darf ich kurz Ihre Toilette benutzen?«, fragte er.

Der Wirt nickte. »Die Treppe runter und dann links«, brummte er.

Das Geländer war an einigen Stellen lose und er fragte

sich beim Hinabsteigen, ob hier jemals schon Betrunkene hinuntergefallen waren. Wie der Wirt erklärt hatte, zeigte unten ein Pfeil nach links zur Herren- und nach rechts zur Damentoilette. Er stellte sicher, dass niemand nach ihm die Treppe herunterkam, und zog ein Taschentuch und ein Fläschchen Chloroform aus seiner Jackentasche. Er tränkte das Taschentuch mit der klaren Flüssigkeit und bog rechts ab zur Damentoilette.

Julia betrachtete ihr Gesicht im Spiegel. Im blauen Licht hier auf der Toilette wirkte ihre Haut noch blasser und kälter, als sie ohnehin schon war. Die Beleuchtung hier lud tatsächlich nicht zum Verweilen ein. Aber der Wirt der »Masematte« hatte eine sehr nachvollziehbare Entscheidung getroffen, in dem er hier blaues Licht installierte. Denn es handelte sich um eine »Anti-Drogen-Beleuchtung«, die verhindert, dass Süchtige ihre Venen sehen und sich eine Spritze setzen können. Zum Glück hatte sich Julia erst vor wenigen Stunden den letzten Schuss gesetzt, sodass sie sich sehr entspannt fühlte. Hinzu kam der Alkohol, der sie sogar Astrids Tod für eine Weile vergessen ließ.

Plötzlich öffnete sich die Tür mit einem Quietschen. Julia zuckte zusammen. Es kam nicht oft vor, dass Gäste auf die Frauentoilette kamen. Die »Masematte« war halt eine typische Eckkneipe, in die vorwiegend Männer einkehrten, und weibliche Junkies auf dem Bremer Platz, die das Angebot des Wirts wahrnahmen, gab es nicht so viele. Auf jeden Fall war Julia sicher, dass sie die Frau, die jeden Augenblick durch die Tür kommen musste, kannte. Doch sie irrte sich. Durch die Tür kam ein Mann, dessen Gesicht sie nicht erkennen konnte. Blitzschnell kam er auf sie zu, nahm sie in den Schwitzkasten und drückte ihr etwas auf Mund und Nase. Julia strampelte mit den Füßen. Sie versuchte sich auf den Boden fallen zu lassen, doch der Mann war stark genug, sie in der Luft zu halten. Panisch strampelte sie immer heftiger. Sie stellte ihre Füße auf das Waschbecken und stieß sich ab. Der Rücken des Mannes prallte gegen die Rückwand und er stöhnte. Doch er war stark genug, Julia nicht aus der Umarmung zu befreien. Wenige Sekunden später wurde Julia schwarz vor Augen und sie verlor das Bewusstsein.

Der Mann steckte das mit Chloroform getränkte Tuch in die Tasche und lugte vorsichtig aus der Tür der Damentoilette. Niemand hatte etwas mitbekommen. Er hob Julias schlaffen Körper vom Boden auf und wuchtete ihn über die Schulter. Als er die Treppe emporklomm, wurde ihm mulmig, denn was jetzt folgte, war der riskante Teil seiner Aktion.

Wie erwartet schauten ihn die Männer im Thekenraum mit großen Augen an, als er mit der Frau über der Schulter die Treppe heraufkam. Bevor der Wirt ihn zur Rede stellen konnte, gab er eine Erklärung ab. »Die Frau lag unten vor der Damentoilette. Ich glaube, sie hat eine Überdosis Heroin zu sich genommen. Ich bin Arzt und würde mich um die Frau kümmern«, log er.

Der Wirt fluchte. »Da hab ich schon blaues Licht auf dem Klo, und dann fixen sie immer noch hier. Das hat man davon, wenn man denen die Toiletten zur Verfügung stellt. Um Gottes willen, nehmen Sie sie mit. Eine Drogentote im Lokal kann ich jetzt am allerwenigsten gebrauchen.«

Die Antwort des aufgebrachten Wirts nahm er zufrieden zur Kenntnis. »Haben Sie einen Hinterausgang? Viele

35

potenzielle Gäste wären bestimmt irritiert, wenn ich mit einer Frau über der Schulter vorne rauskäme.«

»Natürlich, kommen Sie mit.«

Der Wirt führte ihn nach hinten in den Innenhof und bedankte sich sogar noch. Unbändige Freude überkam ihn. *Es hat geklappt,* freute er sich. Auch eine gewisse Portion Unglauben war dabei. *Aber das hätte ich mir ja denken können. Was kümmern sich die Menschen wirklich um diesen Abschaum. Vor allem dann, wenn es um den Ruf des eigenen Geschäfts geht.*

Er hatte seinen Wagen in einer ruhigen Seitenstraße geparkt. Unterwegs dorthin begegnete er niemandem mehr, der hätte beobachten können, wie er Julia auf die Rückbank legte und ihren Körper provisorisch mit den Gurten festschnallte. Zum Schluss deckte er seine Fracht noch mit einer Wolldecke zu und machte sich auf den Weg. »Hab keine Angst, bald ist es vorbei«, flüsterte er ihr zu und startete den Wagen.

Kapitel 6

Langsam, als wenn jemand sachte einen Regler nach oben schieben würde, schaltete sich Julias Bewusstsein wieder ein. Ihr Kopf fühlte sich von innen leer an und von außen so, als würde er in einer Schraubzwinge stecken. Sie lag auf etwas Weichem, so viel vermochte sie zu sagen. Um die Augen zu öffnen, fehlte ihr die Kraft.

Nach einiger Zeit – vielleicht waren es Sekunden, vielleicht aber auch Stunden – öffnete sie unter großer Anstrengung ihre Lider. Es dauerte bestimmt noch einmal genauso lang, bis sie es schaffte, sich aufzurichten. Umgehend wurde ihr schwindelig und sie stützte sich mit den Armen auf der Sitzfläche ab.

Der Schwindel verflog sehr schnell wieder und Julia versuchte sich zu orientieren. Sie saß auf einem Bett, die Wäsche roch wie frisch gewaschen. Der Raum, in dem sie sich aufhielt, war abgedunkelt. Vorsichtig erhob sie sich vom Bett. Der Boden knarzte leicht. Es handelte sich allerdings nicht um ein hölzernes, sondern eher um ein metallisches Geräusch, soweit sie es beurteilen konnte. Als sie aufstand, ging ein Licht an der Decke an, offensichtlich ausgelöst durch einen Bewegungsmelder. Julia riss den rechten Arm hoch und schirmte ihre Augen vor dem grellen Licht ab. Als ihre Augen sich an das Licht gewöhnt hatten, konnte sie sich ein klareres Bild von ihrem Aufenthaltsort machen.

Das sieht ja aus wie im Zimmer eines Teenagers, bemerkte sie. An den Wänden hingen Poster von Popstars, die vor Jahren mal aktuell waren. Außerdem war da ein Fenster, aus dem man aber nicht nach draußen schauen konnte, es schien mit Brettern vernagelt zu sein. Auf dem Fußboden lagen Kleidungsstücke herum. Auf der Bettwäsche prangte das Bild von Hundewelpen. Und auf einem Schreibtisch stand eine eingerahmte Collage mit Bildern junger Mädchen. Julia kannte niemand von ihnen und die Fotos sahen auch eher so aus, als wären sie wahllos aus irgendwelchen Katalogen ausgeschnitten worden. Alles in allem fühlte Julia sich in die Zeit ihrer Jugend zurückversetzt.

All das beantwortete jedoch nicht die Frage, wo sie und wie sie hierhergekommen war. Sie erinnerte sich daran, wie sie vom Bremer Platz aus in die »Masematte« zum Pinkeln gegangen war. Alles, was danach kam, war wie aus ihrem Kopf gelöscht. *Vielleicht bin ich irgendwo zusammengebrochen und dann hat mich jemand mit nach Hause genommen. Das wäre ja nicht das erste Mal. Oder ich hatte einfach nur einen Filmriss vom vielen Alkohol. Vielleicht hat mir jemand aber auch K. o.-Tropfen gegeben und mich dann vergewaltigt oder so.* Julia schaute an sich hinab. Ihre Kleidung trug sie noch vollständig am Körper. Auch wenn wer auch immer sie an diesen Ort gebracht hatte, sie vermutlich nicht angerührt hatte, hatte er sie auf jeden Fall gegen ihren Willen hierhergebracht. Sie wollte weg von hier. *Ich schleiche mich einfach aus dem Haus raus und haue ab. Auch das habe ich ja schon häufig gemacht.* Julia ging zur Zimmertür und drückte die Klinke runter. Die Tür war verschlossen. *Vielleicht klemmt das Schloss.* Sie rüttelte an der Tür, aber nichts passierte.

»Hallo? Ich will raus hier!«, rief sie und klopfte mit den Fäusten gegen die Tür. Niemand antwortete. Julia hasste es, gefangen zu sein, und bekam langsam Angst. *Was, wenn mein Entführer mir doch noch etwas antun will?* Immer kräftiger schlug sie gegen die Tür. Schließlich setzte sie sich wieder aufs Bett und vergrub das Gesicht in ihren Händen.

Auf einmal hatte sie das Gefühl, als würde der Boden unter ihren Füßen schwanken. Sie hob den Kopf, um zu beurteilen, ob das Bewusstsein ihr einen Streich spielte. Sie konnte es nicht mit Sicherheit sagen. Ein Klacken ertönte von irgendwo außerhalb des Raums. Es kam näher, bis das Geräusch direkt in ihrem Zimmer zu hören war. Am Ende quietschte es und die Tür sprang einen Spaltbreit auf. *Na endlich,* dachte Julia erleichtert. *Aber was befindet sich bloß auf der anderen Seite?*

Kapitel 7

Ich mache nur eine kleine Pause, danach geht's weiter. Thomas legte seinen Kopf auf der Tischplatte seines Schreibtischs ab. Sein Kopf dröhnte und seine Augen brannten. Die halbe Nacht hatte er damit verbracht, sich diverse Überwachungsvideos vom Bremer Platz anzuschauen. In unmittelbarer Nähe des Geländes gab es vier Kameras, bei denen die Möglichkeit bestand, dass sie den ominösen Fremden, zu dem Astrid ins Auto gestiegen war, gefilmt hatten.

Es hatte einige Stunden gedauert, bis Thomas die Aufzeichnungen besorgt, weitere Stunden, bis er sie durchgeschaut hatte. Anfangs war er voller Hoffnung, dass eine brauchbare Spur darauf zu finden sein könnte. Nachdem schon keiner der Drogenabhängigen irgendetwas über den unbekannten Freier sagen konnte, waren die Aufnahmen zu so etwas wie sein letzter Strohhalm geworden. Es hatte sich jedoch herausgestellt, dass er vergebens gehofft hatte. Was umso ärgerlicher war, da er die Nacht viel besser mit etwas anderem hätte verbringen können.

Thomas war kurz davor, einzuschlafen, als Wilfried Deuter mit einem Becher Kaffee in der Hand hereinkam. Thomas schreckte auf und schaute seinen Vorgesetzten mit zusammengekniffenen Augen an.

»Oh, es tut mir leid, wenn ich Sie geweckt habe. Aber Sie

haben doch nicht etwa hier übernachtet?«, fragte Deuter ungläubig.

»Von ›übernachtet‹ kann hier nicht die Rede sein. Wohl eher von ›übernächtigt‹«, antwortete Thomas.

»Dann habe ich ein noch schlechteres Gewissen, dass ich Sie gestern an Ihrem freien Tag angerufen habe. Hat es sich denn wenigstens gelohnt, durchzumachen?«

Thomas schüttelte den Kopf. »Sie müssen kein schlechtes Gewissen haben, es war ja meine Entscheidung.«

»Dann ist gut. Nehmen Sie den hier als Entschädigung«, entgegnete Deuter und stellte Thomas den Kaffeebecher hin.

»Danke. Sind Sie nur hier, um mir den Kaffee zu bringen?«

»Nein. Ehrlich gesagt hatte ich gehofft, Sie hier anzutreffen. Sie sind ja durchaus häufiger mal um halb sieben schon hier. Wir haben eine weitere vermisste Person im Umfeld des Bremer Platzes. Ein paar Junkies haben heute Morgen zwei Kollegen von der Bundespolizei am Bahnhof informiert«, erklärte Deuter.

Thomas überlegte einen Augenblick. Das stellte den Tod Astrids womöglich in ein ganz anderes Licht. »Dann hoffen wir mal, dass das nicht der Beginn einer Serie ist«, sagte er.

»Ich bin ganz bei Ihnen«, bestätigte Deuter.

»Ich mach mich sofort auf den Weg zum Bahnhof.« Thomas leerte den Kaffeebecher in einem Zug und zog sich seine Jacke an.

»Ich versuche derweil, Ihnen die Presse vom Leib zu halten. Serienmörder sind ein gefundenes Fressen für die. Und dann auch noch im beschaulichen Münster.«

Auf dem Bremer Platz herrschte Aufruhr unter den Drogensüchtigen. Thomas zählte drei Streifenwagen und mindestens ein halbes Dutzend Polizisten, die versuchten, beruhigend auf einige der wild gestikulierenden, schreienden Menschen der Szene einzugehen.

»Was ist hier los?«, fragte Thomas eine Polizistin, die er flüchtig kannte.

»Guten Morgen, Herr Herold. Eine weitere Frau ist heute Nacht verschwunden. Die anderen hier machen sich jetzt Sorgen, dass es auch sie erwischen könnte. Sie haben Angst«, antwortete die Beamtin.

Thomas schritt über den Platz und versuchte, jemanden aus der Szene ausfindig zu machen, mit dem man trotz der tumultartigen Zustände reden konnte. Am Rande zur Schillerstraße sichtete er einen der Freunde von Julia Buschkowsky. Wenn Thomas sich richtig erinnerte, hatte sie ihn gestern mit dem Namen Ralli angeredet. Dieser wirkte aufgeregt, aber ansprechbar.

»Hallo, Sie sind Ralli, nicht wahr?«, begann Thomas vorsichtig das Gespräch. Er erinnerte sich an gestern und daran, dass Ralli ihn, wohl aus Abneigung gegen die Polizei, als Bulle beschimpft hatte. Heute schien er zugänglicher zu sein, wenn auch nur ein bisschen.

»Ja, was wollen Sie? Hier sind doch schon genug von Ihrer Sorte«, antwortete er.

»Ich möchte wissen, wer gestern Nacht verschwunden ist.«

Ralli begann zu weinen. »Das fragen Sie noch?«

»Ich habe nur von einer vermissten Person gehört«, begründete Thomas und war überrascht, dass Ralli so tief emotional reagierte.

»Es ist Jule, Jule ist weg. Ich schwöre, wenn der ihr was antut, dann bring ich den um!«, schrie Ralli. Vom einen auf den anderen Moment schlug seine Trauer in Wut um.

Julia Buschkowsky. Als Deuter von einer vermissten Person im Umfeld des Bremer Platzes erfahren hatte, hatte er bereits eine böse Vorahnung, die sich hiermit bestätigte.

»Bitte beruhigen Sie sich. Wir werden versuchen, Ihre Freundin zu finden«, sagte Thomas.

»Ach ja? Was ist, wenn sie tot ist? So wie Astrid!« Ralli begann wieder zu weinen. »Wir sind euch doch scheißegal.«

Thomas fand Rallis Stimmungsschwankungen sehr bemerkenswert. Es war ihm bisher bei sehr vielen Drogensüchtigen, mit denen er zu tun hatte, aufgefallen. »Es ist nicht gesagt, dass Julia tot ist. Wir werden alles tun, um sie zu finden. Aber dafür möchte ich Sie um Ihre Hilfe bitten.«

»Blabla, alles tun. Das sagt ihr immer. Und am Ende passiert nichts«, antwortete Ralli.

Thomas überhörte die letzte Bemerkung bewusst. »Wo haben Sie Julia gestern zuletzt gesehen?«

Ralli atmete tief durch und schlug sich unvermittelt ein paarmal auf den Schädel. »Wir haben hier gestern Abschied von Astrid gefeiert und was getrunken. Ich habe zwischendurch gesehen, wie sie rüber in die ›Masematte‹ gegangen ist. Aufs Klo.«

Thomas blickte hinüber zur Schillerstraße. »Da drüben in die Kneipe?«

»Ja. Es gibt da so einen Deal mit dem Wirt. Wir dürfen bei ihm aufs Klo, wenn wir ihm nicht vor die Hütte pinkeln«, erklärte Ralli. »Zuerst hat niemand Julia vermisst. Nach einer Stunde oder so haben wir uns gewundert, wo sie bleibt. Dann bin ich nachschauen gegangen, aber sie war weg. Heute Morgen haben wir dann den Bullen Bescheid gesagt.« Ralli entschuldigte sich kurz für das Wort Bulle.

»Sehen Sie, mit der Information kann ich was anfangen. Ich geh mal rüber und frage den Wirt.« Als Thomas losging, packte Ralli seinen Arm. »Sie müssen sie finden, bitte!«, sagte er. Thomas nickte ihm mit einem Lächeln zu.

Die Tür der »Masematte« bestand aus massivem Eichenholz und war verschlossen. Durch das getönte Fenster aus Bleiglas darin versuchte Thomas einen Blick ins Innere der Gaststätte zu werfen, doch es war zu dunkel. Öffnungszeiten der Kneipe standen nirgendwo und so beschloss Thomas, im Internet nach der Telefonnummer des Wirts zu suchen. In diesem Moment bog ein Kombi neben dem Gebäude in einen Innenhof ab. *Ich kann es ja zumindest mal versuchen,* dachte Thomas und folgte dem Auto.

Der Fahrer des Wagens öffnete den Kofferraum, der mit Getränkekisten gefüllt war.

»Entschuldigen Sie, ich suche den Wirt der Gaststätte hier«, sagte Thomas.

»Das bin ich. Seit über dreißig Jahren«, sagte der Wirt nicht ohne Stolz und lächelte. Das Lächeln wich aus seinem Gesicht, als Thomas sich als Kriminalkommissar vorstellte.

»Ich habe nur ein paar Fragen an Sie«, beruhigte er den Mann, der Klaus Barke hieß. »War gestern Abend eine gewisse Julia Buschkowsky bei Ihnen in der Gaststätte?«

»Ich habe, ehrlich gesagt, keine Ahnung. Ich kenne die Namen der meisten Gäste nicht.« Barke nahm zwei Getränkekisten aus dem Kofferraum und stellte sie vor den Lieferanteneingang.

»Es handelt sich um eine Drogensüchtige vom Bremer Platz. Soviel ich weiß, dürfen die bei Ihnen die Toiletten benutzen«, sagte Thomas.

»Sie spielen bestimmt auf die Frau an, die gestern hier eine Überdosis genommen hat«, sagte Barke.

Thomas wurde hellhörig. »Das müssen Sie mir erklären.«

»Da gibt's nicht viel zu erklären. Sie hat sich offenbar auf dem Klo zu viel von dem Zeug gespritzt und dann war da dieser Arzt, der sie im Keller gefunden und sich um sie gekümmert hat. Er hat sie mitgenommen«, erklärte Barke.

»Und das fanden Sie nicht eigenartig? Ich meine, dass zufällig ein Arzt vor Ort war und sie mitgenommen hat, anstatt einen Rettungswagen zu rufen?«, hakte Thomas nach.

Barke wurde für einen kurzen Moment wütend, fasste sich aber schnell wieder. »Hören Sie. Das Umfeld hier am Bremer Platz ist wirklich nicht das Beste, was man sich vorstellen kann. Ich habe so gut wie keine neuen Gäste, weil die wenigsten Menschen sich trauen, im Dunkeln hierherzukommen. Ich lebe praktisch von meinen Stammkunden. Damit die nicht auch noch vergrault werden, erlaube ich den Leuten aus der Szene, hier aufs Klo zu gehen, dass die meine Kneipe nicht verschandeln. Damit hab ich vor ein paar Jahren angefangen und kann jetzt nicht mehr aufhören, weil es die Situation dann noch verschlimmern würde. Aber wenn eine von denen auf die Idee kommt, meine Großzügigkeit auszunutzen und sich hier einen Schuss zu setzen, obwohl es eine Bedingung war, das nicht zu tun, dann können Sie mir nicht vorwerfen, dass ich diese Person so schnell wie möglich loswerden will. Und

45

wenn dann noch jemand da ist, der sich als Arzt ausgibt, dann bin ich sehr gern bereit, ihm das zu glauben. Wenn Sie wollen, verklagen Sie mich. Aber versuchen Sie nicht, meine Moral infrage zu stellen.« Barke hatte sich doch in Rage geredet und konnte sich gut beim Schleppen der letzten Getränkekisten abreagieren.

»Niemand will Sie verklagen. Ich möchte nur herausfinden, wer Julia Buschkowsky mitgenommen hat«, beschwichtigte Thomas.

»Dann ist ja gut.«

»Darf ich mir mal Ihre Damentoilette anschauen?«

Barke stimmte zu und führte Thomas in den Keller.

»Der Mann, der sie mitgenommen hat, sagte, sie hätte hier vor der Tür gelegen«, sagte Barke und zeigte auf den Fußboden.

Thomas kniete sich hin und inspizierte die Fliesen. Er öffnete die Tür zur Damentoilette und vermied es dabei, die Klinke zu berühren, um keine Fingerabdrücke zu verwischen. »Haben Sie da drin seit gestern sauber gemacht?«

Barke schüttelte den Kopf. »Das war nicht nötig. In der ›Masematte‹ sind in der Regel nicht so viele Frauen. Die Frau gestern war auch die einzige. Dafür mache ich mir nicht die Mühe, das Klo zu putzen.«

»Umso besser. Dann sind eventuelle Spuren ja noch da.« Vorsichtig betrat Thomas den Raum und schaute sich um. Auf dem Boden und im Waschbecken entdeckte er nichts. Am meisten versprach er sich vom Blick in den Mülleimer, der jedoch leer war. Vorsichtshalber kontrollierte er auch noch die beiden Kabinen. »Das ist interessant.«

»Was denn? Ich sehe nichts«, bemerkte Barke.

»Genau das ist es. Wenn Frau Buschkowsky sich hier eine Überdosis Heroin verabreicht hat, müsste doch ihr Spritzbesteck noch irgendwo herumliegen. Abgesehen davon, dass sich hier in dem blauen Licht wohl niemand freiwillig eine Spritze setzen würde, wenn es draußen doch genug Gelegenheit dazu gibt«, sagte Thomas.

»Vielleicht hat sie ihr Zeug ja wieder eingepackt«, wandte Barke ein.

Thomas schüttelte den Kopf. »Auf keinen Fall. Die Droge würde sofort wirken und sie wäre zu nichts mehr in der Lage.«

»Vielleicht hat der Arzt die Spritze mitgenommen.«

»Wenn er Arzt ist, erkennt er die Dringlichkeit und räumt nicht erst auf. Abgesehen davon, dass er mit dem Besteck nichts anfangen könnte«, argumentierte Thomas.

Barke zuckte mit den Schultern. »Sie sind der Polizist, Sie müssen es wissen.«

»Wo wir gerade beim Thema sind: Wie sah der Arzt aus? Können Sie mir eine Beschreibung geben? Vielleicht war er früher ja schon mal hier? Ich meine, wenn Sie sich hauptsächlich mit Stammgästen über Wasser halten, zählte er vielleicht dazu?«

Barke überlegte. »Nein, ich habe ihn nicht erkannt. Er trug ein Cappy und hatte den Kragen hochgestellt. Und dann hatte er ja noch die Frau geschultert. Sein Gesicht war praktisch nicht zu erkennen.«

»Und dann ist er einfach so mit der Frau über der Schulter hier vorne aus der Kneipe gelaufen, ohne dass es jemanden gestört hat?« Thomas hatte immer weniger Verständnis für das Verhalten des Wirts.

»Er ist hinten rausgegangen, er wollte möglichst wenig

Aufmerksamkeit erregen und mir damit einen Gefallen tun.«

»Ihnen. Und sich selbst vermutlich auch«, sagte Thomas.

»Was wollen Sie damit sagen?«, fragte Barke.

»Schon gut. Ich werde gleich einige Kollegen von der kriminaltechnischen Untersuchung hierherschicken. Die werden ein paar Spuren in der Damentoilette nehmen. Fingerabdrücke von der Klinke und DNA-Proben und so weiter. Vielleicht finden wir so die Identität des mysteriösen Gasts heraus, der Julia Buschkowsky mitgenommen hat.«

Kapitel 8

Julia blickte abwartend auf die einen Spaltbreit geöffnete Tür. *Passiert jetzt was? Kommt jemand herein? Oder soll ich es wagen, rauszugehen? Die Tür hat sich doch bestimmt nicht zufällig geöffnet. Oder ist sie durch das Klopfen auf-gesprungen?* Langsam erhob Julia sich vom Bett und ging zögerlich auf die Tür zu. Sie schaute durch den Spalt hin-aus, doch sie sah nichts.

»Hallo?«, rief sie in die Dunkelheit, ohne dass jemand ant-wortete. *Vielleicht ist das eine Falle. Wenn ich jetzt rausgehe, werde ich erstochen oder so eine kranke Scheiße.* Julia wich bei dieser Vorstellung ein paar Schritte zurück ins Zimmer. *Andererseits kann mir das auch passieren, wenn ich hier drin-bleibe.* Julia schritt zurück zur Tür und öffnete sie. Sie sah nur ein Stück mit Teppich belegten Fußbodens auf der anderen Seite vor sich und setzte einen Fuß über die Schwelle.

Sofort ging ein grelles Licht an der Decke an. *Wieder ein Bewegungsmelder*, dachte sie. Nun konnte sie den Raum sehen, den sie betreten hatte. Eigentlich handelte es sich eher um einen Flur, an dessen Ende eine Treppe nach unten führte. Julia zählte mehrere Türen und kein einziges Fenster, durch das Tageslicht hätte hereinfallen können. Julia schien sich in einem Einfamilienhaus zu befinden. Sie konnte es nicht erklären, doch auf sonderbare Weise wirkte alles unecht.

Während sie durch den Flur schritt, überkam sie das Gefühl, als wäre der Boden nicht ganz fest. Wie vorhin schon in ihrem Zimmer.

»Ist hier jemand?«, rief sie, doch einmal mehr antwortete niemand.

Ein blechernes, lautes Geräusch ließ sie zusammenzucken. Es überkam sie der Reflex, in ihr Zimmer zurückzurennen. Nach einer Sekunde riss sie sich zusammen und setzte ihren Weg fort.

Vom oberen Treppenabsatz aus erhaschte sie einen Blick in das unter ihr liegende Stockwerk. Vielleicht war es schon das Erdgeschoss, doch wer konnte das wissen? Der untere Flur war genauso dunkel wie hier, bevor Julia den Bewegungsmelder ausgelöst hatte. Doch bei genauerer Betrachtung von hier oben schien es einen schwachen Lichtschein zu geben.

»Hallo?« Tatsächlich bewegte sich auf Julias Rufen unten ein Schatten. Antwort bekam sie jedoch auch diesmal nicht. Stattdessen schnürte sich ihr die Kehle zu. *Scheiße, da ist jemand. Ist das mein Entführer? Ich bleibe lieber hier oben. Aber vielleicht ist das alles auch nur ein Missverständnis. Nein, ich möchte jetzt Klarheit haben. Und vielleicht bin ich in ein paar Minuten dann raus hier.*

Langsam, Stufe für Stufe, stieg Julia die Treppe hinab. Als sie die linke Hand auf das Geländer legte, merkte sie erst, dass die Innenfläche feucht war vor Aufregung. Mit jeder Stufe zitterten ihre Knie ein bisschen mehr. Bis sie schließlich unten ankam.

Der Schein, den sie oben wahrgenommen hatte, kam aus einem Raum direkt vor ihr. Julia schritt weiter über den weichen Teppich. Jetzt löste auch hier unten ein

Bewegungsmelder aus und flutete den Flur mit kaltem Licht. Hier hingen Fotos an der Wand. Es waren Nachdrucke von abstrakten Gemälden. Julia hatte keine Zeit, sie genauer zu betrachten. Sie wollte jetzt wissen, was in dem Raum war, auf den sie immer noch zuging.

Schließlich erreichte sie den Türrahmen. Sie hielt die Luft an und steckte vorsichtig ihren Kopf hindurch. An der rechten Wand stand ein Bücherregal. Geradeaus befand sich ein Fenster, das, wie alle anderen in diesem Gebäude, vernagelt war. Links stand ein relativ langer, gedeckter Tisch. Erst jetzt sah sie, dass jemand auf einem der Stühle saß, die darum standen. Es war ein Mann mittleren Alters. Julia schreckte zurück und zog ihren Kopf aus dem Türrahmen. *Das ist mein Entführer. Was soll ich jetzt tun?* Sie drehte sich um ihre eigene Achse und suchte im Flur nach einem Ausgang, den es augenscheinlich nicht gab. *Was ist das für ein komisches Gebäude?*

»Warte«, sagte der Mann.

Julia hörte, wie er aufstand und dabei seinen Stuhl verrückte.

»Du musst keine Angst haben«, fügte er hinzu.

Der Versuch des Mannes, Julia die Angst zu nehmen, führte dazu, dass sie noch panischer wurde.

»Du kannst ruhig reinkommen. Ich tu dir nichts. Ich bin in derselben Situation wie du«, beteuerte der Unbekannte.

Julia wurde hellhörig.

»Was meinst du damit?«, hakte sie nach, blieb aber lieber mit dem Rücken zur Wand im Flur stehen, anstatt dem Mann entgegenzutreten. Vielleicht versuchte er ja, sie in die Falle zu locken.

»Ich bin oben in einem Zimmer aufgewacht. Ich habe

keine Ahnung, wie ich dorthin gekommen bin. Auf einmal öffnete sich die Tür und ich bin danach die Treppe hinuntergegangen. Da habe ich mich an den Tisch gesetzt.«

Julia überlegte einen Augenblick. Die Geschichte des Mannes klang so weit erst mal plausibel. »Seit wann sitzt du denn schon da?«, fragte sie.

»Seit etwa einer halben Stunde. Genauer kann ich dir das leider nicht sagen, ich habe weder Uhr noch Handy. Die hat er mir abgenommen«, erklärte der Mann.

»Wer ist er? Hast du ihn gesehen?«

»Nein.«

»Woher weißt du dann, dass es ein Er ist? Was, wenn es eine Frau ist?«, fragte Julia.

»Ich habe geraten. Es kann natürlich auch eine Frau sein. Aber meistens sind Entführer doch männlich, oder?«, sagte der Mann.

Julia betrat das Zimmer. »Da hast du wohl recht.«

Der Mann war sichtlich erfreut, dass er Julias Vertrauen gewonnen und sie überzeugt hatte, zurückzukommen. »Hi, ich bin Fabian Kolb«, sagte er.

Julia stellte sich ihrerseits vor und nahm Fabian gegenüber am Tisch Platz.

»Wo hat er dich denn erwischt?«, fragte Fabian.

»Ich war in einer Kneipe auf dem Klo. Da muss er mich irgendwie betäubt haben. Ich weiß nämlich nur noch, wie ich aufs Klo gegangen bin. Danach ist alles weg.« Julia wollte dem Fremden nicht direkt mitteilen, dass sie obdachlos und heroinabhängig war. »Und wie bist du hier gelandet?«, fragte sie, um von sich abzulenken.

»Bei mir war es ganz ähnlich. Bis auf den Teil mit der

Kneipe. Ich war unterwegs auf der Straße. Da muss er mich erwischt haben, denn auf einmal war ich bewusstlos und bin dann hier aufgewacht. Ich tippe darauf, dass er Chloroform benutzt hat. Ob wir wohl noch in Münster sind?«, fragte Fabian.

»Ich habe keine Ahnung. Dieses verdammte Gebäude lässt ja keinen Blick nach draußen zu. Es ist mir aber eigentlich auch egal, wo wir sind, ich will nur weg von hier«, sagte Julia. »Gibt es hier denn keinen Ausgang?«

»Bevor Sie heruntergekommen sind, habe ich mich hier unten umgesehen. Ich habe keine Tür gefunden und die Fenster sind alle dicht«, sagte Fabian.

»Aber wir sind doch auch hier hereingekommen?«, wandte Julia ein. Nervös wippte sie mit den Füßen und sprang auf einmal unvermittelt vom Stuhl auf. »Ich schaue selbst nach«, sagte sie, verschwand im Flur und kehrte nach ein paar Minuten erfolglos zum Tisch zurück. Sie zitterte und begann zu schwitzen.

»Ist alles in Ordnung?«, fragte Fabian.

»Ja, mir geht es gut«, log Julia. Erste Entzugserscheinungen machten sich bei ihr bemerkbar. *Wenn ich nicht bald einen Schuss bekomme, drehe ich durch,* dachte sie. Es wurde immer schwerer, sich Fabian gegenüber nichts davon anmerken zu lassen. Sie konnte nur hoffen, dass sie innerhalb der nächsten Stunden hier rauskam.

»Was will der Entführer nur von uns?«, rätselte Julia.

»Wenn ich das wüsste. Ich bin nicht reich oder so«, antwortete Fabian.

»Tja, wenn er Geld will, ist er bei mir auch an der komplett falschen Adresse. Hoffentlich ist das nicht so ein kranker Irrer, der mit uns ein böses Spielchen treibt und uns dann umbringt oder so. Haben Sie den Film ›Saw‹ gesehen? Da geht es genauso ab«, sagte Julia. Ihr wurde unwohl bei dem Gedanken und auch Fabian verzog das Gesicht. »Daran habe ich noch gar nicht gedacht. Schreckliche Vorstellung, hören Sie auf damit.«

»So oder so müssen wir hier schnellstmöglich raus.« Julia wurde von einem knackenden Geräusch unterbrochen. Dann ertönte eine Stimme aus einem Lautsprecher, der oben an der Wand angebracht war und den die beiden erst jetzt entdeckten.

»Geht zurück in eure Zimmer. Sofort!«, befahl eine leicht verzerrte, aber eindeutig als männlich zu erkennende Stimme aus dem Lautsprecher.

Julia und Fabian schauten einander an.

»Geht zurück in eure Zimmer. Sofort!«, wiederholte der Lautsprecher.

»Was ist das für eine kranke Scheiße«, sagte Julia.

»Wir sollten wohl besser tun, was die Stimme sagt.« Fabian stand vom Tisch auf und machte sich auf den Weg. Julia folgte ihm und sagte nichts. Während sie die Treppe hinaufstiegen, versuchte Fabian seine Leidensgenossin ein wenig aufzuheitern. »Wenigstens wissen wir anhand der Lautsprecherdurchsage jetzt, dass unser Entführer männlich ist. Wie wir vermutet hatten.«

Julia lächelte gequält. »Ja. Das ist doch schon was.«

In ihren Zimmern angekommen, meldete sich die Lautsprecherstimme ein weiteres Mal. »Schließt eure Türen«, befahl sie.

Fabian und Julia drückten ihre Türen ins Schloss. Kurz danach durchfuhr wieder ein Klackern das komplette Gebäude und die Türen waren erneut verriegelt.

Kapitel 9

Die Kollegen der kriminaltechnischen Untersuchung, allen voran ihr Teamleiter Horst Maurer, hatten ganze Arbeit geleistet und waren darüber hinaus auch sehr schnell mit der Sicherung von Spuren in der »Masematte« vorangekommen. Auch wenn es dem Wirt Klaus Barke nicht so recht gepasst hatte, dass so viele Menschen in seinen Katakomben herumwuselten, während er die Kneipe für den Abend vorbereitete, so war er doch schnell wieder von der Heimsuchung erlöst. Barke plagte nach dem Besuch von Kriminalkommissar Thomas Herold ein leicht schlechtes Gewissen. Hätte er vielleicht doch hinterfragen sollen, wohin der vermeintliche Arzt Julia Buschkowsky in der Nacht zuvor mitgenommen hatte? Wie auch immer, jetzt war es eh zu spät, sich Gedanken darüber zu machen. Er hoffte nur, dass die drogensüchtigen Freunde der Frau jetzt nicht auf die Idee kamen, sich für sein Verhalten zu rächen, und ihm regelmäßig die Wirtschaft demolierten. Dann konnte er den Laden auch direkt schließen.

Thomas saß am Schreibtisch in seinem Büro und hatte eine nicht unerhebliche Zeit damit verbracht, zumindest eine Angehörige von Julia Buschkowsky und ihre derzeitige Adresse ausfindig zu machen, was tatsächlich nicht einfach war, als sein Handy klingelte. Auf dem Display erschien der Name des Kriminaltechnik-Leiters.

»Herr Maurer, schön, dass Sie sich melden. Sie wollen mir bestimmt mitteilen, dass Sie die Spuren aus der »Masematte« ausgewertet haben und mir einen Täter präsentieren möchten«, scherzte Thomas.

Maurer lachte. »Wir sind zwar sehr schnell, aber so schnell auch nicht. Ich kann Ihnen wohl ein Update geben.«

»Na dann mal raus damit.«

»Es hat sich herausgestellt, dass die Türklinke zur Damentoilette sich als ergiebiger Spurenlieferant herausgestellt hat. Wir haben Fingerabdrücke und genetisches Material von mindestens zwei verschiedenen Personen gefunden. Wir konnten die Proben aber noch nicht durch die Datenbank schicken«, erklärte Maurer.

»Das ist doch schon was. Kann ich die Analyse irgendwie beschleunigen?«, fragte Thomas.

»Es wäre sehr hilfreich, wenn wir eine Gegenprobe von Frau Buschkowsky zum Abgleich hätten. Am besten Fingerabdruck und DNA. Aber da ist wohl schwer ranzukommen. Schließlich war die Frau obdachlos«, sagte Maurer.

»Ich schau mal, was ich tun kann. Ich habe die Familie der Frau gefunden. Wenigstens einen Teil davon. Ich versuche, dort etwas rauszufinden, und erkundige mich bei der Gelegenheit nach Ihrer Probe. Ich melde mich.«

Thomas sprang vom Schreibtisch auf, nahm sein Jackett von der Stuhllehne und zog es sich in einer eleganten Bewegung an. Als er sein Büro verließ, lief er einem jungen Mann in die Arme und erschrak sich dabei fast zu Tode. Der Mann entschuldigte sich umgehend. Erst jetzt erkannte Thomas, dass es sich um Kommissaranwärter Jan Wolf handelte.

»Herr Herold, das ist mir wirklich sehr peinlich«, sagte Wolf.

»Schon gut, ist ja nichts passiert. Wollten Sie mich sprechen?«

»Ja. Es geht um die Mordserie …«

Thomas unterbrach Wolf umgehend. »Bitte sprechen Sie nicht von Mord. Und schon gar nicht von einer Serie. Sie wissen ja, sollte die Presse davon Wind bekommen, wird das unsere Arbeit enorm erschweren.«

»Tut mir leid. Ich meine, es geht um die beiden Frauen. Es gibt eventuell einen dritten Fall.«

O nein, dachte Thomas. »Was für einen dritten Fall?«

»Heute Morgen hat hier die Personalabteilung von einer Firma angerufen«, begann Wolf.

»Welche Firma?«, hakte Thomas nach.

»Ich habe den Namen gerade nicht parat, aber ich habe ihn aufgeschrieben. Soll ich kurz nachschauen gehen?«

»Nein, schon gut. Was wollte denn die Personalabteilung?«

»Der Herr wollte mir mitteilen, dass einer der Mitarbeiter heute Morgen nicht zur Arbeit erschienen war. Sie konnte ihn auch zu Hause nicht erreichen. Normalerweise ist er immer sehr zuverlässig und da haben die sich Sorgen gemacht«, erklärte Wolf.

»Vielen Dank, dass Sie mich darüber informieren. Ich denke nicht, dass das etwas mit unserem Fall zu tun hat. Aber schreiben Sie gern alle Informationen auf und legen Sie sie mir auf den Schreibtisch. Ich kümmere mich zu gegebener Zeit darum«, sagte Thomas. Natürlich hatte er ein leicht schlechtes Gewissen, dass er Wolf abwimmeln musste. Aber ein vermisster Mitarbeiter eines

Unternehmens passte seiner Meinung nach nicht zu den anderen beiden Opfern, die immerhin schon mal ein paar Gemeinsamkeiten aufwiesen: ihren Aufenthaltsort am Bremer Platz sowie ihre Drogensucht und ihr Alter.

Auf dem Weg zum Auto dachte Thomas über den jungen Kommissaranwärter nach, der ihn ein wenig an sich selbst vor zwanzig Jahren erinnerte. Damals war auch er ehrgeizig und ein wenig unsicher im Auftreten gewesen. Thomas' Unsicherheit war mit der Zeit verschwunden, sein Ehrgeiz hingegen nach wie vor ungebrochen.

Für die Befragung der Familie von Julia Buschkowsky musste Thomas raus in den Stadtteil Coerde. Genauer gesagt handelte es sich nur um die Mutter der Frau, die allerdings inzwischen unter anderem Nachnamen gemeldet war. Sie hatte wohl in der Zwischenzeit geheiratet oder noch einmal geheiratet und war ein paarmal umgezogen, was die Suche nach ihr erschwert hatte.

Die Fahrt nach Coerde bedeutete eine interessante Abwechslung für Thomas. War Münster doch als saubere Stadt mit einer Bevölkerung aus sozial eher gehobenen Schichten bekannt, bedeutete Coerde das Gegenteil davon. Der Stadtteil wurde wegen seiner strukturellen Schwäche in der Regel gemieden – obwohl er, verglichen mit sehr strukturschwachen Regionen im Ruhrgebiet etwa, noch eher gehoben wurde. Münster klagte auf hohem Niveau.

Thomas bog in die Königsberger Straße und schaute sich um. Einige Plattenbauten prägten das Stadtbild hier. Er parkte vor einer der roten, kargen Mietskasernen. Als einige Kinder des Blocks den Mann aus dem Wagen steigen sahen, zogen sie sich schnell und unauffällig zurück.

Nach kurzer Suche fand Thomas das richtige Hochhaus

und stand vor einem Klingelbrett mit achtzig Knöpfen, die mit den Nachnamen der hier wohnenden Familien beschriftet waren. Es dauerte einige Zeit, bis er den richtigen Knopf mit der Aufschrift »Knepper« gefunden hatte. Thomas drückte den Klingelknopf, bis sich eine Frau meldete.

»Ja?«, sagte sie mit ihrer verrauchten Stimme.

»Thomas Herold, Kriminalpolizei Münster. Darf ich kurz mit Ihnen sprechen?«

»Ich habe nichts gemacht«, antwortete die Frau.

»Das weiß ich, ich bin auch nicht wegen Ihnen hier, sondern wegen Ihrer Tochter. Julia Buschkowsky.«

Nach einem Augenblick der Stille summte die Tür und Thomas betrat den großen Eingangsbereich des Hochhauses. Die Kneppers wohnten im sechsten Stock, und obwohl der Aufzug schon sehr mitgenommen aussah, betrat Thomas die von innen mit Farbe und Sprüchen beschmierte enge Kabine, die ihn wider Erwarten sicher und schnell nach oben beförderte.

Die Aufzugtür öffnete sich in einen langen Flur, von dem mittig ein weiterer Gang abführte. Die Stockwerke waren T-förmig angelegt. An den Wohnungstüren klebten Namensschilder und Thomas begann mit der Suche. Plötzlich kam ein Mann um die Ecke. Er hatte nicht erwartet, auf dem Flur einen Unbekannten zu treffen, und zuckte zusammen.

»Haben Sie mich erschreckt«, sagte er.

Thomas entschuldigte. »Ich suche Familie Knepper, sie lebt in diesem Stockwerk. Können Sie mir sagen, welches die richtige Tür ist?«

»Tut mir leid. Das ist ein ziemlich anonymer Bunker hier. Gefühlt zieht hier jede Woche jemand Neues ein.

Aber die Namen stehen an den Türen«, entschuldigte sich der Mann und verschwand im Lift.

Am hinteren Ende des Flurs flog eine Wohnungstür auf und eine Frau streckte ihren Kopf heraus.

»Frau Knepper?«, fragte Thomas und schon an ihrer Stimme erkannte er, dass er richtig war.

»Ja, kommen Sie rein. Ich musste schnell noch etwas aufräumen«, antwortete Frau Knepper.

Thomas betrat die Wohnung und ihm wurde fast schlecht.

Es roch nach Rauch und Katzenklo. Als Thomas Frau Knepper durch den Flur ins Wohnzimmer folgte, huschten zwei Katzen an seinen Beinen vorbei. Auf dem Wohnzimmertisch standen zwei Aschenbecher und bevor Thomas auf dem durchgesessenen Ledersofa Platz nahm, befreite er die Sitzfläche von Ascheresten.

Frau Knepper ließ sich langsam in ihren Sessel sinken. »Sie sind also von der Polizei«, sagte sie zögerlich. »Und Sie wollen mir mitteilen, dass meine Tochter tot ist, stimmts?«, fragte sie.

»Wie kommen Sie denn darauf?«, fragte Thomas interessiert.

»Das kennt man doch aus dem Fernsehen. Da kommt immer jemand von der Kripo an die Tür und will eine schlechte Nachricht überbringen. Aber normalerweise seid ihr doch zwei.«

Thomas räusperte sich. »Da liegen Sie falsch. Wir haben keine Hinweise darauf, dass Ihre Tochter tot ist. Allerdings ist sie seit gestern Nacht verschwunden.«

»Ach so. Wenn es weiter nichts ist«, antwortete Frau Knepper und zündete sich eine Zigarette an. Sie wirkte, als hätte sie soeben eine Selbstverständlichkeit erfahren.

»Macht Sie das nicht stutzig?«, fragte Thomas.

»Nicht mehr. Julia war in ihrem Leben schon so oft mal für ein paar Tage weg, dass das nichts Besonderes mehr ist. Und seitdem sie auf der Straße lebt, kriege ich das eigentlich auch gar nicht mehr mit, wenn es wieder so weit ist. Um die muss man sich keine Sorgen machen.«

»Diesmal könnte es anders sein. Ihre Tochter ist gestern von einem unbekannten Mann mitgenommen worden. Er hat sich als Arzt ausgegeben.« Thomas berichtete, was am Abend zuvor geschehen war.

»Vielleicht ist sie mit einem Freier mitgegangen«, sagte Frau Knepper nach einigem Überlegen und drückte ihre aufgerauchte Zigarette aus.

»Nein, das glaube ich nicht. Dann wäre sie doch freiwillig mitgegangen. Aber sie wurde ja fortgetragen«, argumentierte Thomas.

Frau Knepper zuckte mit den Achseln. »Ist mir auch egal.« Thomas hatte den Eindruck, als versuchte Frau Knepper sich etwas einzureden. Er glaubte, dass der Frau noch mehr an ihrer Tochter lag, als sie vorzuspielen versuchte. Tatsächlich fing sie einen Augenblick später an zu weinen. »Die letzten Jahre waren so furchtbar«, schluchzte sie. »Ich habe es nicht geschafft, auf mein kleines Mädchen aufzupassen. Dabei wollte ich sie doch hier haben. Aber mein neuer Mann … er wollte nichts mit Julia zu tun haben. Ich hätte mich für meine Tochter entscheiden sollen. Und jetzt ist sie weg.« Frau Knepper verschwand in der Küche und kam mit einem Taschentuch zurück. »Wenn ich doch nur die Zeit zurückdrehen könnte. Dann würde ich bestimmt vieles anders machen.« Sie schnäuzte sich.

»Wir tun alles, um Ihre Tochter zu finden. Es wäre nett, wenn Sie mir dabei helfen könnten«, sagte Thomas.

»Was soll ich tun?« Hoffnung blitzte in Frau Kneppers ansonsten trüben Augen auf.

»Ich brauche Fingerabdrücke und eine DNA-Probe Ihrer Tochter. Sie wohnt ja schon lange nicht mehr mit Ihnen zusammen. Ich kann mir also vorstellen, dass es unmöglich ist, an so was heranzukommen«, sagte Thomas.

Frau Knepper machte ein fragendes Gesicht. »DNA und Fingerabdrücke, sagen Sie. Was genau suchen Sie da?«

»Einen Gegenstand, den Julia irgendwann man angefasst hat. Und eine Probe mit genetischem Material. Ein Haar oder Hautschuppen wären prima«, erklärte Thomas.

»Warten Sie.« Frau Knepper stand auf und verschwand im Flur. Es rumpelte kurz, dann kam sie mit einer Kiste zurück. »Hier drin sind einige Sachen meiner Tochter. Von früher, als wir uns noch gut verstanden haben. Ich habe es nicht übers Herz gebracht, sie wegzuwerfen«, sagte sie und stellte die Kiste auf den Wohnzimmertisch.

Spätestens jetzt war Thomas ganz sicher, dass die Frau noch immer sehr an ihrer Tochter hing. Er nahm den Deckel von der Kiste ab und begutachtete den Inhalt. In der Kiste lagen Fotos, kleine Kuscheltiere, verschiedene Deko-Artikel, eine Sonnenbrille und noch ein paar andere Dinge.

»Können Sie etwas damit anfangen?«, fragte Frau Knepper.

In diesem Moment entdeckte Thomas eine Haarbürste unter den Gegenständen in der Kiste. »Ich denke schon«, antwortete er und zog die Bürste vorsichtig unter den anderen Sachen hervor. Er hielt sie ins Licht und entdeckte tatsächlich mehrere Haare zwischen den Borsten. *Wenn ich Glück habe, finden wir am Griff sogar noch Julias Fingerabdrücke. Der Kollege Horst Maurer wird sich freuen,* ging ihm durch den Kopf. *Ich muss nur aufpassen, dass ich sie nicht verwische.* Dementsprechend behutsam steckte er die Bürste in ein Tütchen, von denen er immer ein paar bei sich trug.

»Darf ich die mitnehmen?«, fragte er.

»Natürlich. Wenn es dazu beiträgt, dass Sie meine Tochter wiederfinden, sehr gern.«

Kapitel 10

Im Schritttempo lenkte er seinen Wagen zum LWL-Klinikum Münster und hielt schließlich an. Den Motor ließ er laufen. Vielleicht war es ja nötig, weiterzufahren, um keine unnötige Aufmerksamkeit zu erregen. Schon zu oft hatte er in den vergangenen Wochen an genau dieser Stelle geparkt, weil er von hier aus die beste Aussicht auf das gesamte Areal hatte. Damit war er allerdings auch oft genug hier gewesen, um sich verdächtig gemacht zu haben, falls jemand ihn und sein Auto schon häufiger hier beobachtet haben sollte. Um sich zu beruhigen, ging er aber erst mal davon aus, dass das nicht der Fall war. *Hier fahren so viele Autos her, dass eines mehr oder weniger gar nicht auffällt. Ich könnte ja auch ein Arzt sein. Oder ein Pfleger. Oder ein Besucher,* redete er sich ein und schaltete den Motor ab. Er schaute auf seine Armbanduhr. *Noch ein paar Minuten, dann kommst du raus in den Park und gehst spazieren. Dann werde ich dich holen,* dachte er. *Du bist immer pünktlich. Denn eine feste Routine ist ja so wichtig für euch … na ja … für euch Verrückten.* Der einzige Unsicherheitsfaktor, der seinen Plan zunichtemachen konnte, war das Pflegepersonal. Manchmal wurde sein Opfer von einer Schwester oder einem Pfleger begleitet. Wenn das heute auch der Fall war, würde er natürlich umdisponieren und morgen noch mal wiederkommen müssen. Wenn er allerdings wie an den meisten Tagen allein herauskäme und seine Runde drehte, hätte er leichtes Spiel. Dann könnte er es einfach mitnehmen und niemand würde in dem weitläufigen Park etwas davon bemerken. *Ich frage mich, warum ihr überhaupt so einen großen, schönen Park habt. In Münster gibt es so wenig Platz für Wohnungen und an euch Psychos wird er verschwendet. Was für eine Farce. Was für ein sinnloses Verbrennen von Steuergeldern.*

Er schaute noch einmal auf seine Uhr. *Es ist so weit.* Zur Sicherheit kontrollierte er seine Jackentasche. Das Chloroform hatte er eingesteckt. Er schaute sich um und öffnete die Fahrertür. Zügig schritt er zu einer versteckt in der Parkanlage gelegenen Bank, die nicht zu weit von seinem Auto entfernt lag, und setzte sich. *Jetzt musst du nur noch auskommen.*

Klaus Reuters hockte auf dem Bett in seinem abgedunkelten Zimmer und versuchte sich abzulenken. In den vergangenen Wochen hatte er wieder mit Gedankenrasen zu kämpfen gehabt. Und wenn in seinem Kopf gerade einmal nicht die unproduktive Gedankenspirale lief, gab es Gewitter, wie er es nannte. Ein unbeschreibliches Druckgefühl wanderte dann in seinem Schädel willkürlich hin und her. Wie ein springender Flummi in einem Raum, nur viel langsamer und herumwabernd wie das weiche Wachs in einer Lavalampe. Der enttäuschte Klaus hatte eigentlich gedacht, dass er diese Probleme nach der Anwendung der Techniken, die ihm während seiner Therapien beigebracht worden waren, im Griff hatte. Doch er wurde eines Besseren belehrt. Seine Probleme waren auch erst wieder so schlimm, seitdem der Fremde ihn vor ein paar Wochen im Park angesprochen hatte. Er wusste nicht genau, wann das war. Hier drin ging ein Tag in den anderen über, zeitliche und räumliche Grenzen verschwammen ineinander, was durch die Beruhigungsmittel, die er jeden Tag nahm, noch verschlimmert wurde. Es war fast ein bisschen so, als existiere er nicht. So, als hätte er sich in ein nicht greifbares Etwas verwandelt. Er verglich sich mit einer Qualmwolke, die man versuchte einzufangen. Nichts, was er tat, war folglich von Bedeutung. Wofür lebte er eigentlich noch? Er kam sich vor wie Dreck, und er bildete sich ein, dass auch die meisten Pflegekräfte ihn so behandelten.

Klaus' Gedanken rasten schneller und schneller, er musste sich irgendwie ablenken und stieß seinen Hinterkopf immer wieder gegen die harte Betonwand hinter ihm. So lange, bis er endlich nur noch den Schmerz spürte und etwas hatte, worauf er sich konzentrieren konnte.

Plötzlich hörte Klaus, wie sich Schritte auf dem Flur näherten. War es schon wieder Zeit für den Spaziergang? Hatte er wirklich den ganzen Tag in seinem Gedankenkarussell verbracht? Er war doch gerade erst vom Pfleger ins Zimmer gebracht worden, oder täuschte er sich? Die Tür öffnete sich und das Licht, das aus dem Flur hereinfiel, blendete ihn.

Als seine Augen sich an die Helligkeit gewöhnt hatten, erkannte er, dass es tatsächlich der Pfleger war.

»Hi, Klaus, es ist Zeit für deinen Spaziergang«, sagte der Pfleger mit seiner freundlichen Stimme.

Klaus verschränkte die Arme und winkelte die Beine an. »Nein, ich möchte nicht raus. Hier drin ist es viel gemütlicher. Ich gehe morgen wieder, okay?«

Der Pfleger lächelte. »Es ist nicht gut für dich, wenn du

den ganzen Tag hier drin bist. Dann drehen sich in deinem Kopf nur ständig dieselben Gedanken. Ein bisschen Ablenkung wirkt Wunder, du wirst sehen.«

»Ich weiß nicht«, antwortete Klaus.

»Es ist auch schönes Wetter draußen. Die Sonne scheint.«

»Das tut sie morgen bestimmt auch noch.«

»Komm schon, Klaus. Soll ich mitkommen?«

Klaus überlegte einen Moment. *Er lässt nicht locker. Am Ende muss ich ja doch nach draußen. Dann lieber allein, als von ihm zugelabert zu werden. Außerdem muss ich ja nicht lange bleiben.* »Schon gut, ich kann auch allein gehen.«

»Schön. Mach eine Runde durch den Park und dann kommst du zurück. Vergiss aber deine Jacke nicht.«

Jedes Mal, wenn sich vor Klaus die automatische Tür zum Park öffnete, fühlte er sich, als würde er eine fremde und feindselige Welt betreten. Ein kalter Schauer lief ihm den Rücken runter, wenn er den Fuß über die Schwelle setzte. Nach ein paar Minuten ging es dann meistens und er genoss sogar ein bisschen die frische Luft in seinen Lungen.

Mit immer sichereren Schritten flanierte Klaus durch den Park und freute sich darüber, dass er sich auch heute wieder dazu überwunden hatte, sein Zimmer zu verlassen. Sein behandelnder Psychiater würde ihn bestimmt dafür loben, wenn er, wie in den vergangenen Wochen, weitere Fortschritte machte. Auch wenn er sich momentan noch jeden Tag dazu überwinden musste, seinen »Hintern hoch« zu bekommen.

Während endloser Therapiesitzungen hatte Klaus gelernt, seine Wahrnehmung zu schärfen. So konzentrierte er sich auf seine Füße und das Knirschen der Kieselsteinchen unter seiner Sohle. Er schloss die Augen und versuchte auch den Wind auf seinen Wangen zu spüren, was ein bisschen schwieriger war. Klaus machte ein Spiel daraus, so viele Schritte wie möglich zu tun, ohne die Augen wieder zu öffnen und ohne dabei vom Weg abzukommen. *15, 16, 17,* zählte er. Bei 20 öffnete er die Augen wieder.

Oh, dahinten ist ja jemand, dachte Klaus. Ein paar Meter von ihm entfernt saß jemand auf einer der Bänke. Klaus kniff die Augen zusammen und erkannte einen Mann. Beim Näherkommen sah er, dass es der Fremde war, der ihn neulich schon mal angesprochen hatte. Er erinnerte sich mit Unbehagen an diese eigenartige Begegnung. *O nein. Soll ich jetzt umdrehen oder weitergehen? Ich möchte nicht noch mal mit ihm sprechen. Mmh, mein Psychiater hat mir gesagt, dass ich mich meinen Ängsten stellen soll. Und es kann mir ja gar nichts passieren. Ich tue es, ich gehe weiter.*

Klaus nahm all seinen Mut zusammen und hielt auf die Bank mit dem Fremden zu. Je näher er ihm kam, desto schneller klopfte sein Herz. Als Klaus auf seiner Höhe war, sprach der Fremde ihn an.

»Hallo, Klaus, wie geht es dir?«, fragte er so, als würden die beiden sich schon sehr lange kennen. Als wären sie gute Freunde, die sich mal wieder auf ein Bier treffen könnten. Dabei hatte Klaus noch nicht einmal das Gesicht des Mannes gesehen, was die Begegnungen mit ihm noch gruseliger machte. Der Fremde war in Klaus' Vorstellung der »Typ mit dem Cappy, Schal und der Sonnenbrille«.

Nicht antworten, einfach weitergehen, dachte Klaus und ging schneller. Glücklicherweise hatte der Fremde nicht noch einmal versucht, ihn anzusprechen.

Als er in sicherer Entfernung war, drehte Klaus sich um. Er wollte einfach nur nachsehen, ob der Mann immer noch auf der Bank saß. Ein Schock durchfuhr ihn. Er war verschwunden. Klaus atmete schwer. *Habe ich mir das alles nur eingebildet? Das wäre doch möglich. Vielleicht war der Typ die ganze Zeit eine Halluzination! Hervorgerufen durch meine psychische Störung oder die Medikamente, die ich nehme.*

Diese Vorstellung bedeutete einen wahren Rückschlag für Klaus, der eigentlich den Eindruck gewonnen hatte, sich auf dem Weg der Besserung zu befinden. Wenn jetzt auch noch Wahnvorstellungen zu seinem Repertoire psychischer Störungen hinzukamen, bedeutete das doch das Gegenteil.

Betrübt ging Klaus weiter durch den Park. *Ich mache jetzt noch meine Runde zu Ende und gehe dann wieder in mein Zimmer.* Plötzlich spürte er einen Druck im Rücken und eine Hand mit einem Stück Stoff darin kam von hinten in sein Sichtfeld. Alles ging so schnell, dass er kaum reagieren konnte. Und als ein süßlicher Duft in seine Nase strömte, wurde es auch schon dunkel um ihn herum.

Kapitel 11

Mit einem Schlag war Klaus hellwach. Er wusste nicht, was ihn so schnell aufgeweckt hatte: das ihn überall umgebende Klacken und Knarzen, der eigenartige Geruch aus Muff, Staub und Holz oder sein Gedankenrasen, das, wenn er es nicht unter Kontrolle bekam, in eine Panikattacke münden würde. Klaus vermutete, dass es Letzteres war, da er eigentlich ständig um drei Uhr nachts in seiner Gedankenspirale wach wurde und danach bis zum Wecken durch die Pfleger auch nicht mehr einschlafen konnte. *Heißt das, dass es jetzt drei Uhr nachts ist?* Klaus öffnete die Augen und versuchte auf den Wecker auf seinem Nachttisch zu schauen, doch es war so dunkel, dass er nichts sehen konnte. *Wo bist du, du verdammtes Ding? Hat das Pflegepersonal mein Zimmer umgeräumt?*, ging es ihm durch den Kopf. Als seine Augen sich an die Dunkelheit gewöhnt hatten, erkannte er, dass er nicht in seinem Zimmer war, und wurde nervös. *Warum verlegen die mich einfach? Die wissen doch ganz genau, dass psychisch kranke Menschen feste Strukturen und eine gewohnte Umgebung brauchen, um sich sicher zu fühlen und den Heilungsprozess zu beschleunigen. Das können die doch nicht machen.* Er sprang aus dem Bett und augenblicklich löste der Bewegungsmelder ein Licht aus, das so grell war, dass es Klaus zurück auf die Matratze warf.

»Verdammte Scheiße, was soll das? Depressive neigen

zu Lichtempfindlichkeit! Warum stellt ihr nicht gleich ein Flutlicht hier auf«, entfuhr es Klaus. Das Licht löste einen starken Schmerz in seinem Kopf aus. Nur zögerlich und mit vorgehaltenem Unterarm wagte er es nach kurzer Zeit, sich einmal in seinem neuen Domizil umzuschauen. Bis er schließlich panisch feststellte, dass er in gar keinem Krankenzimmer war und sich vermutlich nicht einmal in der LWL-Klinik für Psychiatrie befand, sondern in etwas, das wie ein Jugendzimmer aussah.

Außer dem Bett stand im Zimmer ein Schreibtisch mit einem klapprigen Stuhl davor. An der Wand hingen Poster von Formel-1-Autos und Baggern. *Aber wieso ist das Fenster vernagelt?*, fragte sich Klaus.

Ganz langsam kehrte seine Erinnerung zurück. Zumindest die paar Fetzen, die er noch abrufen konnte. Wie jemand, der aus dem Nebel auftauchte. *Ich war im Park unterwegs. Auf der Bank habe ich diesen gruseligen Mann gesehen. Ich war mir aber nicht sicher, ob er wirklich da war, ob es ihn überhaupt gab. Dann bin ich ohnmächtig geworden.*

Klaus erhob sich von der Bettkante, diesmal vorsichtiger als beim ersten Mal. Er wagte einige Schritte durch sein Zimmer, wobei der Boden eigenartige Geräusche von sich gab. Es fühlte sich an, als ob er auf einem Schiff wäre. *Ja, tatsächlich. Ich könnte auf einem Schiff sein. Und ich habe kein Fenster, weil das hier eine Innenkabine ist.* Er schloss die Augen und versuchte sich zu konzentrieren. Sosehr er sich auch bemühte: Er bemerkte kein Schwanken und ein Motorengeräusch konnte er auch nicht hören.

Klaus drückte die Klinke runter, doch die Tür zum Raum war verschlossen. Klaustrophobie gehörte zwar nicht zu seinen Leiden, doch die Vorstellung, nicht hier rauszukommen, wann er es wollte, machte ihm Angst.

»Hallo? Ist da jemand?«, rief er und schlug gegen die Tür. Keine Reaktion.

»Hallo?«, wiederholte er und diesmal bekam er sogar eine Antwort.

»Ja, hallo, hier bin ich«, rief eine Frauenstimme, die sich dumpf und leise anhörte.

»Wer sind Sie?«, fragte Klaus.

»Ich bin Julia Buschkowsky. Wer sind Sie?«

»Klaus Reuters. Wo bin ich hier?«

»Das wissen wir nicht. Wir versuchen es auch herauszufinden«, antwortete Julia.

Klaus war sich relativ sicher, dass ihre Stimme aus dem Nebenraum kam. Wenn es hier so etwas wie einen Nebenraum gab. Auf jeden Fall kam die Stimme von irgendwo direkt hinter der Zimmerwand, an die er sich stellte, um besser mit der unbekannten Frau kommunizieren zu können.

»Sie haben gesagt, dass ›wir es versuchen herauszufinden‹. Gibt es noch mehr Menschen hier?«, hakte Klaus nach.

»Ja. Es gibt noch einen weiteren Mann«, antwortete Julia.

»Das stimmt. Mein Name ist Fabian Kolb. Ich freue mich, Sie kennenzulernen. Ich würde Ihnen ja sehr gern die Hand schütteln, aber das geht leider momentan nicht«, rief Fabian nicht ohne Ironie von hinter der gegenüberliegenden Wand.

»Freut mich auch. Wie kommen wir hier raus?«, fragte Klaus.

»Auch das versuchen wir herauszufinden. Manchmal öffnen sich die Zimmertüren automatisch. Dann können wir essen und uns unten in einem Wohnzimmer versammeln. Oder was auch immer das sein soll«, erklärte Julia.

Klaus schritt zur Tür seines Zimmers und rüttelte daran, ohne dass sie sich bewegen ließ. Er untersuchte den Rahmen und das Schloss, doch auf die Schnelle konnte er keinen Schließmechanismus erkennen. Geschweige denn, wie man die Tür hätte aufhebeln können. Selbst wenn es im Raum ein passendes Werkzeug gegeben hätte, wäre es unmöglich gewesen, einen Punkt zum Ansetzen zu finden. »Wann öffnet sich die Tür denn immer?«

»Das ist unterschiedlich. Alle paar Stunden, würde ich sagen«, antwortete Fabian, der von den drei Anwesenden als Längster in dem Gefängnis war.

»Und wenn wir mal aufs Klo müssen?«, fragte Klaus.

»Unter dem Bett steht ein Eimer. Zumindest ist das bei mir so«, antwortete Fabian.

Sogleich schaute Klaus unter seinem Bett nach und tatsächlich stand dort auch ein Eimer. Genau wie bei Julia, die erst jetzt darauf kam, dort nachzuschauen.

»Ist ja toll«, bemerkte Klaus.

»Ja, er hat an alles gedacht«, antwortete Julia sarkastisch.

»Wer ist denn überhaupt ER?«, erkundigte sich Klaus.

»Das versuchen …« Julia wurde von einem Knacken in der Decke unterbrochen. Das Geräusch kam aus einem Lautsprecher, der jeweils in allen Zimmern hing und auch die beiden Männer beschallte.

»Hört auf, miteinander zu sprechen«, sagte die verzerrte Männerstimme, die zumindest Julia und Fabian schon zuvor im Wohnzimmer einen Befehl erteilt hatte.

Fabian zuckte zusammen. Jedoch erschrak er nicht so doll wie Klaus. Es war schon eine Weile er, dass jemand zuletzt so mit ihm gesprochen hatte. Jedenfalls traute er sich nicht zu widersprechen und sagte lieber nichts mehr. Im Gegensatz zu Julia, die langsam sehr ungeduldig wurde, was nicht zuletzt an ihren stärker werdenden Entzugserscheinungen lag.

»Es reicht«, brüllte sie. »Wir werden hier nun schon Gott weiß wie lang gegen unseren Willen festgehalten. Wir haben hier weder ein Badezimmer noch den Blick nach draußen. Und jetzt sollen wir uns nicht unterhalten dürfen? Und dann hast du nicht mal die Eier, dass du dich uns zeigst? Ich sag dir was: Komm raus und sag uns ins Gesicht, was du willst. Oder halt die Klappe und lass uns frei!«

Fabian und Klaus hatten Julia sehr gut verstehen können und zeigten sich beeindruckt. Ein paar Sekunden später knackte der Lautsprecher abermals. Diesmal ließ die Botschaft der Stimme alle drei gleichermaßen erschaudern.

»Seid still. Oder ihr werdet sterben. Und zwar noch früher als geplant.«

Kapitel 12

Thomas hatte die Haarbürste mit den Proben von Julia Buschkowsky persönlich im Labor der kriminaltechnischen Untersuchung abgegeben und damit Teamleiter Horst Maurer sehr glücklich gemacht. Im Gegenzug versprach Maurer, sich umgehend an die Analyse zu machen und Thomas als Ersten zu informieren, sobald ein Ergebnis vorlag.

Auf dem Weg in sein Büro lief Thomas Kommissaranwärter Jan Wolf in die Arme. »Herr Herold, gut, dass Sie schon wieder zurück sind. Warten Sie einen Moment. Es kam gerade noch eine Meldung über einen weiteren Vermissten rein. Vielleicht hat das etwas mit Ihrem Fall zu tun«, sagte er.

»Sie meinen aber nicht den von gerade? Also der, der nicht bei der Arbeit erschienen ist?«, versicherte sich Thomas.

Wolf schüttelte den Kopf. »Nein, noch ein anderer. Es handelt sich um einen Patienten, der aus dem LWL-Klinikum verschwunden ist.«

»Um was für einen Patienten handelt es sich? Ist er gefährlich?« Thomas war sich der Tatsache bewusst, dass im LWL-Klinikum auch Patienten der forensischen Psychiatrie untergebracht waren. Dazu gehörten Gewalttäter, Sexualverbrecher und andere. In seiner Laufbahn hatte er bereits mehrfach erlebt, wie solche Patienten während eines Fluchtversuchs rückfällig wurden. Entsprechend nervös hakte er beim Kollegen nach.

»Nein, er ist nicht gefährlich«, beruhigte ihn Wolf.

»Dann bin ich erleichtert. Und inwiefern hat der verschwundene Patient mit unserem Fall zu tun?«, fragte Thomas.

»Ein anderer Patient hat später ausgesagt, dass der Vermisste von einer Person ›mitgenommen‹ wurde, wie er es ausgedrückt hat«, erklärte Wolf.

»Mitgenommen? Hat er sich so ausgedrückt?«, fragte Thomas.

Wolf nickte. Thomas hatte keine Ahnung, was genau das zu bedeuten hatte. Aber auf jeden Fall klang der Fall des verschwundenen Patienten relevant genug, um der Sache einmal nachzugehen.

Das LWL-Klinikum lag nur etwa fünf Minuten von der Polizeiwache am Friesenring entfernt. Mit eingeschaltetem Blaulicht sogar nur zwei.

Thomas kannte sich gut auf dem Klinik-Komplex aus. Er stellte seinen Wagen auf dem Besucherparkplatz ab, von dem aus man direkt zum Empfang gelangte.

»Thomas Herold, Kriminalpolizei Münster«, stellte er sich vor.

»Sie sind aber schnell hier. Warten Sie, ich sage dem Pflegedienstleiter Bescheid«, begrüßte ihn die freundliche ältere Frau hinter der Theke. Während er wartete, ging er ein bisschen in der Lobby herum und betrachtete die dort hängenden Bilder. Die meisten waren abstrakt, es waren aber auch detaillierte Landschaftsbilder darunter, in denen man sich gut verlieren konnte. So blieb

Thomas recht lang vor einem Bild von den Rieselfeldern stehen.

»Wenn Sie wollen, können Sie das Gemälde kaufen«, holte ihn eine Stimme zurück ins Hier und Jetzt. Es war der Pflegedienstleiter Hans Freudenthal, der plötzlich hinter ihm stand. »Die sind alle von unseren Patienten. Ich mache Ihnen auch einen Sonderpreis«, scherzte Freudenthal und schüttelte Thomas die Hand.

»Vielen Dank. Ich wüsste aber nicht, wo ich das bei mir hinhängen sollte. Die Wände sind voll«, antwortete Thomas.

»Da kann man wohl nichts machen. Vielen Dank, dass Sie so schnell gekommen sind. Ich bringe Sie zur Station.« Freudenthal führte Thomas durch das Gebäude und teilte ihm unterwegs die wichtigsten Fakten mit. Als die beiden Männer die Station 2 a erreichten, stoppte Freudenthal. »Ich übergebe Sie jetzt vertrauensvoll in die Hände der Stationsleiterin Frau Brecht. Sie wird Ihnen bei all Ihren Fragen weiterhelfen. Und zum Schluss hätte ich noch die Bitte, den Vorfall hier nicht an die große Glocke zu hängen. Sie wissen ja, wie empfindlich die Bevölkerung auf verschwundene Patienten reagiert. Selbst wenn sie ungefährlich sind. Wir wollen ja nicht unnötig die Pferde scheu machen, nicht wahr?« Freudenthal verabschiedete sich grinsend und verschwand im Treppenhaus.

»Na dann kommen Sie mal mit«, sagte Frau Brecht und ging mit Thomas über die Station bis in den kargen Aufenthaltsraum des Personals, wo sie dem Gast von der Polizei und sich selbst eine Tasse Kaffee fertig machte.

»Sie vermissen also einen Ihrer Patienten. Klaus

Reuters, neununddreißig Jahre alt«, begann Thomas und nahm einen Schluck.

»Das ist richtig«, bestätigte Frau Brecht. »Aber er ist nicht gefährlich oder so. Er könnte keiner Fliege etwas zuleide tun. Der geschlossene Trakt mit den forensischen Patienten befindet sich auf der anderen Seite.«

»Weshalb befand sich Herr Reuters denn bei Ihnen in Behandlung?«, fragte Thomas.

»Er litt gleich unter mehreren psychischen Störungen. Die Hauptdiagnose ist eine Borderline-Persönlichkeitsstörung. Darauf aufgesattelt ist eine Depression«, erklärte Frau Brecht.

»Was genau bedeutet das? Verzeihen Sie mein Unwissen«, hakte Thomas nach.

»Kein Problem. Charakteristisch für eine Borderline-Persönlichkeitsstörung oder emotional-instabile Persönlichkeitsstörung sind impulsives Verhalten und starke Schwankungen in den Gefühlen, dem Selbstbild und zwischenmenschlichen Beziehungen. Menschen mit Borderline-Syndrom haben oft weitere psychische Beeinträchtigungen, vor allem Depressionen, selbst verletzendes Verhalten und dissoziative Symptome – das heißt, sie erleben sich selbst oder ihre Umgebung als unwirklich oder können sich zeitweise nicht an Aspekte ihrer Vergangenheit erinnern. Deshalb verletzen sich die Patienten auch so oft selbst, um überhaupt etwas zu fühlen.«

»Und wie wird Herr Reuters behandelt? Nur interessehalber.« Thomas richtete seinen Blick auf den großen Medikamentenschrank hinter Frau Brecht.

»Mit einer Kombination aus Medikation und Gesprächstherapie. Und Herr Reuters hat in den letzten Wochen dabei große Fortschritte gemacht.«

»Mein Kollege sagte mir, dass er entführt wurde«, sagte Thomas.

»Genau. Ein anderer Patient hat so etwas beobachtet. Sein Name ist Martin Blöhmer und er ist wegen einer schweren Depression hier. Ich habe ihn schon darauf vorbereitet, dass Sie ihn befragen wollen. Soll ich ihn holen?«, fragte Frau Brecht.

»Gleich würde ich gern mit ihm sprechen. Zuerst habe ich aber noch ein paar Fragen an Sie«, sagte Thomas.

»Wie Sie meinen.«

»Wann genau ist Herr Reuters heute entführt worden?«, fragte Thomas.

»Das war vor etwa einer Stunde. Martin Blöhmer hat mich daraufhin direkt informiert und ich habe natürlich sofort die Polizei informiert. «

»Besteht die Möglichkeit, dass dieser Herr Blöhmer, na ja, nicht die Wahrheit sagt oder halluziniert?«, hakte Thomas vorsichtig nach.

»Das ist in einer psychischen Einrichtung natürlich eine berechtigte Frage. Aber Herr Blöhmer ist tatsächlich nur depressiv. Er leidet nicht unter Halluzinationen.«

»Verstehe. Ich versuche gerade zu ergründen, warum jemand einen Patienten aus einer psychiatrischen Klinik entführen sollte. War Herr Reuters wohlhabend? Oder hatte er Feinde, die ihm etwas Böses wollen?«, fragte Thomas.

Frau Brecht schüttelte den Kopf. »Nichts von beiden.«

»Was hat er denn in seinem Leben außerhalb der Klinik gemacht? Was hatte er für einen Beruf?«

»Herr Reuters hatte keinen Beruf. Er hat auch nie eine Ausbildung gemacht. Er ist arbeitsunfähig. Und laut seiner Krankenakte hat er den Großteil seines Lebens in Einrichtungen wie dieser verbracht. Wir haben leider überwiegend Patienten mit sehr traurigen Lebensläufen hier. Manche hatten ein nach unseren Vorstellungen geregeltes Leben, aber die meisten nicht.«

»Das liegt wohl in der Natur der Sache. Hat er denn Familienmitglieder, die ich befragen könnte?«

»Leider nicht. Der letzte Kontakt von Herrn Reuters zu seiner Familie liegt Jahre zurück. Er könnte Ihnen vermutlich nicht einmal mehr sagen, wo sie sich aufhält«, antwortete Frau Brecht.

»Dann würde ich jetzt gern mit dem Zeugen Herrn Blöhmer sprechen«, sagte Thomas.

»Natürlich, einen Moment bitte.« Frau Brecht verließ den Raum und kam fünf Minuten später mit einem Mann zurück. Er war Mitte vierzig, vielleicht auch etwas jünger. Die Tatsache, dass er glasige Augen hatte und müde wirkte, machte ihn schwer einzuschätzen. Unsicher setzte er sich zu Thomas an den Tisch.

»Guten Tag, ich bin Thomas Herold von der Kriminalpolizei Münster. Sie müssen keine Angst haben, ich habe nur ein paar Fragen. Ich bin hier, weil Sie beobachtet haben, wie Herr Reuters entführt wurde, und Sie Frau Brecht darüber informiert haben. Erst mal vielen Dank dafür.« Thomas merkte, wie er sich, ohne es zu beabsichtigen, große Mühe gab, mit Herrn Blöhmer zu sprechen, als wäre er schwer von Begriff. Die Quittung dafür bekam er umgehend.

»Das ist meine Pflicht als Staatsbürger. Und wenn ich

körperlich in der Verfassung gewesen wäre, hätte ich Herrn Reuters sogar geholfen. Und bitte merken Sie sich, dass ich nur depressiv und nicht zurückgeblieben bin. Ich habe sogar ein juristisches Staatsexamen«, entgegnete Herr Blöhmer.

Thomas war perplex und wusste im ersten Augenblick nicht, was er erwidern sollte. Herr Blöhmer wirkte sehr klar und verfügte über einen scharfen Verstand. »Ah, ein Mann vom Fach. Umso besser«, antwortete er schließlich. »Dann sagen Sie mir doch bitte, was genau geschehen ist.«

»Ich saß in meinem Zimmer und habe aus dem Fenster geschaut. Wie eigentlich die meiste Zeit des Tages. Ich habe eine sehr schöne Aussicht auf die Außenanlagen, müssen Sie wissen. Wie immer um kurz nach drei ging Klaus dann in den Park. Da saß bereits ein eigenartiger Typ auf einer Bank, der wenige Minuten zuvor gekommen war und sein Auto in der Nähe abgestellt hatte. Na ja, auf jeden Fall schien er Klaus aufgelauert zu haben. Denn kurz nachdem er an ihm vorbeispaziert war, sprang der Mann plötzlich auf, verfolgte ihn im Schutz einiger Büsche und hat ihn dann von hinten überwältigt. Das sah aus, als ob er ihm das Genick gebrochen hätte. Auf jeden Fall ist Klaus einfach zusammengesackt und wurde dann von ihm zum Auto geschleift«, berichtete Blöhmer.

»Können Sie den Mann beschreiben?«, fragte Thomas.

»Er war recht groß, vielleicht 1,80 Meter. Und er schien sehr fit zu sein. Auf jeden Fall hat er Klaus' Körper mühelos über hundert Meter oder so über den Boden geschleift«, beschrieb Blöhmer, was er gesehen hatte.

»Und was ist mit dem Gesicht des Mannes? Wie sah er aus?«

»Das kann ich Ihnen leider nicht sagen. Er trug ein Cappy und hatte einen hochgestellten Kragen.«

Thomas merkte auf. *Das stimmt genau mit der Beschreibung des angeblichen Arztes überein, der Julia Buschkowsky aus der »Masematte« entführt hat.* »Haben Sie das Nummernschild des Autos gesehen? Oder zumindest das Automodell erkannt?«, fragte er.

Blöhmer dämpfte Thomas' aufkommende Euphorie. »Leider nicht. Es parkte von meinem Blickwinkel aus betrachtet genau vor einem Busch.«

Scheiße, wäre auch zu schön gewesen, dachte Thomas. »Ist Ihnen sonst etwas aufgefallen?«, fragte er.

Blöhmer dachte einen Augenblick nach und schüttelte dann den Kopf.

»Trotzdem vielen Dank, damit haben Sie mir schon mal weitergeholfen. Ich denke, dann sind wir hier fertig fürs Erste. Kontaktieren Sie mich, falls Ihnen später doch noch etwas einfällt.« Thomas legte seine Visitenkarte auf den Tisch.

Frau Brecht begleitete den Kommissar bis zur Stationstür. »Wissen Sie, es macht mich sehr traurig, dass Klaus Reuters entführt wurde, und natürlich sorgt der Vorfall beim Personal und bei den Patienten gleichermaßen für Verunsicherung. Bitte sagen Sie Bescheid, sobald Sie etwas Neues wissen. Und vor allem: Bringen Sie Herrn Reuters gesund zurück«, sagte Frau Brecht.

»Ich gebe mein Bestes. Wir schreiben Herrn Reuters umgehend zur Fahndung aus. Und bitte schicken Sie mir noch ein Foto von ihm, Sie haben ja meine E-Mail-Adresse«, verabschiedete sich Thomas. »Und wundern Sie sich nicht, ich werde einen Kollegen von der kriminaltechnischen

Untersuchung vorbeischicken. Vielleicht findet er brauchbare Spuren im Park.«

Zurück im Präsidium besorgte Thomas sich ein feuchtes Tuch in der Teeküche auf seinem Flur und wischte die große weiße Wandtafel in seinem Büro ab. Anschließend druckte er die Fotos der drei bisher entführten Personen aus und heftete sie mit Magneten an die Tafel: Astrid Semmler, Julia Buschkowsky und Klaus Reuters. Den Entführer stellte er symbolisch dar als Strichmännchen mit Cappy, umgeben von Fragezeichen. Mit Schaubildern konnte er am effektivsten arbeiten, weshalb er damit begann, alle ihm vorliegenden Informationen zu den Opfern auf die Tafel zu schreiben.

Problem 1: Ich weiß nicht zu hundert Prozent, ob wirklich alle Entführungen und der Mord an Astrid Semmler zusammenhängen. Ich gehe aber mit einer hohen Wahrscheinlichkeit davon aus, dachte er. *Damit kommen wir zu den Gemeinsamkeiten: Alle drei hatten familiäre Probleme. Zumindest zwei von ihnen, Astrid und Julia, waren drogensüchtig und Gelegenheitsprostituierte. Mmh, zählen die Tabletten, die Klaus Reuters eingenommen hat, auch als Drogen? Nicht im engeren Sinne. Es muss ein anderes verbindendes Element zwischen ihm und den beiden Frauen geben. Schade, dass ich so wenig über ihn weiß.* Der schwarze Marker quietschte über die Tafel, während Thomas alles, was ihm einfiel, auf die Tafel schrieb. *Vielleicht sind es ja auch die Dinge, die die Opfer nicht gemeinsam haben, die sie zur Zielscheibe für den Entführer gemacht hat. Astrid kam aus einer sehr guten Familie, Julia stammt aus prekären Verhältnissen und Klaus hat gar keine Familie.*

Thomas dachte einen Moment darüber nach und verwarf den Gedanken wieder. *Ich kann nur hoffen, dass ich den Entführer rechtzeitig finde und am Ende nicht der Tod als Gemeinsamkeit von allen steht.*

Kapitel 13

Klaus kauerte auf seinem Bett. Wie er es sich in der Psychiatrie angewöhnt hatte, stieß er seinen Hinterkopf immer wieder gegen die Wand hinter ihm, um sich selbst zu spüren und sich dadurch zu versichern, dass er noch da war. Fabian Kolb, dessen Zimmer direkt an die Wand grenzte, machte das rhythmische Klopfen fast wahnsinnig. Er sagte jedoch nichts, da die Stimme aus dem Lautsprecher eine eindeutige Warnung ausgesprochen hatte: »Seid still oder sterbt!« Klaus belastete dies sehr. Er zitterte am ganzen Körper und konnte an nichts anderes mehr denken.

Julia zitterte ebenfalls. Allerdings beschäftigte sie etwas ganz anderes als die dämliche Lautsprecherstimme. Todesdrohungen bekam sie von Mitjunkies fast täglich. Das Gesetz der Straße war nun mal unerbittlich. Schon ein paarmal hatte sie erlebt, dass ein Süchtiger einen anderen für einen Schuss fast totgeprügelt hätte. Nein, sie kämpfte zusehends stärker mit dem Turkey. Kalter Schweiß stand ihr auf der Stirn und es fiel ihr immer schwerer, überhaupt ruhig sitzen zu bleiben.

Das bekannte klackende Geräusch ertönte wieder. Es durchzog das gesamte Haus, oder was auch immer ihr verdammtes Gefängnis darstellen sollte, dachte Julia. Dann öffneten sich die Zimmertüren automatisch. Julia sprang von ihrem Bett auf und stürmte hinaus in den Flur. Zum einen, um einmal durchzuatmen, da die Luft in ihrem Zimmer abgestanden war, zum anderen aber auch, um aus voller Kehle ihrem Ärger Luft zu machen: »Lass uns hier raus, du Arschloch!« Julia trat so fest sie konnte gegen das Flurgeländer, bis Fabian herbeikam und sie zur Seite zog.

»Hey, ganz ruhig«, sagte er mit sanfter Stimme und drückte sie gegen die Wand. Julia ließ sich zu ihrem Erstaunen recht schnell beruhigen. Bis ihr der körperliche Kontakt nach einigen Sekunden unangenehm wurde und sie Fabians Hände von ihren Schultern schüttelte.

Zögerlich kam Klaus aus seinem Zimmer. Als er die beiden anderen sah, machte er einen Schritt zurück.

»Keine Angst, wir sind es, Fabian und Julia, wir haben uns durch die Wand unterhalten«, sagte Fabian.

»Aber wir dürfen doch nicht miteinander sprechen, sonst bringt er uns um«, antwortete Klaus.

»Sobald die Türen auf sind, ist das wohl anders«, vermutete Julia.

Ein Lautsprecher im Flur knackte. »Geht ins Wohnzimmer und setzt euch an den Tisch«, befahl die verzerrte Stimme. »Los«, schickte sie hinterher. Die drei gehorchten und trotteten die Treppe hinunter.

Fabian und Julia setzten sich an die Plätze, die sie bei ihrer ersten Begegnung hier unten bereits hatten. Klaus suchte sich einen der beiden noch freien Stühle aus.

»Was ist das hier?«, fragte Klaus.

»Wir wissen immer noch nicht mehr als vorhin«, antwortete Julia genervt und in barschem Ton.

»Na, ich gebe zu bedenken, dass uns aufbrausendes Verhalten hier nicht weiterführt«, versuchte Fabian die Situation zu beruhigen.

»Weißt du was? Das ist mir scheißegal!«, schrie Julia.

Klaus zuckte zusammen. Es war so unbeschreiblich furchtbar für ihn, hier zu sein, dass er am liebsten ebenfalls ausgerastet wäre. »Wie kommen wir hier raus? Gibt es eine Tür?«

Fabian schüttelte den Kopf. »Wir haben schon alles probiert und durchsucht.«

»Aber jetzt bin ich doch hier. Vielleicht habt ihr etwas übersehen und ich finde eine Tür!«

»Glaube nicht, dass du schlauer bist als wir, das ist arrogant«, sagte Julia.

»Das sage ich ja gar nicht, aber ich habe oft einen Blick fürs Detail.« Klaus stand von seinem Stuhl auf und wollte gerade zurück in den Flur gehen, als die Lautsprecherstimme ertönte. »Setz dich hin!«, befahl sie und Klaus gehorchte umgehend. Er begann zu weinen.

»Also das bringt uns garantiert nicht weiter«, kommentierte Julia.

»Ich frage mich nur, warum wir hier sind. Ich meine, warum ausgerechnet wir! Wir haben doch nichts Schlimmes getan! Im Gegenteil, mein Leben ist eine einzige Katastrophe!«

»Ach ja?«, fragte Julia. »Dann erzähl doch mal. Ich kann mir nicht vorstellen, dass dein Leben schlimmer ist als meines!«

Klaus seufzte. *Wenn sie es unbedingt hören will ...,* dachte er. »Als Kind habe ich zusammen mit meiner Mutter und meinem zwei Jahre jüngeren Bruder gelebt. Unser Papa hat uns verlassen und wir hatten ein demetsprechend schwieriges Verhältnis zueinander. Mama war seit der Trennung auf sich allein gestellt und hatte mit psychischen Problemen zu kämpfen. Sie hat oft bis spät in die Nacht gearbeitet, wir Kinder waren dementsprechend allein zu Hause. Ich habe schon früh gelernt, Verantwortung zu übernehmen. Wenn Mama aufgrund einer Spätschicht morgens nicht aus dem Bett kam, musste ich meinen kleinen Bruder wecken und in den Kindergarten und dann in die Schule begleiten. Mit der Zeit fiel in der Schule auf, dass mein kleiner Bruder oft müde und die Kleidung nicht besonders sauber war. Daraufhin rief seine Klassenlehrerin immer wieder das Jugendamt an. Auch Papa setzte alles daran, das Jugendamt über die Umstände zu informieren. Er hatte dabei aber nicht unser Wohl im Sinn. Es ging ihm einfach um Machtspiele mit meiner Mutter. Schließlich stand das Jugendamt vor der Tür und führte meine Mutter wie eine Kriminelle in eine psychiatrische Klinik ab. Mein kleiner Bruder und ich wussten von nichts, wir waren in der Schule. Nach Schulschluss wartete bereits der damalige Heimleiter in einem Auto vorm Haupteingang und sagte uns, dass wir nun auf einen Bauernhof fahren und viel Spaß haben werden. Uns wurde nicht gesagt, wieso wir dorthin gehen und wie lange wir bleiben werden. Es wurde alles schöngeredet und ich traute mich nicht nachzuhaken.« Klaus machte eine Pause, Julia und Fabian hörten ihm andächtig zu. »Wie ich später herausfand, war der Hof ein sogenanntes Auffangbecken, da das Heim Platzmangel hatte. Als wieder Platz im Heim war, sind mein Bruder und ich dann dorthin gekommen. Das war der nächste große Schock für uns, der sich tief eingebrannt hat. Die meisten Betreuer im Heim machten ihre Arbeit nach Vorschrift. Dort fehlte es an Liebe und Geborgenheit. Du hast niemanden, der abends mit dir kuschelt oder dir sagt, wie sehr er dich schätzt. Aus diesem Grund war ich emotional distanziert. Das Thema Liebe löste in mir ein Gefühl von Fremdscham aus. Eines Tages passierte dann die Katastrophe, als mein Bruder das Heim verließ, weil er in eine Pflegefamilie kam. Bis dahin hatten mein Bruder und ich in diesem Meer von Unsicherheit wenigstens einander gehabt, wir hatten ja praktisch alles gemeinsam durchgestanden. Als dieser letzte Anker wegfiel, bin ich weggelaufen.« Klaus machte eine Pause und verdrückte sich ein paar Tränen.

»Mein Gott, hat diese Geschichte auch ein Ende?«, unterbrach Julia.

Klaus riss sich zusammen. »Okay, ich erspare euch weitere Details. Ich wurde von der Polizei gefasst, zurückgebracht und kam, wie mein Bruder, in eine Pflegefamilie. Dann in noch eine und dann in noch eine. Immer wieder bin ich weggelaufen. Mit achtzehn hatte ich meinen ersten Aufenthalt in der Psychiatrie und es folgten so viele weitere, dass ich sie nicht mehr zählen kann. Jetzt bin ich hier mit euch zwei Unbekannten und schütte euch mein Herz aus. Ende der Geschichte.«

»Na endlich«, murmelte Julia. Langsam, aber sicher bemerkte auch sie selbst, dass sie den anderen gegenüber immer aggressiver wurde. Ohne Heroin konnte sie dem allerdings nicht entgegenwirken.

»Das ist ein sehr trauriges Schicksal, tut mir leid«, sagte Fabian und warf Julia einen bösen Blick zu.

»Trauriges Schicksal«, äffte Julia Fabian nach.

»Wie ist denn dein Leben bisher verlaufen?«, antwortete der herausfordernd.

»Wenn ihr jetzt von mir so eine lange Geschichte

erwartet wie von Klaus, dann liegt ihr falsch«, antwortete Julia.

»Wir nehmen auch die Kurzversion«, antwortete Fabian.

Julia starrte für einen Moment an die Decke. »Wenn ihr unbedingt wollt …« Sie räusperte sich. »Ich hatte eigentlich eine ganz schöne Kindheit und Jugend. Wir hatten zwar nie viel Geld zur Verfügung, aber ich erinnere mich daran, dass wir irgendwie immer glücklich waren. Bis zu dem einen Tag, an dem mein Vater nicht von der Arbeit nach Hause kam. Er starb an einem Herzinfarkt. Von da an ging es für mich bergab. Ich ging nicht mehr zur Schule, hing nur noch mit Leuten rum, die die meisten Menschen wohl als ›schlechten Umgang‹ bezeichnen würden, und verlor jeglichen Halt im Leben. Dann fing ich an, immer wieder von zu Hause wegzulaufen. Ganz schlimm wurde es, als meine Mutter mit ihrem neuen Freund um die Ecke kam. Da bin ich irgendwann nicht wiedergekommen und bin bei meinen Kumpels auf der Straße geblieben. Eines Tages kam dann noch Heroin dazu. Ich habe versucht, eine Therapie zu machen, aber das hat leider nichts gebracht, nach zwei Wochen habe ich sie abgebrochen. Und jetzt bin ich hier, verschleppt von einem Unbekannten wie ihr auch.«

»Interessant. Und natürlich bedauernswert«, bemerkte Fabian. Klaus saß nur stumm da und nickte.

»Und was ist mit dir?«, beendete Julia das Schweigen. Fragend schaute sie Fabian an.

»Über mich gibt es eigentlich nicht viel zu erzählen. Ich meine im Vergleich zu euren Geschichten. Da muss ich mich ja fast schämen für mein relativ normales Leben«, sagte Fabian.

»Das macht nichts«, entgegnete Julia, »wir hören uns deine Story trotzdem gern an, wir sind nämlich neugierig. Und außerdem, wenn wir schon gezwungen sind, hier zusammen rumzuhängen, möchten wir wenigstens wissen, mit wem wir es zu tun haben.« Nach Bestätigung suchend blickte sie zu Klaus und erntete ein zustimmendes Nicken.

»Na gut. Wenn es euch interessiert, will ich euch mein Leben natürlich nicht vorenthalten. Aufgewachsen bin ich in einer normalen, gutbürgerlichen Familie. Gefehlt hat es mir an nichts. Ich war übrigens Einzelkind und musste nicht mal mit Geschwistern teilen. Nach der Schule habe ich eine Ausbildung gemacht, dann bin ich irgendwann mit zwanzig von zu Hause ausgezogen und habe immer noch den Job bei meiner ersten Firma.«

Julia wartete kurz. »Das wars?«, fragte sie schließlich.

»Ich habe doch gesagt, dass mein Leben unspektakulär ist«, rechtfertigte sich Fabian.

»Ja, aber da muss es doch noch mehr geben. Bist du verheiratet? Hast du Kinder?«, fragte Julia.

»Das hat sich nie ergeben«, antwortete Fabian.

»Aber da muss doch was sein. Das Leben von niemandem verläuft immer so glatt. Jeder hat mit mindestens einem Dämon zu kämpfen. Also, was ist deiner?«, fragte Julia. »Nur raus damit, im Vergleich zu Klaus und mir kann es ja wirklich nicht so schlimm sein«, ermutigte sie Fabian.

Er rang eine Weile mit sich, bis er die richtigen Worte fand. »Na ja, ich glaube, dass mein perfektes Leben auch einige Nachteile mit sich gebracht hat. Für mich persönlich zumindest. Ich musste nie etwas selbst tun, mir wurde alles abgenommen. Musste nie im Haushalt mithelfen und alles ist mir zugeflogen. Als ich dann das erste Mal auf eigenen Beinen stand, hat mich das so sehr belastet, dass ich in eine Depression verfallen bin. Das ist das Schlimmste, was mir bisher passiert ist.«

»Und wie hast du das in den Griff bekommen?«, hakte Julia nach.

»Ich habe eine Verhaltenstherapie gemacht«, antwortete Fabian.

»Das ist es«, rief Klaus unvermittelt dazwischen. Julian und Fabian schauten ihn verdutzt an.

»Das ist vielleicht die Verbindung, nach der wir gesucht haben. Ich mache mir die ganze Zeit schon Gedanken darüber, was uns vereint. Warum wir alle hier sind. Und offenbar haben wir alle eine psychische Störung, wegen der wir schon mal in Behandlung waren. Oder sind. Fabian seine Verhaltenstherapie, Julia ihren Entzug und ich, na ja, mein ganzes Leben ist ja eine Therapie«, erklärte Klaus seine Theorie.

Die anderen beiden konnten ihr durchaus etwas abgewinnen, zeigten sich dennoch skeptisch.

»Was für einen Sinn sollte es haben, drei Bekloppte zusammenzusperren?«, wandte Julia ein.

»So weit bin ich noch nicht gekommen. Aber auf jeden Fall muss es ein krankes Spiel sein«, vermutete Klaus.

»Also ist der Entführer genauso crazy wie wir?«, fragte Julia.

»Wenn du es so ausdrücken willst. Ihr habt es ja gehört, er will uns umbringen. Früher oder später«, sagte Klaus.

»Ich glaube da nicht dran. Dann hätte er es schon getan«, entgegnete Julia.

»Katzen spielen auch mit ihrer Beute«, argumentierte

Klaus. »Oder er sieht das hier als eine Art Escape-Room-Spiel an.«

»Das klingt nun wirklich etwas weit hergeholt«, mischte Fabian sich ein. »Ich habe noch nie an einem solchen Escape-Room-Dings teilgenommen, aber bekommt man dann nicht irgendwelche Aufgaben gestellt, die einem helfen sollen, den Raum zu verlassen? Ich habe hier noch keine Aufgaben entdeckt, ihr etwa?«

»Das ist ein gutes Argument dagegen.« Klaus überlegte. »Und wenn wir Teil eines Experiments sind? Ja, um die Frage zu beantworten, wie psychisch labile Menschen in extremen Situationen reagieren.«

»Das halte ich für ausgeschlossen«, kommentierte Fabian.

»Völlig bescheuerte Idee. Wir sind hier nicht in irgendeinem schlechten Film«, sagte Julia.

Fabian unterbrach. »Entschuldigung, Julia, du selbst hast beim letzten Mal, als wir noch zu zweit hier unten waren, den Vergleich mit dem Film ›Saw‹ gebracht, weißt du noch?«, gab er zu bedenken.

»Wie auch immer. Wenn ihr bessere Ideen habt, dann lasst sie mal hören«, antwortete Klaus ein wenig pikiert.

»Ich habe gar keinen Bock mehr, irgendwelche Theorien aufzustellen. Wir sollten uns lieber damit beschäftigen, einen Ausgang zu finden, anstatt weiter unsere Zeit zu verschwenden. Ein Schuss Heroin würde mir fürs Erste auch genügen«, ergänzte Julia leise. Sie wurde vom Lautsprecher an der Decke unterbrochen: »Geht alle in eure Zimmer zurück. Sofort!«, befahl die Stimme.

Die drei erhoben sich. Auf dem Weg in ihre Zimmer begutachtete Klaus noch einmal ganz genau die Umgebung.

Im Dämmerlicht, das hier überall herrschte, war praktisch nichts zu erkennen. Frustriert ließen er und die anderen sich wieder in ihren Zimmern einsperren.

Kapitel 14

Thomas hatte sich während seiner Laufbahn bei der Polizei angewöhnt, seine Fälle gedanklich nicht mit ins Bett zu nehmen. Wenn der Wecker klingelte, kamen sie jedoch zurück in seinen Kopf. Müde wankte er ins Badezimmer, putzte sich die Zähne und dachte über Astrid Semmler, Julia Buschkowsky und Klaus Reuters nach. *Was habt ihr gemeinsam? Was habe ich nur übersehen?* Vor seinem inneren Auge visualisierte er die gestern angelegte Tafel in seinem Büro, bevor er die Besuche bei den Eltern und in der Psychiatrie noch einmal rekapitulierte. Der Medikamentenschrank im Zimmer der Pfleger hatte Eindruck bei ihm hinterlassen. Eigentlich traurig, wie psychisch Kranke mit Pillen vollgepumpt werden. Thomas öffnete zum Vergleich seinen Spiegelschrank und sah dort nur ein Päckchen Aspirin. *Na ja, wenn ich nicht bald weiterkomme, kann ich mich auch einweisen und mir von einem Arzt was verschreiben lassen.* Plötzlich stockte er. Das ist es vielleicht.

Hastig putzte Thomas die Zähne fertig, sprühte sich mit Deo ein und rannte aus der Wohnung.

Der Verkehr in der Innenstadt war ihm zu dicht, und als er ungeduldig wurde, setzte er sein Blaulicht aufs Autodach, woraufhin ihm alle Autofahrer brav Platz machten.

Thomas hetzte ins Büro und lief seinem Chef Wilfried Deuter in die Arme.

»Herr Herold, guten Morgen. Ich wollte mich kurz über den Fortschritten in Ihrem Fall informieren.«

Thomas fiel ein, dass er Deuter noch gar nichts von Klaus Reuters erzählt hatte. In dem ganzen Stress war er gestern nicht dazu gekommen und holte es schnell zwischen Tür und Angel nach.

»Und wie gehen Sie weiter vor? Ich mache mir Sorgen, dass wir nach der toten Astrid Semmler auch noch die Leichen von Julia Buschkowsky und jetzt auch noch diesem Klaus Reuters finden.« Deuter wirkte gestresst.

»Ich hatte heute Morgen eine Eingebung. Ich glaube, ich habe eine Gemeinsamkeit zwischen den Semmler und den anderen gefunden. Ich erkläre alles später«, sagte Thomas und verschwand in seinem Büro, bevor Deuter nachhaken konnte.

Er ließ sich auf seinen Schreibtischstuhl fallen und tippte die Nummer der Familie Semmler ins Handy. Frau Semmler meldete sich mit verschlafener Stimme.

»Guten Morgen, Thomas Herold hier von der Kripo Münster. Entschuldigung für die frühe Störung.«

»Schon gut, was gibts denn?«, erkundigte sich Frau Semmler.

»Ich habe eine Rückfrage. Während unseres Gesprächs neulich erwähnte Ihr Mann, dass Ihre Tochter im Zuge der Schwierigkeiten bei einem befreundeten Psychiater in Behandlung war«, sagte Thomas.

»Ich würde nicht von Behandlung sprechen, es war nur eine Sitzung«, korrigierte Frau Semmler.

»Wie auch immer, wie heißt denn dieser Psychiater?«, fragte Thomas.

»Niklas Feld. Er arbeitet im LWL-Klinikum. Wieso fragen Sie?«

»Ich habe einige Fragen an ihn. Rein fachlicher Natur. Mit dieser Auskunft haben Sie mir sehr geholfen, vielen Dank.«

Es kostete Thomas einen weiteren Anruf, diesmal bei der Kassenärztlichen Vereinigung, um herauszufinden, dass Julia Buschkowsky sich in der Vergangenheit ebenfalls bei Doktor Niklas Feld in Behandlung befunden hatte. Das kann kein Zufall sein, dachte er, als er das Gespräch beendete.

Thomas warf sich die Jacke über und rannte voller Euphorie zum Auto. Ich kann mir schon denken, wer der behandelnde Psychiater von Klaus Reuters war, dachte er und machte sich auf den Weg zum LWL-Klinikum.

Am Empfang der Einrichtung bestätigte sich seine Vermutung, dass Professor Niklas Held der Arzt von Klaus Reuters war. »Er ist der Chefarzt hier und eigentlich für alle Patientinnen und Patienten verantwortlich. Da verrate ich Ihnen kein Geheimnis«, betonte die Frau an der Rezeption.

»Wo finde ich denn das Büro des Professors?«, fragte Thomas.

»Zweiter Stock, Zimmer 207. Aber er ist seit zwei Wochen im Urlaub.«

»Dann bräuchte ich bitte seine private Anschrift.«

Die Frau an der Rezeption schaute Thomas skeptisch an.

»Ich finde die Adresse sowieso heraus, mit Ihrer Hilfe geht es nur schneller«, beruhigte Thomas.

»Es ist alles in Ordnung, Sie sind ja von der Polizei. Ich weiß nur, dass der Professor sehr große Probleme damit hat, seine Adresse preiszugeben. Es ist schon häufig vorgekommen, dass Patienten von ihm plötzlich vor seiner Wohnung standen«, begründete die Frau und schrieb Thomas die Adresse auf.

Niklas Feld wohnte in einem Mehrfamilienhaus am Fasanenweg im schicken Stadtteil Mauritz. Thomas war sehr gespannt darauf, zu erfahren, wer der Professor war und wie er wohnte. Vor allem aber ging es ihm darum, zu erfahren, was er mit dem Mord an Astrid Semmler und den beiden Vermisstenfällen zu tun hatte. Thomas zog zu diesem Zeitpunkt jede Möglichkeit in Betracht. Auch die, dass Niklas Feld der Täter war und sich Julia Buschkowsky und Klaus Reuters im Haus vor ihm aufhielten. Bald würde er herausfinden, ob dem wirklich so war.

Niklas Feld meldete sich über die Gegensprechanlage mit einer für einen Mann relativ hohen Stimme, wie Thomas fand.

»Ja, bitte«, antwortete er fast schüchtern.

»Thomas Herold, Kriminalpolizei Münster. Ich würde mich gern mal mit Ihnen unterhalten.«

»Ist etwas in der Klinik passiert?«

»Darüber würde ich gern von Angesicht zu Angesicht mit Ihnen sprechen.«

Vielleicht bildete Thomas es sich ein, aber er spürte praktisch die Angst von Niklas Feld durch die Gegensprechanlage, die einen Moment später summte. Thomas trat ins große Treppenhaus und wurde sogleich von Feld abgefangen, dessen Wohnung im Erdgeschoss lag.

»Bitte hier entlang«, begrüßte ihn der Professor, der den Beamten mit einer einladenden Geste durch die Eingangstür lotste.

Felds Wohnung war riesig und modern eingerichtet. Die beiden Männer nahmen im luxuriösen Wohn-Ess-Bereich Platz.

»Sie haben es sehr schön hier. Wie groß ist denn die Wohnung?«, fragte Thomas nicht ohne Hintergedanken.

»Vielen Dank, das sind etwas mehr als hundertfünfzig Quadratmeter. Wir können gleich gern eine Führung machen«, entgegnete Feld.

»Ja, das interessiert mich sehr. Haben Sie noch einen Keller oder einen Dachboden?«

Feld schüttelte den Kopf und grinste. »Der Platz hier reicht für mich als Single aber völlig aus.«

»Das glaube ich Ihnen gern. Was sind denn das für Gemälde? Ich kenne mich mit abstrakter Kunst leider gar nicht aus.« Thomas deutete auf die mit Bildern behangenen Wände.

»Oh, die sind nicht viel wert, wenn Sie darauf anspielen. Das sind alles Bilder, die von meinen Patienten im Rahmen einer Maltherapie angefertigt wurden«, erklärte Feld.

»Aha. Ist es nicht anstrengend, auch in seiner Freizeit und vor allem in seinen eigenen vier Wänden permanent an die Arbeit erinnert zu werden?«, fragte Thomas.

»Ganz im Gegenteil. Abstrakte Kunst trägt ungemein zur Entgrenzung des Geistes bei. Da ist es mir egal, von wem die Bilder stammen. Sie müssen wissen, dass psychisch kranke Menschen in der Regel noch viel kreativer sind als Menschen ohne Störung. Sie finden Zugänge zu Themen, die Leuten wie Ihnen und mir verborgen bleiben. Das ist die Faszination an meinem Beruf. Ich kann mir vorstellen, dass Sie als Polizist nachvollziehen können, was ich meine«, führte der Professor aus.

Mit dir stimmt etwas nicht, dachte Thomas. »Leider teile ich Ihre Einstellung nur bedingt. Wenn ich es in meinem Beruf mal mit Geisteskranken zu tun habe, dann erlebe ich meistens deren hässliche Seiten. Mörder, Vergewaltiger, sonstige Gewalttäter. Sie wissen, wovon ich spreche«, sagte er.

»Kriminell gewordene Menschen sind nicht alle generell geisteskrank«, widersprach Feld.

»Da haben Sie natürlich recht. Ihre Verteidiger versuchen sie vor Gericht allerdings in steter Regelmäßigkeit als solche erscheinen zu lassen. Und viele Männer und Frauen Ihrer Zunft unterstützen sie dabei mit ihren Gutachten, die teilweise nicht die ganze Wahrheit in Betracht ziehen.« Thomas bremste sich, er wollte sich bei diesem Thema nicht in Rage reden. »Kommen wir lieber zum Grund meines Besuchs.«

»Ich bitte darum«, antwortete Feld und setzte sich breitbeinig aufs Sofa. Die arrogante Art des Professors begann Thomas zu stören, er blendete das Gefühl jedoch erfolgreich aus, wie er es sich in über zwanzig Dienstjahren angewöhnt hatte. »Ich bin hier, da in den vergangenen Tagen mehreren Personen Gewalt angetan wurde. Eine Frau ist sogar gestorben. Ihr Name ist Astrid Semmler.«

»Ich habe davon gehört, schlimme Sache«, bemerkte Feld.

»Woher wissen Sie davon?«

»Ich bin mit Familie Semmler befreundet, Astrids Vater hat mich informiert. Sie wissen bestimmt, dass sie ein gefallener Engel ist. Vor ihrem Tod hatte ich mal versucht, sie zu therapieren«, erklärte Feld.

»Das trifft auch auf Julia Buschkowsky zu«, sagte Thomas.

»Das stimmt, Frau Buschkowsky kenne ich auch.«

»Sie müssen doch schon Hunderte Patienten behandelt haben, wieso haben Sie sofort den Namen parat?«, wunderte sich Thomas demonstrativ.

»Ich habe ein sehr gutes Gedächtnis. Ich bin nun mal Psychiater und kenne alle Tricks, wie man sein Gehirn möglichst effizient nutzt«, antwortete Feld.

»Wissen Sie auch schon, dass einer Ihrer aktuellen Patienten gestern aus dem Park am LWL-Klinikum entführt wurde?«, fragte Thomas.

»Natürlich.«

»Sie sind immer, auch im Urlaub, bestens informiert«, bemerkte Thomas.

»In meiner Position haben Sie nie wirklich Urlaub. Ich bestehe darauf, sofort über derartige Vorfälle informiert zu werden«, begründete Feld.

»Bei allen drei Fällen handelt es sich um Patienten von Ihnen«, brachte es Thomas noch mal auf den Punkt und ließ die Bemerkung bewusst so stehen, um den Professor herauszufordern.

»Ich weiß jetzt, ehrlich gesagt, nicht, was Sie mit dieser Aussage bezwecken wollen«, antwortete Feld und wirkte dabei nervös.

»Ich frage mal ganz direkt: Wo waren Sie gestern Nachmittag und an den Abenden davor?« Thomas schaute dem Professor in die Augen.

»Jetzt verstehe ich. Sie halten mich für einen Entführer und Mörder. Das finde ich in hohem Maße lächerlich. Ich sage Ihnen, dass psychisch labile Menschen eine große Chance haben, in ein tragisches Unglück verwickelt zu werden. Erst recht, wenn sie drogensüchtig sind. Und die Anzahl von Psychiatern in geschlossenen Einrichtungen in Münster ist sehr begrenzt. Es ist also eher kein Zufall, dass ich alle drei Opfer kannte, würde ich sagen.«

Thomas ließ sich von Felds Argumenten nicht überzeugen. »Wo waren Sie gestern Nachmittag und an den Abenden davor?«, wiederholte er, womit er Feld sichtlich in die sprichwörtliche Ecke drängte.

»Wo soll ich schon gewesen sein? Gestern Nachmittag war ich joggen an der Werse und an den Abenden lag ich hier auf der Couch«, antwortete Feld.

»Ich vermute, dass es keine Zeugen gibt?«

»Wie denn? In der Wohnung bin ich immer allein und an der Werse bin ich vielleicht ein paar Spaziergängern begegnet. Aber die ausfindig zu machen ist natürlich ein Ding der Unmöglichkeit.«

»Na gut, dann wären wir hier erst mal fertig, vielen Dank!«

Auf dem Weg zur Haustür hakte Thomas noch mal nach. »Was könnte Ihrer Meinung nach der Grund sein, gezielt psychisch kranke Menschen zu entführen?«

»Die Motive des Täters können vielfältig sein. Hass. Mitleid. Nehmen Sie, was Sie wollen«, antwortete der Professor.

»Das bringt mich nicht weiter«, antwortete Thomas und ging hinaus in den Flur.

»Das tut mir leid.« Der Professor wirkte verlegen. »Eine Sache noch: Bitte bringen Sie mich nicht in der Öffentlichkeit mit dem Fall in Verbindung. Das würde dem Ruf des LWL-Klinikums schaden. Und meinem natürlich auch.«

Thomas machte eine andächtige Pause. »Keine Angst,

solange Sie nichts mit dem Fall zu tun haben, müssen Sie nichts befürchten«, sagte er und verabschiedete sich.

Feld schloss die Tür hinter dem Ermittler und spürte einen Kloß im Hals. Langsam schritt er durch die Wohnung und blieb im Wohn-Ess-Bereich lange regungslos stehen. Intensiv betrachtete er die Gemälde an der Wand. Völlig unvermittelt überkam ihn der Drang, etwas zu zerstören. Er sprang aufs Sofa, riss das Bild darüber herunter und schleuderte es durchs Wohnzimmer. Schockiert über sein Verhalten zog er die Jacke an und verließ das Haus, um Zerstreuung zu finden und sich seinem neuen Hobby zuzuwenden.

Auf der Fahrt zurück ins Präsidium ließ Thomas eine Frage nicht mehr los. *Ist Professor Feld tatsächlich der Täter, oder will ich nur, dass er der Täter ist, weil er mir unsympathisch ist und ich ansonsten keine Verdächtigen habe? So oder so ist an ihm etwas faul.*

Kapitel 15

Warum die Siemensstraße? Warum der Straßenstrich? Gab es keine andere Möglichkeit, mit Prostitution sein Geld zu verdienen? Vielleicht als Callgirl? Oder in einer Strip-Bar? Alexandra wurde traurig bei dem Gedanken. Für diese Optionen kam sie wohl leider nicht mehr infrage. Mit über vierzig war sie einfach zu alt, um mit ihren jüngeren Kolleginnen mithalten zu können. Außerdem war sie körperlich auch schon mal besser in Form und die Tatsache, dass sie bereits ein Kind bekommen hatte, machte ihren Beruf auch nicht einfacher. Wenigstens gab es trotz der Rivalität einen guten, kollegialen Zusammenhalt zwischen ihr und den Kolleginnen auf der Siemensstraße. Die Damen passten sogar aufeinander auf. Wenn eine von ihnen, nachdem sie zu einem Freier ins Auto gestiegen war, nicht innerhalb einer bestimmten Zeit wieder zurück war, informierte eine andere die Polizei.

Tag für Tag präsentierte Alexandra sich den passierenden Autofahrern. In den letzten paar Jahren hielten spürbar weniger von ihnen an, um nach dem Preis zu fragen und das Angebot abzuklopfen. Auch heute stoppte niemand. Obwohl sie bei jedem Fahrzeug, das mit einem Mann besetzt war, verführerisch lächelte. Sie durfte nicht mehr so wählerisch sein wie früher. Aber war es das Ganze dann überhaupt noch wert? Warum suchte sie sich nicht einfach einen normalen Job? Als Kellnerin zum Beispiel. Aber dazu verdiente sie mit ihrer Tätigkeit dann doch zu gutes Geld.

Die ganze Situation führte dazu, dass sie sich in einer Zwickmühle befand. Denn das Jugendamt würde ihr nie erlauben, ihren Sohn wiederzusehen, wenn sie weiterhin als Prostituierte arbeitete.

Ein Auto näherte sich. Alexandra stellte sich passend zurecht. Der Fahrer trug zwar eine Sonnenbrille und ein Cappy, war aber eindeutig als Mann zu erkennen. Sie versuchte ihr süßestes Lächeln aufzusetzen und hatte offenbar damit Erfolg. Das Auto hielt neben ihr an und der Fahrer ließ die Scheibe der Beifahrertür herunter.

»Na, Süßer, wie wäre es mit uns beiden?« Alexandra schaute den Mann an, der seinen Blick stur nach vorn gerichtet hielt.

»Steig ein und schnall dich an«, sagte er in freundlichem Tonfall, aber bestimmt.

Alexandra zögerte. Einerseits wunderte sie das Verhalten des Freiers und sie hatte sich nach verschiedenen Vorfällen vorgenommen, nie mehr zu einem Mann ins Auto zu steigen, bei dem sie ein eigenartiges Gefühl hatte. Andererseits brauchte sie das Geld und sie gab sich einen Ruck.

Alexandra setzte sich ins Auto und der Mann drückte aufs Gas, ohne ein weiteres Wort zu verlieren.

»Worauf stehst du denn so?«, fragte Alexandra.

Der Mann antwortete nicht und schaltete das Autoradio an. »Das wirst du bald erfahren«, antwortete er nach einer Weile.

»Na gut. Wir müssen uns auch nicht unterhalten«, antwortete Alexandra. *Ich werde schließlich nicht fürs Reden bezahlt.*

Der Mann lenkte seinen Wagen in Richtung des Stadtteils Hiltrup.

»Da vorne links kannst du rechts abbiegen. Da ist ein ruhiger Wald, wo uns keiner findet«, sagte Alexandra.

Der Mann setzte den Blinker und bog ab. Nach zweihundert Metern fuhr er in einen schmalen Waldweg, wo er nach einer Minute stehen blieb und den Motor ausschaltete. Er schaute sich um, hier war tatsächlich weit und breit niemand zu sehen.

»Was soll ich also machen?«, fragte Alexandra und machte sich gerade bereit, ihren Rock hochzuziehen, als der Unbekannte ihr ein Tuch auf den Mund drückte.

Scheiße, hätte ich nur auf mein Gefühl gehört, kam ihr unvermittelt in den Sinn. In Panik schlug sie um sich und versuchte den Mann mit ihren Fäusten zu treffen. Als sie merkte, dass es aussichtslos war, den Fremden außer Gefecht zu setzen, fummelte sie mit der zitternden rechten Hand nach ihrer Bauchtasche. Sie zog den Reißverschluss auf und tatsächlich bekam sie noch die kleine Spraydose mit dem Pfefferspray zu fassen. Blitzschnell zog sie die Dose heraus und betätigte dabei schon den Druckknopf. Eine beißende, in den Augen brennende Wolke breitete sich im Auto aus. Alexandra schaffte es noch, dem Mann wenigstens einen Augenblick lang direkt ins Gesicht zu sprühen. Er stieß einen kurzen Schrei aus und ließ von Alexandra ab, um sich reflexartig die Augen zu reiben. Als er merkte, dass das Brennen dadurch nur schlimmer wurde, tastete er nach einer Wasserflasche im Seitenfach der Fahrertür und spülte sich die Augen aus.

Alexandra stieß die Tür auf und rannte los. Sofort beim ersten Schritt merkte sie, dass ihre hohen Absätze im weichen Waldboden versanken. In Bruchteilen von Sekunden traf sie die Entscheidung, die Schuhe auszuziehen und barfuß weiterzurennen.

Hektisch drehte sie sich um. Der Mann saß noch immer im Auto. »Hilfe!«, schrie sie in den Wald. Hoffte sie sonst immer, sie bliebe mit ihren Freiern im Wald ungestört, betete sie nun dafür, dass ein Förster oder Spaziergänger sie hören und ihr helfen möge. Doch ihr Rufen blieb ungehört.

Alexandra verließ den Waldweg und rannte mitten zwischen die Bäume. Hier kann ich mich besser verstecken, dachte sie. Dann hörte sie das Geräusch einer zuschlagenden Autotür. Scheiße, er ist hinter mir her. Sie schaute sich um. In jeder Richtung sah es gleich aus. Sie rannte einfach weiter, trat auf Tannenzapfen und kleine Äste, die sich in ihren ungeschützten Fuß bohrten. Doch sie war zu panisch und zu voll mit Adrenalin, um die Schmerzen wahrzunehmen. Plötzlich riss ihr etwas die Beine weg und sie fiel auf den mit Blättern bedeckten Boden. Sie drehte ihren Kopf nach hinten. Vor lauter Bäumen erkannte sie nicht, ob er ihr dicht auf den Fersen war oder sie schon einen Vorsprung hatte. Auf jeden Fall ging sie davon aus, dass er sie hören konnte, das Knacken der zertretenen Äste schallte weit durchs Gehölz. *Ist dort hinten was zwischen den Bäumen?* Ohne genauer hinzuschauen, rannte Alexandra weiter. Immer wieder schrie sie um Hilfe, immer wieder bekam sie keine Antwort. Auch ihr Verfolger gab keinen Laut von sich, was sie sehr unter Druck setzte. Er konnte im Prinzip überall sein. Für einen kurzen Augenblick hielt Alexandra inne, um zu lauschen. Sie hörte nichts anderes als ihr laut pochendes Herz. Bis es plötzlich in einiger Entfernung knackte. *O nein, er kommt näher,* dachte sie. Ihre Kräfte schwanden zusehends und sie schleppte sich weiter durch den Wald. Nicht aufgeben. Mach weiter. *Für deinen Sohn,* motivierte sie sich. Alexandra spürte neue Kraft in sich und sie rannte weiter. Der weiche Waldboden, in den sie immer wieder tief einsank, zehrte unglaublich an ihren Kräften. Nach wenigen Metern musste sie schon wieder pausieren. Der Mann kam immer näher. Bald würde er sie haben, wenn nicht noch ein Wunder geschah und sie auf Hilfe treffen würde. Die Hoffnung trieb sie weiter. Sie zitterte vor Schwäche und achtete nicht mehr darauf, wo sie hintrat. Es war nur noch die nackte Angst, die sie ein Bein vor das andere setzen ließ. Bis sie plötzlich über einen umgekippten Baumstamm stolperte. Auf der anderen Seite landete sie mit dem Kopf auf dem Boden und rollte eine kleine Böschung hinunter. Als sie unten angelangte und verdreht zwischen Laub und Ästen lag, erkannte sie, dass sie in einer kleinen Kuhle lag. Vielleicht kann ich mich hier verstecken, vielleicht sieht er mich nicht. Hastig bedeckte sie ihren Körper so gut es ging mit Blättern, um sich provisorisch zu tarnen. Sorgen bereitete ihr die weiße Jacke, die arg hervorstach, doch sie musste es darauf ankommen lassen. Alexandra rollte sich eng zusammen und atmete möglichst flach. In dieser Position fühlte sie sich an ihre Kindheit erinnert. Wenn ihr Vater damals wieder betrunken nach Hause kam und ihre Mutter verprügelte, hatte sie sich immer unter ihr Bett verkrochen und sich genauso hingelegt, wie sie jetzt lag.

Plötzlich hörte sie, wie die Schritte des Mannes oben

durch das Laub raschelten. Unvermittelt blieben sie stehen. Alexandras Herz pochte immer lauter. Sie malte sich aus, wie der Typ da oben sich in diesem Moment umschaute. Wie er sich womöglich wunderte, dass sie wie vom Erdboden verschluckt war. Er darf mich nicht finden. Ich glaube, er wird mich töten. In ihrer Todesangst stieß Alexandra einen Schluchzer aus, sie konnte es nicht verhindern. Scheiße, Scheiße, Scheiße, dachte sie im selben Augenblick. Oben raschelte es wieder im Laub. Er hat mich gehört, Scheiße. Alexandra stellte sich darauf ein, gleich gefunden zu werden. Doch zu ihrer Überraschung entfernten die Schritte sich wieder. Das muss er doch gehört haben! Wieso geht er wieder weg? Ein Gefühl von Unverständnis und Erleichterung überkam sie. Alexandra traute sich dennoch lange Zeit nicht aus ihrem Versteck heraus. Sie wagte es nicht einmal, sich zu bewegen und zu schauen, was um sie herum passierte. Geschützt in ihrem Nest fielen ihr schließlich die Augen zu.

Als sie wieder zu sich kam, wusste sie nicht, wie lange sie geschlafen hatte. Waren es nur Sekunden oder Stunden? Ohne Uhr war das schwer zu sagen.

Vorsichtig, ohne zu viel Lärm zu machen, befreite sie sich von den Blättern auf ihrem Körper. Sie hob den Kopf, um sich zu orientieren. Sie wünschte, sie hätte es nicht getan. Auf dem Baumstamm, über den sie in die Kuhle gestolpert war, saß er und schaute sie durch seine Sonnenbrille an.

»Da bist du ja«, sagte er. Dann erhob er sich und zog ein Tuch aus seiner Tasche.

Kapitel 16

Wilfried Deuter fing Thomas auf dem Flur vor seinem Büro ab. Er wirkte unentspannt und hatte eine bleiche Gesichtsfarbe. »Herr Herold, da sind Sie ja, ich habe schon auf Sie gewartet. Kommen Sie mal kurz mit.«

Deuter führte Thomas in dessen Büro und schloss die Tür hinter sich.

»Es kam gerade die Meldung über einen weiteren potenziellen Entführungsfall rein«, begann Deuter.

»Wer?«, fragte Thomas nur.

»Eine Prostituierte vom Straßenstrich an der Siemensstraße. Eine Kollegin der verschwundenen Frau hat sich vorhin gemeldet. Sie heißt Alexandra«, erklärte Deuter.

»Alexandra und weiter?«, fragte Thomas.

»Nachname unbekannt. So gut kennen die Damen sich dort anscheinend wohl nicht.«

»Dann mache ich mich mal direkt auf den Weg«, sagte Thomas.

»Nein!« Deuter stellte sich vor die Tür und versperrte seinem Kollegen den Weg. Der schaute ihn irritiert an.

»Nein?«, fragte Thomas.

»Genau. Neben der verschwundenen Prostituierten habe ich nämlich ein noch viel größeres Problem«, erklärte Deuter.

Thomas schaute seinen Vorgesetzten fragend an.

»Mich hat vorhin ein Journalist von den Westfälischen Nachrichten angerufen. Er hat Wind von der Mordserie bekommen.«

»Ich möchte nicht von einer Mordserie sprechen, wir haben bisher nur eine Tote«, unterbrach Thomas seinen Chef.

Deuter antwortete fast verzweifelt. »Ach kommen Sie. Das erste Entführungsopfer ist tot. Wie groß ist denn wohl die Chance, dass die anderen überleben werden? Diese Drogensüchtige, der Patient aus der Klinik und jetzt noch die Prostituierte. Sie und ich sind lange genug in dem Beruf, um zu wissen, dass das nicht gut ausgeht. Und wir sind auch lang genug dabei, dass wir wissen, dass die Öffentlichkeit uns zerfleischen wird, wenn das Thema groß in den Medien gespielt wird und wir ihr nicht bald einen Täter präsentieren.« Deuter tupfte sich ein paar Schweißtropfen von der Stirn.

»Ich verstehe Ihre Sorge. Leider kann ich mir keinen Täter aus den Rippen schneiden. Gründliche Polizeiarbeit braucht manchmal Zeit, das wissen Sie auch«, sagte Thomas.

Deuter stemmte die Hände in die Hüften, blickte auf den Boden und schüttelte den Kopf, während er ganz offensichtlich angestrengt nachdachte.

»Als wir uns heute Morgen unterhielten, haben Sie von einer Eingebung gesprochen. Was hatte es damit auf sich? Vielleicht könnte das unsere erste Spur sein, die wir der Öffentlichkeit präsentieren können«, schlug Deuter schließlich vor.

Thomas schüttelte den Kopf. »Da ist bisher nichts Handfestes bei rumgekommen.«

»Bisher? Was heißt das?«, bohrte Deuter nach.

»Ich hege einen Verdacht, der sich noch nicht bestätigen ließ. Er richtet sich gegen Professor Niklas Feld, bekanntlich der Chefarzt des LWL-Klinikums«, erklärte Thomas.

»Das können wir doch so kommunizieren«, schlug Deuter vor.

Thomas dachte, er hörte nicht richtig. »Wir haben außer einem Verdacht nichts in der Hand. Wir werden auf keinen Fall den Namen Niklas Feld nennen. Damit würden wir dem Ansehen und der Karriere des Professors erheblich schaden.« Thomas hatte zwar im Gefühl, dass der Professor etwas zu verbergen hatte, es galt aber immer noch die Unschuldsvermutung und die wollte er auf keinen Fall verletzen. Nicht einmal für den Fall, dass der Name Niklas Feld unter der Hand an einen Journalisten lanciert wurde. Eine Praxis, derer viele seiner Kollegen sich hin und wieder bedienten.

»Na gut«, antwortete Deuter, »wir werden den Namen nicht nennen. Aber wir müssen sagen, dass wir einen Verdacht haben. Sie ermitteln inzwischen weiter in der Sache. Vielleicht finden Sie ja etwas Handfestes.«

»Und was ist mit der verschwundenen Prostituierten?«, fragte Thomas.

»Ich setze unseren Kommissaranwärter darauf an. Jan Wolf wird sich kümmern, ich sag ihm Bescheid.«

Kapitel 17

Alexandra öffnete mühsam die Augen und erschrak fast zu Tode. Von einem Moment auf den anderen war sie hellwach und sprang von dem Doppelbett auf, auf dem sie lag. Sofort wurde ihr schwindelig und sie musste sich an der Wand abstützen, um nicht umzukippen. *Wo bin ich? Ist das alles wirklich passiert? Bin ich tatsächlich entführt worden?,* dachte sie. Reflexartig stieß sie einen gellenden Hilfeschrei aus. Dann klopfte jemand an die Wand. Eine dumpfe Männerstimme ertönte.

»Beruhigen Sie sich! Sie sind erst mal in Sicherheit«, sagte der Mann.

Alexandra wurde panisch. *Das muss mein Entführer sein,* schloss sie. Er kann jeden Moment reinkommen. Hektisch suchte sie das fremde Zimmer nach einem Gegenstand ab, mit dem sie sich verteidigen konnte. Sie schnappte sich die Vase vom Schreibtisch in der Nähe des Betts und hielt sie bereit. »Kommen Sie mir zu nahe und ich lege Sie um«, schrie sie.

»Ich tue Ihnen nichts, ich bin in derselben Situation wie Sie«, sagte der Mann.

»Sie lügen! Sie haben mich betäubt und hierhergebracht! Das ist Freiheitsberaubung! Ich will sofort raus hier!«

»Ich habe Sie nicht entführt! Ich bin selbst gegen meinen Willen hergebracht worden. Genau wie Sie!«

Alexandra nahm die Vase runter, traute dem Unbekannten hinter der Wand aber dennoch nicht. »Wer soll uns dann hierhergebracht haben?«, fragte sie.

»Das versuchen wir gerade herauszufinden, außer uns sind noch ein weiterer Mann und eine weitere Frau hier. Ich bin übrigens Fabian Kolb. Wir duzen uns alle hier.«

»Alexandra, Alexandra Berghoff. Seit wann seid ihr denn hier?«

Fabian erzählte dem Neuankömmling alle bisher bekannten Informationen, die Alexandra mit noch mehr Fragen als vorher zurückließen.

»Und wie bin ich hierhergekommen? Also hier ins Zimmer, meine ich.«

»Ein Mann hat Sie vermutlich dort reingetragen. Der Mann, der mich entführt hat, trug Cappy und Brille«, antwortete Fabian.

»Ja, das ist der Typ, der mich im Wald erwischt hat, so langsam kommt die ganze Erinnerung zurück«, sagte Alexandra.

Plötzlich durchzog das inzwischen vertraute Klacken durch das Haus und alle Türen öffneten sich. Fabian, Alexandra, Klaus und Julia versammelten sich im Flur.

»Wir haben jemand Neues hier, hallo«, sagte Klaus.

Alexandra und die anderen stellten sich vor.

»Hast du eine psychische Störung oder warst du schon mal in Therapie?«, fragte Klaus. Er wusste, dass das eine ungewöhnliche Frage war, und eigentlich hatte er auch nicht damit vorpreschen wollen, aber die Zeit drängte nun mal, er wollte nur noch hier raus.

Alexandra schaute Klaus verdutzt an. »Entschuldigung? Was soll die Frage? Wir kennen uns doch überhaupt nicht!

Ich werde dir mit Sicherheit nicht verraten, ob ich schon mal in Therapie war!«, antwortete sie ungehalten.

»Kein Grund, sofort so zickig zu werden«, sagte Julia, die inzwischen ihre Entzugserscheinungen ganz gut im Griff hatte, aber immer noch am ganzen Körper zitterte.

»Ich frag dich doch auch nicht, warum du so fertig aussiehst«, entgegnete Alexandra.

Julia wollte gerade etwas erwidern, als Fabian einschritt. »Beruhigen wir uns alle mal wieder. Wir haben alle doch dasselbe Ziel: hier rauszukommen. Das schaffen wir nur, wenn wir miteinander arbeiten und nicht gegeneinander. Und die Frage mit der psychischen Störung hat Klaus nur gestellt, weil er eine Theorie aufgestellt hat, wonach unser Entführer sich uns alle ausgesucht hat, weil drei von uns schon mal eine Therapie gemacht haben.«

»Na dann ist ja gut«, kommentierte Alexandra nach einer kurzen Pause. »Ich werde euch trotzdem nichts über mein Seelenleben verraten.«

»Tja, so viel zum Thema zusammenarbeiten, um hier rauszukommen«, bemerkte Julia flapsig.

In diesem Moment knackte der Lautsprecher im Flur. »Geht alle ins Wohnzimmer, sofort«, befahl die Stimme. Alexandra zuckte zusammen.

»So werden wir immer behandelt, gewöhn dich schon mal dran«, erklärte Klaus.

Alexandra folgte den anderen ins Wohnzimmer. Alle setzten sich auf ihre Stammplätze, für sie blieb der einzig freie Stuhl.

»Wir scheinen komplett zu sein«, bemerkte Fabian.

»Sieht ganz danach aus«, sagte Klaus. »Aber was soll das denn hier?« Er hob einen Briefumschlag auf, der vor ihm auf dem Tisch lag. Erst guckten die anderen verwundert, dann sahen sie, dass auch sie jeweils einen Umschlag vor sich liegen hatten, die korrekt mit ihren Vornamen beschriftet waren.

»Mmh, eine Botschaft von unserem Entführer?«, vermutete Fabian.

»Das werden wir gleich herausfinden«, sagte Julia und wollte ihren Umschlag öffnen, als Klaus sich meldete.

»Halt! Was ist, wenn darin eine Briefbombe steckt? Oder Milzbranderreger oder so.«

Julia schaute ihn genervt an. »Das glaube ich nicht.« Sie riss ihren Umschlag auf und zog eine Karte heraus. Die anderen taten es ihr gleich. Klaus wurde blass, Fabian und Julia machten ein fragendes Gesicht. Alexandra saß einfach nur da. »Was ist? Was steht da drin?«, fragte sie.

Fabian räusperte sich und begann vorzulesen. »Lieber Fabian, Entschuldigung, dass du erst jetzt diese Botschaft von mir erhältst, aber ich musste warten, bis ihr komplett seid. Das ist jetzt der Fall. Wer ich bin? Das ist nicht relevant für euch. Ihr werdet es nie erfahren. Wichtig ist, wer ihr seid beziehungsweise wer du bist. Ihr alle seid hier, um eine Rolle zu spielen. Wenn es euch leichter fällt, könnt ihr euch vorstellen, dass ihr Teil eines Theaterstücks seid. In diesem Stück bist du der Vater. Alexandra, die als Letztes zu euch gestoßen ist, spielt die Mutter, deine Frau. Julia ist die Tochter und Klaus übernimmt die Rolle des Sohnes. Was ihr tun müsst? Ihr alle habt ein mehr oder weniger individuelles Problem. All eure Probleme zusammengenommen werden früher oder später dazu führen, dass ihr entweder euch selbst oder die anderen um euch herum zerstört. Das gilt selbstverständlich auch für den Zusammenhalt eurer kleinen Gruppe. Also: Identifiziert eure Probleme und löst sie. Den Anfang habt ihr schon gemacht. Damit alle ihren Frieden haben und in Ruhe leben können. Ihr solltet mir dankbar sein, dass ich euch einen sicheren Raum zur Verfügung stelle, in dem ihr euch ungestört euren Dämonen stellen könnt. Löst ihr eure Probleme nicht, sehe ich schwarz für euch. So, wie ihr jetzt seid, kann und werde ich euch jedenfalls nicht mehr zurück ins Leben lassen.«

Fabian legte die Karte auf den Tisch. Alexandra atmete schwer. »Was soll das heißen? Will er uns umbringen?«, fragte sie.

Julia lachte. »Das hast du doch gerade gehört. Du kannst es dir auch selbst noch mal durchlesen, hast es ja schriftlich. Dürfte überall das Gleiche drinstehen, nur mit anderen Namen.«

»Ich kann nicht lesen. Hab es oft versucht, aber ich sehe nur chinesische Schriftzeichen«, antwortete Alexandra.

»Wie auch immer, jetzt wissen wir alle Bescheid«, sagte Klaus.

»Was meinst du damit? Wir wissen gar nichts! Wir sollen uns unseren Dämonen stellen. Was für eine Scheiße. Wer schreibt denn so was? Ich habe keine Ahnung, was wir jetzt tun sollen!«, schrie Julia.

»Ich glaube, wir müssen miteinander reden. Über unsere Probleme. Da steht ja drin, dass wir den Anfang schon gemacht hätten. Und wir haben uns ja schon gegenseitig unsere Geschichten erzählt, das meint er wohl damit. Ansonsten wüsste ich auch nicht, was wir tun sollen«, sagte Fabian.

»Was für ein Quatsch«, sagte Julia.

Klaus wurde laut. »Es reicht jetzt, Julia. Fabian hat

wenigstens einen Vorschlag gemacht, wie wir hier rauskommen können. Du meckerst die ganze Zeit schon rum. Ich kann mir nicht vorstellen, dass das im Sinne unseres Entführers ist. Du könntest auch mal etwas Konstruktives zur Lösung unserer Situation beitragen. Wir wollen doch alle dasselbe: hier rauskommen«, schlug er am Ende wieder versöhnlichere Töne an.

Bei Julia blieb die Botschaft haften. »Na gut. Es tut mir leid, das sind die Entzugserscheinungen. Ich kann das nur schwer verhindern.«

Für einen langen Moment beherrschte eine unangenehme Stille den Raum.

»Wir wissen noch gar nichts über dein Leben. Erzähl doch mal«, forderte Klaus Alexandra auf. »Ich frag auch nicht mehr, ob du eine Psychotherapie gemacht hast.«

Alexandra traute sich nicht so recht. Sie schämte sich für ihren Beruf als Prostituierte. Und eigentlich für ihr gesamtes Leben.

Julia merkte sofort, dass sie zögerte, und versuchte ihr Mut zu machen. »Du musst dich nicht genieren. Wir alle haben einen Schlag schräg. Stand ja auch in unseren Briefen. Ich bin heroinsüchtig und lebe auf der Straße, Klaus ist depressiv und hat Borderline und unser Freund Fabian wurde als Kind verhätschelt und kommt deshalb mit dem Leben nicht klar. Siehst du? Egal, was du gemacht hast, du bist in guter Gesellschaft.«

»Also dass ich verhätschelt worden bin, ist etwas zu verharmlosend ausgedrückt und trifft es nicht ganz«, sagte Fabian und strich sich durch seinen kurzen Bart.

»Wie auch immer. Irgendwas ist mit dir verkehrt, sonst wärst du nicht hier«, sagte Julia.

Alexandra fasste langsam Vertrauen zu der Gruppe, vor allem aber zu Julia als einziger Frau neben ihr.

»Tja, mein Leben, was soll ich euch darüber erzählen. Oder besser, wo soll ich anfangen? Mein Vater war nie zu Hause, weil er Fernfahrer war. Meine Mutter hat vor lauter Einsamkeit irgendwann angefangen zu trinken und sich dann einen Liebhaber gesucht. Eines Tages kam mein Vater unangekündigt nach Hause und wollte meine Mutter und mich überraschen. Da war der Liebhaber meiner Mutter dummerweise gerade zu Besuch. Ich weiß noch, wie mein Vater den Typen aus dem Haus geprügelt hat. Meine Mutter und mich hat er am nächsten Tag vor die Tür gesetzt. Ich war damals acht Jahre alt und das hat mein Leben ganz schön erschüttert. Zumal mein Vater nicht nur mit meiner Mutter, sondern auch mit mir nichts mehr zu tun haben wollte. Ich hatte doch gar nichts gemacht.« Alexandra musste um Fassung ringen, bevor sie weitererzählte. »Es war fast so, als hätte mein Vater nur darauf gewartet, uns endlich verlassen zu können. Es hat auch nicht lang gedauert, bis er dann eine neue Freundin hatte. Mit der ist er übrigens heute noch zusammen, soviel ich weiß. Ich habe aber selbst keinen Kontakt mehr zu ihm. Meine Mutter hingegen hatte männermäßig nicht so viel Glück. Sie ist immer wieder an den Falschen geraten und war nie länger als ein paar Monate mit jemandem zusammen. Tja, irgendwie haben wir uns also durchgeschlagen. Als ich in die Pubertät kam, haben meine Mutter und ich uns sehr oft gezofft. Und als ich achtzehn war, bin ich dann endlich ausgezogen aus unserer Fünfzig-Quadratmeter-Bude.«

»Und wo hast du dann gewohnt?«, unterbrach Klaus.

»In meiner eigenen Wohnung«, antwortete Alexandra.

»Mit achtzehn? Wo hast du denn gearbeitet? Mit einem Azubi-Gehalt kann man sich das doch wohl nicht erlauben.« Alexandra reagierte zunächst nicht auf Klaus' Frage. Bis er noch mal nachbohrte und sie sich genötigt fühlte zu antworten.

»Ich habe das Geld mit Prostitution verdient. Ich bin eine Nutte, zufrieden?«

Die anderen drei schauten Alexandra stumm an. Julia ging zu ihr herüber und streichelte ihr über den Kopf. »Ich weiß, wie das ist«, sagte sie leise.

Alexandra versuchte sich zu erklären. »Als ich sechzehn war, hatte ich meinen ersten Freund. Das hat eine Woche gehalten. Es war einfach nicht der Richtige. Und ab da war ich irgendwie auf der Suche und habe, na ja, recht viele Freunde gehabt. Ich konnte mich aber nie an jemanden fest binden. Ich hatte immer Angst, dass er mich verlässt, und habe deshalb keinen nah an mich herangelassen. Mit achtzehn habe ich mir dann gedacht, dass ich ja auch Geld mit Männern verdienen kann, und es hat geklappt.«

»Und es war nie jemand dabei, mit dem du dir ein gemeinsames Leben vorstellen konntest?«, fragte Julia.

»Doch. Ein Mal. Wir haben sogar ein Kind zusammen, das ich über alles liebe. Der Mann war aber doch nicht der Richtige. Danach habe ich für immer mit dem Thema abgeschlossen«, sagte Alexandra. In ihrer Stimme klang dabei keinerlei Verbitterung.

Klaus verarbeitete Alexandras Geschichte. »Ich würde sagen, du hast Bindungsangst ausgelöst durch einen Vaterkomplex«, sagte er plötzlich.

»Bist du jetzt Psychiater?«, fragte Julia, die den Kommentar unangebracht fand.

»Nein. Aber ich sage, was ich denke, und gerade denke ich, dass eine Psychotherapie ihr gutgetan hätte.«

Julia verdrehte genervt die Augen.

»Vielleicht hast du recht. Aber dafür ist es jetzt wohl zu spät. Mein Leben ist bis jetzt verkorkst und ich kann die Vergangenheit nicht ändern«, sagte Alexandra.

Plötzlich gab es einen lauten Knall, der alle im Raum zusammenzucken ließ und die Wände erschütterte. Der Lautsprecher an der Decke knackte. »Geht wieder in eure Zimmer«, befahl die Stimme und widerwillig gehorchten alle.

Kapitel 18

Fast im Minutentakt erschienen die Nachrichten über eine Entführungsserie auf Thomas' Handy-Display. Abgesehen davon, dass er sich darüber ärgerte, dass sein Chef überhaupt mit der Presse gesprochen hatte, wunderte er sich, dass so viele Medien bereits auf den Zug aufgesprungen waren und sich an den Spekulationen um den Verbleib der drei Entführungsopfer beteiligten. Die Tatsache, dass »eine Frau« tot aufgefunden worden war, ließ die Medien natürlich vermuten, dass auch die anderen längst tot waren. *Wenigstens erwähnen die Schmierfinken die Namen nicht,* dachte Thomas.

Doch auch so setzte die Berichterstattung den Ermittler unter enormen Druck. Jetzt hatte er keine Wahl und musste Ergebnisse abliefern. Und aus seiner langjährigen Erfahrung wusste wer, dass ein solcher Zwang immer auf Kosten der Ergebnisse der Ermittlungen ging.

Thomas versuchte das mediale Störfeuer so gut es ging auszublenden und konzentrierte sich auf seine Arbeit. Er stellte sich vor sein Whiteboard und fixierte den Namen von Professor Niklas Feld in der Mitte der Tafel.

Kann es sein, dass du drei Personen in deinem Haus versteckt hältst? In deiner Wohnung nicht, davon konnte ich mich überzeugen. Über einen Keller oder einen Dachboden verfügst du nicht, danach habe ich dich gefragt.

Aber vielleicht besitzt du noch irgendwo anders eine Wohnung.

Thomas ging zum Schreibtisch-Telefon und wählte die Nummer einer Bekannten beim Finanzamt Münster-Innenstadt. Inklusive des üblichen Small Talks dauerte es fünf Minuten, bis Thomas erfuhr, dass Niklas Feld außer seiner Eigentumswohnung keine weiteren Immobilien besaß.

Ein wenig enttäuscht ließ er sich auf seinen Drehstuhl fallen. Nach einer andächtigen Pause flanierte er durch sein Büro und überlegte weiter. *Wo kann man noch drei Personen verstecken, wenn nicht in einer Immobilie?* Die Antwort war naheliegend: *Natürlich, in einem Camper. Oder einem Wohnwagen.*

So schnell ihm der Einfall gekommen war, so niederschlagend war das Ergebnis seines kurz darauffolgenden Anrufs beim Straßenverkehrsamt: Auf Niklas Feld war nur ein Auto angemeldet, sonst nichts.

Viele seiner Kollegen hätten spätestens jetzt die Recherche aufgegeben. Thomas biss sich hingegen immer mehr in der Idee fest, dass der Professor noch irgendwo anders über die Möglichkeit verfügte, mehrere Menschen zu verstecken.

Er lehnte sich gegen die Wand und massierte sich die Schläfen. Bis ihm ein weiterer Einfall kam, der auf den ersten Blick zwar weniger vielversprechend erschien, allerdings einen Versuch wert war.

Aus Jugendtagen kannte er eine Bankangestellte, die ihm bei der ein oder anderen Ermittlung in der Vergangenheit bereits weitergeholfen hatte.

»Volkskasse Münster, Birgit Reimer, guten Tag«, meldete sie sich mit ihrer herzlichen Stimme.

»Hallo, Birgit, hier ist Thomas.«

»Ach, lange nichts mehr von dir gehört, wie geht's dir?«

Ein paar Minuten lang tauschten die beiden sich aus. Thomas mochte Birgit sehr und hätte sich stundenlang mit ihr unterhalten können, allerdings drängte die Zeit und er musste zur Sache kommen.

»Es geht um Professor Niklas Feld. Ist er zufällig Kunde bei euch?«, fragte Thomas.

Birgit sprach leiser. »Du weißt, dass ich dir das eigentlich nicht sagen darf. Zumindest nicht ohne richterliche Anordnung. Außerdem sitze ich im Großraumbüro.«

»Ich könnte mich mit einem Essen revanchieren. Außerdem weißt du doch, dass die richterliche Anordnung bloß Formsache ist«, sagte Thomas.

»Du schuldest mir schon zwei. Aber ich schau trotzdem nach«, sagte Birgit. Thomas hörte das Klacken ihrer Tastatur durch das Telefon. »Ich kann deine Frage mit Ja beantworten«, sagte sie schließlich möglichst unauffällig, damit ihre Kollegen nichts mitbekamen.

»Sehr gut. Und noch eine Frage: Hat Professor Feld in letzter Zeit einen größeren Kredit aufgenommen?«

»Auch das kann ich bestätigen. Vor drei Monaten, sechzigtausend Euro.« Die Summe flüsterte Birgit in den Hörer.

Thomas war aufgeregt. »Weißt du, wofür er das Geld verwendet hat?«, fragte er.

»Als Notiz steht hier, dass er ein Hausboot an der Werse damit finanziert hat. Das liegt anscheinend in der Nähe des Landgasthofs Pleister Mühle«, sagte Birgit.

Ein Gefühl der Erleichterung überkam Thomas. *Das muss es sein, dort hat er sie versteckt. Es passt einfach.*

Die Werse ist sogar in der Nähe seiner Wohnung. Thomas konnte sich seiner Vermutung zwar nicht einhundertprozentig sicher sein, hatte jedoch eine Vorahnung. »Vielen, vielen Dank. Wenn ich es nicht so eilig hätte, würde ich jetzt vorbeikommen und dich feste drücken«, sagte er.

»Schon gut. Stattdessen könntest du bald mal eines der Abendessen einlösen, die du mir schuldest. Nicht vergessen: Jetzt sind es drei!«, antwortete Birgit und legte auf.

Thomas atmete tief durch und wählte die Nummer seines Chefs, der sich hoffnungsvoll meldete.

»Ich glaube, wir haben ihn. Ich brauche ein Spezialeinsatzkommando. Und zwar sofort«, sagte Thomas.

Deuter seufzte, als würde eine Last von ihm abfallen. »Wenn Sie mir den Täter präsentieren, bekommen Sie alles von mir.«

Eine Viertelstunde später war ein kleiner Konvoi, bestehend aus drei Fahrzeugen mit Blaulicht, unterwegs durch den Stadtteil Mauritz in Richtung Werse. Der kleine Fluss war in großen Teilen nur zu Fuß oder mit dem Fahrrad zu erreichen. Als Thomas durch die Bäume das Hausboot sah, stoppte er den Wagen und gab den Fahrern der beiden Autos hinter ihm ein Zeichen.

Die acht Mitglieder des SEK-Teams stiegen aus und bereiteten sich vor. Thomas hielt ein kurzes Briefing ab: »Männer, wir wissen nicht, ob der Täter bewaffnet ist oder was uns sonst in dem Boot erwartet. Passt auf euch auf und stellt auch sicher, dass den Entführten nichts passiert. Irgendwo da drin sind mindestens drei Leute. Also los, holen wir sie da raus.«

Die Männer rückten mit ihren Maschinenpistolen im

Anschlag durch den Wald vor. Thomas folgte ihnen mit einigen Metern Abstand.

Das Boot lag an einer hölzernen Anlegestelle und hatte mit knapp siebzehn Metern eine beachtliche Länge. Es bestand überwiegend aus Holz und sah an vielen Stellen renovierungsbedürftig aus. Viele Planken waren verfault und Fenster oder Bullaugen waren vernagelt.

Das Boot wackelte, als die Männer vom SEK achtern an Bord gingen. Die einzig sichtbare Tür an Bord befand sich am Heck. Um ganz sicherzugehen, dass am Bug nicht auch noch ein Ausgang war, durch den der Entführer hätte fliehen können, gingen zwei Männer nach vorn.

Dann ging alles blitzschnell. Am Heck trat einer der SEK-Beamten die Tür ein und Thomas beobachtete aus sicherer Entfernung, wie sechs Männer im Boot verschwanden.

Unter Deck schrie ein Mann. »Was ist hier los? Was wollen Sie?«

»Polizei! Hände über den Kopf und langsam bewegen«, schrie daraufhin einer der SEK-Männer. »Los, los, raus hier!«

Es rumpelte im Bauch des Boots und Thomas war gespannt, was als Nächstes passieren würde. Er musste nicht allzu lang warten. Zuerst kamen zwei SEK-Beamte durch die Tür wieder an Deck, gefolgt von Professor Feld, der verkrampft die Hände über dem Kopf hielt. Dahinter folgten die restlichen SEK-Leute, die mit ihren Waffen auf Felds Körper zielten und ihn zwangen, sich hinzuknien.

»Was wollen Sie von mir? Ich habe nichts gemacht«, wiederholte er immer wieder panisch.

Thomas kam an Deck. Feld blickte flehend in das

bekannte Gesicht, das er heute schon mal gesehen hatte. »Was ist das hier? Warum tun Sie mir das an?«

Wortlos ging Thomas ins Innere des Bootes. Er war sehr gespannt darauf, was ihn hier erwarten würde.

Er stand in einem großen Raum, an dessen Decke mehrere Stablampen hingen und für künstliche Beleuchtung sorgten. Auf dem knarzenden Boden lag, großzügig verteilt, Malervlies und es roch nach frischer Farbe. Der dazugehörige Eimer stand vor einer Wand. Thomas durchsuchte den kompletten Innenraum. Nirgendwo gab es auch nur die kleinste Spur von den drei Vermissten. »Verdammte Scheiße«, sagte er leise zu sich selbst. Er brauchte einen Augenblick, um den Tiefschlag zu verarbeiten. Dann musste er raus, allein schon deswegen, weil der Farbgeruch Kopfschmerzen verursachte. Langsam ging er wieder an Deck, wo Feld noch immer kniete und keine Ahnung hatte, was gerade um ihn herum passierte. »Es tut mir sehr leid«, sagte Thomas zum Professor, »es handelt sich um eine Verwechslung.«

Ein SEK-Mann half Feld auf die Beine. Die anfängliche Panik des Professors schlug in Wut um. »Verwechslung, ja? Sie stürmen hier rein mit acht Bewaffneten, bedrohen mich und glauben, dass sich das mit einer Entschuldigung erledigt hat? Was haben Sie denn geglaubt, was ich hier mache?«

Thomas war der Ansicht, dass der Professor mindestens eine Erklärung verdient hatte. »Ich hatte fälschlicherweise geglaubt, dass die Entführungsopfer, nach denen wir suchen, hier wären. Ich kann nur noch mal mein Bedauern dafür ausdrücken.«

»Das ist doch wirklich unglaublich. Da erfüllt man sich

einen Traum, renoviert ein Hausboot auf der Werse und wird dabei fast erschossen. Das hier soll ein Ort der Ruhe und des Friedens sein. Und Sie entweihen ihn mit Ihren Waffen. Verschwinden Sie hier!« Feld jagte die Beamten von Bord. »Und glauben Sie bloß nicht, dass das kein Nachspiel haben wird. Ich habe eine sehr gute Beziehung zum Polizeipräsidenten!«

Mit gedämpfter Stimmung und ein wenig wie geprügelte Hunde kämpften sich die SEKler und Thomas durch den Wald zurück. Jeder von ihnen wusste, dass der Vorfall soeben nicht nur extrem unangenehm war, sondern darüber hinaus dazu beitrug, dass das Vertrauen in die Polizei generell sank.

Erst als die Männer ihre Autos erreichten, sprachen sie wieder miteinander. »Also dann, vielen Dank für euren Einsatz und bis später auf dem Präsidium«, sagte Thomas und stieg in seinen Wagen. Die anderen verabschiedeten sich knapp und machten sich auf den Weg.

Während der Rückfahrt kreisten Thomas' Gedanken nur um das eine Thema. *Ich musste davon ausgehen, dass Professor Feld der Täter ist. Das war die naheliegendste Möglichkeit*, rechtfertigte sich Thomas vor sich selbst. *Außerdem hatte ich ja gar keine andere Wahl, dieser verdammte Druck von Deuter. Anstatt mir den Rücken zu stärken, buckelt er vor den Medien.* Thomas versuchte den Gedanken sofort wieder auszublenden. Schuldzuweisungen waren nicht seine Art. Er selbst hatte den SEK-Einsatz angeordnet. Er selbst trug die Verantwortung und alle damit einhergehenden Konsequenzen. *Am Ende kommt es außerdem nur darauf an, dass wir die Entführten und den Täter finden.* Auch wenn die Wahrscheinlichkeit, dass die Opfer bereits tot waren, mit jeder verstrichenen Stunde ein bisschen größer wurde.

Kapitel 19

Das ist deine Chance, dich zu beweisen, dachte Jan Wolf.
Das ist deine erste eigenständige, wenn auch kleine Er-
mittlung. Stell dich ordentlich an, dann kannst du einen
super Eindruck beim Chef hinterlassen.

Jan fühlte sich, als wenn er von der Leine gelassen worden wäre. In dem Moment, als Wilfried Deuter ihn bat,
auf dem Straßenstrich an der Siemensstraße dem Verschwinden der Prostituierten nachzugehen, hatte ihn der
Ehrgeiz gepackt. Und dass er allein unterwegs war, weil
sein Betreuer gerade krank war, dass er dieses große Vertrauen von Seiten seines Vorgesetzten genoss, gab ihm
eher noch einen zusätzlichen Schub.

Jan parkte seinen Wagen auf dem Bürgersteig am Anfang der Siemensstraße. Von hier aus hatte er den gesamten
Straßenverlauf im Überblick. Rund ein Dutzend Damen
waren über die Länge von fünfhundert Metern verteilt. Jede
von ihnen schien ihren fest definierten Bereich zu haben.

Eine der Prostituierten hatte heute angerufen, um das
Verschwinden der ominösen Kollegin Alexandra ohne
Nachnamen zu melden. Leider hatte die Anruferin selbst
weder Vor- noch Nachnamen genannt, was zu dem Problem führte, dass Jan sich erst einmal auf die Suche nach
der Frau begeben musste, um überhaupt eine Befragung
durchführen zu können.

Jan stieg aus und ging zu Fuß weiter – und sorgte dabei als attraktiver Mann Anfang zwanzig für eine Art Goldgräberstimmung unter den Damen, die sonst eher ältere Kundschaft gewohnt waren.

»Na Kleiner, wie wäre es mit uns beiden?«, sprach ihn direkt die erste Prostituierte an, die er traf. Ihre Enttäuschung war ihr anzusehen, als er sich als Kommissar zu erkennen gab.

»Haben Sie zufällig die Polizei wegen Ihrer vermissten Kollegin Alexandra benachrichtigt? Ich bin hier, weil ich sie wiederfinden möchte«, erklärte Jan der Frau.

»Nein, das war die Roxy. Aber wir haben uns vorher alle abgesprochen. Wir halten hier zusammen. Roxy, komm mal her!«, rief sie die Straße hinunter.

Eine Frau weiter hinten schaute rüber, warf ihre Zigarette auf den Bürgersteig und stöckelte los in Jans Richtung.

»Hallo, hallo«, begrüßte sie den jungen Kommissaranwärter, »plant ihr einen Dreier, oder wozu braucht ihr mich?«

»Ne, der Mann ist von der Polizei, er sucht nach Alex«, antwortete die Prostituierte, die von ihrer Kollegin Carla genannt wurde.

»Ach so. Da bin ich ja ganz überrascht, dass ihr so schnell reagiert. Normalerweise schert ihr euch ja nicht um uns«, beschwerte sich Roxy. Jan ging nicht auf ihren Kommentar ein. »Was haben Sie denn zu Ihrer verschwundenen Kollegin zu sagen?«, fragte er.

»Das hab ich doch schon am Telefon gesagt.« Roxy verdrehte die Augen.

»Ja, aber zu einem Kollegen. Bitte sagen Sie es mir noch mal.«

»Na gut. Sie stand heute Vormittag hier an der Straße und ist zu einem Mann ins Auto gestiegen. Wie wir das halt hier so machen. Aber nach einer Stunde oder so war sie immer noch nicht zurück und da gingen bei uns alle Alarmglocken an. Besonders in diesen Tagen. Da ist doch letztens schon eine Hure umgebracht worden«, sagte Roxy.

Jan vermutete, dass sie damit auf den Tod von Astrid Semmler anspielte. So etwas sprach sich im Milieu schnell herum. »Aber kann es nicht sein, dass Ihre Kollegin Alexandra mit dem Mann in ein Hotel oder so gefahren ist und da jetzt immer noch verweilt?«

Roxy lachte. »Nein, mein Süßer. Die Damen, die in Hotels mit ihren Kunden verkehren, spielen in einer anderen Liga. Das hier ist der Straßenstrich. Dreißig Minuten auf der Rückbank, sage ich nur. Ich schwöre, da stimmt was nicht und den Eindruck haben wir hier alle.« Jan hatte nicht mitbekommen, wie sich inzwischen alle Huren der Siemensstraße um ihn, Roxy und Carla versammelt hatten. Sie wollten alle auf den neuesten Stand gebracht werden und standen nun in einer kleinen Traube beieinander, was den Kommissaranwärter nervös machte. Jan räusperte sich.

»Haben Sie denn das Kennzeichen erkannt? Die Frage richtet sich an Sie alle!« Wenn er schon belagert wurde, wollte er wenigstens einen Nutzen daraus ziehen. Die Damen schüttelten den Kopf.

»Aber das Auto war blau«, sagte Roxy.

»Und was für eine Marke?«, hakte Jan nach.

»Das weiß ich nicht, ich kenne mich damit nicht aus«, antwortete sie.

Verdammt, dachte Jan.

»Aber ich habe den Fahrer erkannt. Glaube ich zumindest«, sagte eine der Damen aus der Traube.

Jan wurde hellhörig und ging zu ihr hinüber »Wie sah er denn aus?«

»Also erkannt habe ich ihn nicht wirklich. Er trug ja eine Sonnenbrille und ein Cappy. Aber ich bin mir sicher, dass ich ihn zuvor schon mal gesehen habe«, beteuerte die Frau.

»Und wo war das?«, fragte Jan.

»Bei meinem Zweitjob. Ich tanze nebenbei in der Atlantis-Bar.«

»Der Laden am Bahnhof?«

»Genau.«

Jan war aufgeregt. »Können Sie sich erinnern, wann Sie den Mann dort gesehen haben?«

»Das ist noch nicht so lange her, letzte Woche Dienstag. Ich arbeite immer nur dienstags.«

»Damit haben Sie mir schon sehr weitergeholfen. Ich fahre direkt mal dort vorbei«, sagte Jan.

»Der Schuppen hat jetzt noch nicht auf«, sagte die Frau.

»Ich habe Mittel und Wege«, entgegnete Jan und grinste.

»Wenn das so ist, richten Sie der Eigentümerin schöne Grüße aus von Gina.«

Kapitel 20

Die Atlantis-Bar also. Jan hätte nicht gedacht, dass ihn seine Recherche so schnell ins Bahnhofsviertel führen würde. Genauer gesagt lag das besagte Etablissement in der Bahnhofstraße auf genau der gleichen Höhe wie der Bremer Platz, nur auf der Vorderseite des Bahnhofs.

Wie die Prostituierte Gina angekündigt hatte, war die Bar noch geschlossen. Jan stand vor der verschlossenen Tür und versuchte, durch die Glasscheibe einen Blick ins Innere zu erhaschen. Tatsächlich bewegte sich drinnen etwas. Irgendjemand war bereits vor Ort und bereitete die Bar auf den Abend vor, vermutete Jan. Er klopfte gegen das Glas, ohne dass etwas passierte. Erst beim dritten Mal kam eine leicht bekleidete Dame nach vorn.

»Wir haben zu. Komm später noch mal wieder«, rief sie durch die geschlossene Tür. Jan hielt seinen Dienstausweis vor die Scheibe. »Kriminalpolizei Münster, ich habe nur ein paar Fragen. Bitte lassen Sie mich rein.«

Die Frau verschwand kurz und kehrte mit einem Schlüssel zurück.

»Sorry, ich hab nicht mehr geschafft, mir was überzuziehen. Ich war gerade noch am Üben«, entschuldigte sich die Frau und führte Jan ins Innere der Bar, das in schummriges Licht getaucht war. Mehrere lang gezogene Tische standen dort, umrundet von blauen Samt-Sofas.

Von den Tischen ragten Edelstahl-Stangen in die Decke, an denen die Damen den Männern Abend für Abend ihre Show gaben.

»Ich habe eine Frage zu einem Ihrer Gäste«, begann Jan und wurde sogleich von der Frau unterbrochen. »Da hole ich mal eben die Chefin, warten Sie!«

Sie verschwand in einer Tür neben der Theke und kam mit einer Frau zurück.

»Sie sind die Betreiberin der Bar?«, fragte Jan.

Sie schaute den jungen Mann skeptisch an. Erst als er sich als Polizist zu erkennen gab, antwortete sie. »Ja, mir gehört die Bar. Beate Neufeld.«

»Ich habe eine Frage zu einem Ihrer Gäste. Es geht um einen Mann mit Cappy und Sonnenbrille, der letzte Woche Dienstag hier war.«

Beate Neufeld lächelte. Vor Erleichterung, wie sich schnell herausstellte. »Ich dachte schon, Sie wollten mir den Laden zumachen«, sagte sie.

»Gäbe es denn einen Grund dazu?«, hakte Jan sogleich nach.

»Auf keinen Fall. Aber vielleicht wissen Sie ja, wie das hier in dem feinen Münster abläuft, wenn jemand ein Striplokal eröffnen möchte. Da werden einem schon Steine in den Weg gelegt und das Ordnungsamt kommt auch mal öfter vorbei, um zu schauen, ob alles in Ordnung ist. Aber ist ja egal. Sie sind also auf der Suche nach einem Mann mit Cappy und Sonnenbrille?«, fragte Neufeld.

Jan nickte.

»Ich kann mich tatsächlich daran erinnern, dass so ein Vogel hier war.«

»Letzte Woche Dienstag?«, fragte Jan.

»Wenn Sie das sagen, wird es schon stimmen.«

»Ihre Mitarbeiterin Gina erzählte mir das. Viele Grüße übrigens«, sagte Jan.

»Sind Sie auch Kunde bei Ihr?«, fragte Neufeld.

Jan schüttelte den Kopf. »Sie wissen nicht zufällig den Namen des Mannes?«

»Damit kann ich Ihnen nicht weiterhelfen. Hier kann jeder reinkommen ohne Anmeldung. Sie geben ja auch nicht Ihren Namen in der Kneipe an«, sagte Neufeld. »Was hat der Typ eigentlich getan? Ist er der Prostituierten-Mörder?«

»Das darf ich leider nicht sagen. Also handelt es sich nicht um einen Stammgast?«, fragte Jan.

»Nein.«

Jan schaute hinüber zur Theke. »Da ist ein EC-Karten-lesegerät. Wissen Sie, wie der Mann bezahlt hat?«

»Sie sind ganz schön clever, aus Ihnen wird mal was. Er hat mit EC-Karte bezahlt. Das muss hier seit Corona jeder. Es hat sich bewährt und ich erspare mir den lästigen Gang mit dem Bargeld zur Bank.«

»Hat er denn überhaupt was getrunken?« Jan konnte sein Glück kaum fassen.

»Selbst wenn er nichts getrunken hat, muss hier jeder Gast ein paar Atlantis-Dollar kaufen. Die stecken sie dann den Mädels ins Höschen. Die sollen ja auch nicht verhungern«, erklärte Neufeld.

»Das heißt also, dass die persönlichen Daten des Mannes auf jeden Fall bei Ihnen liegen. Würden Sie mir dann bitte alle Zahlungsdaten von letztem Dienstag geben?«

»Darf ich das denn einfach so?«, fragte Neufeld.

»Wir können das auch über den offiziellen Weg laufen

lassen. Oder ich kontaktiere den Netzbetreiber, das würde nur länger dauern. Also wenn Sie mir einen Gefallen tun möchten …«, sagte Jan.

»Nein, bitte nicht den offiziellen Weg. Ich habe Ihnen ja vorhin gesagt, wie ich zu Behörden stehe. Ich suche Ihnen die Daten gleich raus und schicke sie Ihnen zu.«

Breit grinsend verließ Jan die Atlantis-Bar. Das war sein bisher größter Ermittlungserfolg in seiner noch jungen Laufbahn. Und bei Wilfried Deuter würde er damit ordentlich Pluspunkte sammeln.

Kapitel 21

Julia, Alexandra, Klaus und Fabian hockten in ihren Zimmern, als plötzlich wieder die Türmechanismen knackten und die Lautsprecherstimme die vier aufforderte, sich im Wohnzimmer zu versammeln.

»Was sollte das denn jetzt? Wir waren nur eine halbe Stunde oben und jetzt sollen wir schon wieder runter?«, fragte Julia.

»Ich wundere mich über gar nichts mehr«, kommentierte Klaus.

»Vielleicht hatte das was mit dem lauten Geräusch zu tun. Könnte ja sein, dass irgendwas draußen kaputtgegangen ist und unser Entführer das reparieren musste«, vermutete Alexandra.

Als die vier das Wohnzimmer betraten, wurden sie von einem reichhaltig gedeckten Tisch überrascht. Darauf standen Suppe, Brot, Aufschnitt, Obst und ein paar Süßigkeiten.

Hungrig, aber auch misstrauisch nahmen sie am Tisch Platz.

»Na, das ist doch mal was. Ich weiß ja nicht, wie es euch geht, aber mir knurrt der Magen«, bemerkte Fabian und nahm eine Scheibe Brot.

»Findest du es gar nicht komisch, dass hier jetzt auf einmal ein Festmahl auf uns wartet?«, fragte Julia.

»Genau, also ich werde bestimmt nichts davon anrühren«, stimmte Klaus ihr zu. »Das Essen könnte vergiftet sein. Was ist, wenn er uns alle damit umbringen will?«

»Das ergibt überhaupt keinen Sinn«, erwiderte Fabian genervt. »Denkt doch mal an die Briefe, die er uns geschrieben hat, und die Aufgabe. Warum sollte er uns ausgerechnet jetzt umbringen? Und dazu noch mit vergiftetem Essen? Ich glaube, Klaus, du bist zu ängstlich.«

»Ja, das mag sein. Aber eine Angststörung ist nun mal eine Begleiterscheinung meiner Krankheit. Dazu stehe ich. Außerdem habe ich keine Lust zu sterben. Julia und Alexandra sehen das genauso, denke ich. Ich hoffe, du auch«, sagte Klaus.

»Und ich hoffe, dass ihr drei euch jetzt nicht gegen mich verbündet. Wisst ihr es noch? Wir müssen zusammenarbeiten und nicht gegeneinander, wenn wir hier rauswollen. Wir müssen uns unseren Dämonen stellen«, sagte Fabian.

»Es ist nun mal leider nicht so einfach, es mit seinen Dämonen aufzunehmen, wenn man gerade keinen Zugang zu seinen dringend benötigten Medikamenten hat. Ich vermisse vor allem meine Antidepressiva«, sagte Klaus.

»Und ich mein Heroin«, warf Julia ein.

Fabian atmete tief durch. »Ich verstehe euch. Es tut mir leid, ich wollte euch nicht verletzen. Wir sind alle ein wenig gereizt. Ich mache einen Vorschlag. Ich werde jetzt etwas von dem Essen auf dem Tisch essen. Dann warten wir ein paar Minuten und wenn ich nicht tot umkippe, dann haut ihr auch rein. Ihr müsst mich verstehen, ich bin am längsten von euch hier in dieser Scheißbude. Ich werde bald wahnsinnig von der abgestandenen Luft hier und den

Müsliriegeln und den Chipstüten in meinem Zimmer. Ich brauche etwas Gescheites zu essen, und zwar dringend.«

Julia und Klaus schauten einander an und zuckten mit den Schultern.

»Also ich hab nichts dagegen«, sagte Alexandra.

»Ich auch nicht. Das ist ja praktisch wie im alten Rom, wo der Kaiser auch immer erst einen Vorkoster rangelassen hat«, warf Klaus ein.

Auch Julia stimmte zu. »Wieso nicht? Uns kann nichts passieren und Gewissheit haben wir dann auch.«

Fabian beschmierte die Brotscheibe auf seinem Teller mit Butter und legte eine Scheibe Käse darauf, bevor er sie genüsslich aufaß. Anschließend leerte er einen Teller Suppe und zum Nachtisch gab es noch einen Apfel und einen Schokoriegel.

Fabian lehnte sich mit vollem Bauch auf seinem Stuhl zurück. Minutenlang wurde er von den anderen erwartungsvoll und auch ein bisschen neidisch angeschaut.

»Und wie lange sollen wir jetzt warten, bis wir auch was essen?«, fragte Alexandra schließlich.

»Ich habe mal gehört, dass Rattengift erst Stunden oder Tage später wirkt«, erinnerte sich Klaus.

»Also so lange werde ich bestimmt nicht warten. Die paar Minuten reichen mir jetzt.« Julia schmierte sich ein Brot mit Schinken und aß danach auch noch etwas Suppe. Schließlich konnten auch Alexandra und, als letzter Bedenkenträger, Klaus nicht mehr widerstehen und schlugen zu. Am Ende saßen im Wohnzimmer vier vollgefressene Menschen, die, zumindest für den Moment, zufrieden waren. Bis Fabian plötzlich begann, nach Luft zu ringen, und sich mit der Hand an die Kehle fasste.

Kapitel 22

Voller Adrenalin und Tatendrang erreichte Jan Wolf das Polizeipräsidium. Der Parkplatz am Friesenring war fast leer, die meisten Beamten befanden sich bereits im Feierabend oder auf dem Weg dorthin. Dementsprechend erstaunt wurde Jan vom Pförtner angeschaut, als er das Foyer betrat.

Auf seiner Etage war Jan auf jeden Fall nicht der Letzte, der noch arbeitete, wie er schnell feststellen musste. Denn der Weg zu seinem Schreibtisch führte ihn am Büro von Thomas Herold vorbei, der gerade lautstark mit Wilfried Deuter diskutierte. Beim genauen Hinhören bemerkte er, dass es eher Deuter war, der auf Herold einredete. Jan hatte keine Zeit, zu lauschen und das Thema zu erfahren.

Er warf sich auf seinen Schreibtischstuhl und schaltete seinen Rechner ein. Beim Abrufen seiner E-Mails bemerkte er, dass die Betreiberin der Atlantis-Bar Wort gehalten hatte: Im Posteingang befand sich eine Nachricht von Beate Neufeld samt angehängter Liste mit allen Namen jener Kunden, die am Dienstag vergangener Woche in dem Lokal mit ihrer EC-Karte bezahlt hatten. Jan öffnete den Anhang und überflog das Dokument.

Knapp zwanzig Namen mit den dazugehörigen Adressen standen darauf. Eigentlich ziemlich wenig, dachte Jan. Ein Dienstagabend war in einer Strip-Bar offensichtlich nicht der größte Umsatzbringer. Jan druckte die Liste aus und ging zum Drucker in den Flur. Es fühlte sich gut an, dieses Blatt Papier in den Händen zu halten, das der junge Kommissaranwärter als seinen persönlichen Triumph betrachtete. Voller Selbstbewusstsein schritt er damit zum Büro von Thomas Herold, in dem immer noch diskutiert wurde. Worum auch immer es in dieser Unterhaltung ging, es konnte nicht so wichtig sein wie Jans Ermittlungsergebnisse. Er klopfte an die Tür.

»Es kann einfach nicht sein, dass Sie sich so täuschen können. Und dann belästigen Sie auch noch einen ehrenwerten Bürger mit einem Spezialeinsatzkommando. Der Polizeipräsident wird mir die Hölle heißmachen, das weiß ich jetzt schon. Und von der Presse ganz zu schweigen. Meine Güte, Herr Herold. Sie machen den Job doch nicht erst seit gestern.« Deuters Gesicht war rot vor Wut.

Es war der letzte Satz seines Vorgesetzten, der bei Thomas das Fass zum Überlaufen brachte. »Ja, ich trage die Verantwortung für den Einsatz des SEK, ich habe die Entscheidung getroffen und ich stehe dazu. Aber vielleicht sollten Sie Ihr Handeln auch hinterfragen. Ist es ratsam, sich in einem so sensiblen Fall dermaßen von der Presse hetzen zu lassen? Ich bin doch geradezu gezwungen, halb garen Ermittlungsergebnissen nachzugehen.«

Deuter holte tief Luft, als es an der Tür klopfte und Jan Wolf hereinkam, ohne eine Antwort abzuwarten. Er wedelte inbrünstig mit einem Blatt Papier in der Luft herum.

Thomas verdrehte die Augen. »Das ist jetzt sehr ungünstig«, sagte Thomas. Er fand in diesem spannungsgeladenen Moment wirklich nicht die Muße, sich mit einem eifrigen Kommissaranwärter auseinanderzusetzen.

»Schon gut, kommen Sie rein. Wir sind hier eigentlich auch fertig. Was gibt es denn?«, fragte Deuter.

Thomas verdrehte die Augen, wollte aber nicht unhöflich sein und hörte sich an, was Wolf ihnen mitzuteilen hatte.

»Sie haben mich zum Straßenstrich geschickt, um im Fall der verschwundenen Prostituierten zu recherchieren«, begann er.

»Ich habe hier vielleicht eine Spur, die möglicherweise auch zu den anderen Vermissten führt.« Jan berichtete über seine Begegnungen auf dem Strich, wie ihn diese zur Atlantis-Bar führte, und zum Schluss präsentierte er den beiden Kollegen seine Liste. Deuter machte große Augen und seine Stimmung schwankte vom einen auf den anderen Moment von wütend nach begeistert. Thomas war ebenfalls angetan, auch wenn er es nicht so deutlich zeigte wie sein Chef. Vielleicht steht der Name des Entführers auf dieser Liste. Womöglich habe ich Wolf Unrecht getan, er scheint ja als Ermittler ganz schön was auf dem Kasten zu haben, dachte Thomas.

Deuter schaute sich die Liste an. »Ist ja mal interessant zu sehen, wer alles in so eine Strip-Bar geht. Die Betreiberin hat Ihnen die Liste also einfach so überlassen?«

Wolf nickte ein wenig verlegen.

Sein Chef beruhigte ihn. »Machen Sie sich keine Gedanken. Ich sorge dafür, dass wir für die Herausgabe der Namen nachträglich eine richterliche Anordnung bekommen. Sonst wird die Liste vor Gericht im schlimmsten

Fall nicht als Beweismittel zugelassen. Das müssen Sie sich für Ihre spätere Laufbahn einprägen. Der Kollege Herold und ich wissen das«, sagte Deuter mit einem versöhnlichen Unterton in Thomas' Richtung. »Wie auch immer. Sie wissen, was diese Liste für uns bedeutet. Sie klappern jetzt die Adressen darauf ab, auch wenn es die ganze Nacht dauert. Die Zeit drängt, das muss ich Ihnen nicht sagen. Sie sind von jetzt an bis auf Weiteres ein Team. Arbeiten Sie zusammen, dann geht es schneller.«

Thomas hatte nichts dagegen, mit Wolf zusammenzuarbeiten, im Gegenteil. Er war sich nur unsicher bezüglich des weiteren Vorgehens in dem Fall, dass sie tatsächlich heute Abend auf den Entführer trafen, und teilte Deuter seine Bedenken.

»Bevor Sie etwas unternehmen, werden Sie mich auf jeden Fall informieren. Schicken Sie auf keinen Fall eigenmächtig ein Spezialeinsatzkommando raus«, stellte Deuter sicher.

Jan Wolf freute sich. Seine Recherchen schienen ihm genau die Anerkennung bei Deuter einzubringen, die er sich erhofft hatte. Und die Tatsache, dass er jetzt offiziell in die Ermittlungen eingebunden war, bedeutete einen zusätzlichen Pluspunkt. Auch wenn das hieß, dass er eine lange Nachtschicht vor sich hatte. Thomas hingegen fühlte sich von seinem Chef an die Leine gelegt. Noch nie hatte er sich bei Deuter ein Okay für eine Entscheidung einholen müssen. Er versuchte es sich jedoch damit zu erklären, dass Deuter selbst ein Getriebener war. Das machte es für ihn einfacher. Der Fakt, dass er in diesem Fall mit Wolf zusammenarbeitete, machte ihm nichts aus.

Bevor die beiden sich auf den Weg machten, tranken sie noch einen Becher Kaffee am Automaten auf dem Flur.

»Da stehen neunzehn Namen auf der Liste«, sagte Thomas und schaute auf seine Armbanduhr. »Es ist jetzt gleich halb sieben, wir sollten uns also beeilen, wenn wir heute noch durchkommen wollen. Übrigens, gute Arbeit, Herr Wolf.«

Jan befand sich auf einem absoluten Stimmungshoch. Er und Thomas schauten sich die über das gesamte Stadtgebiet verteilten Adressen auf dem Blatt Papier an und planten ihre Route so, dass sie alle ohne Zeitverlust nacheinander abarbeiten konnten.

»Stellen Sie auf jeden Fall sicher, dass Sie Ihre Dienstwaffe dabeihaben. Sollten wir heute Abend auf den Täter treffen, müssen wir auf alles vorbereitet sein. Wir werden uns heute nicht trennen. Also, mein Dienstwagen steht unten.«

Thomas und Jan fuhren vom Parkplatz auf den Friesenring und steckten sogleich im Feierabendverkehr fest.

»Mist, so schaffen wir das nie«, bemerkte Jan.

»Kein Problem«, antwortete Thomas und setzte das Blaulicht aufs Dach.

Die erste Adresse, die die beiden Beamten aufsuchten, befand sich in Gievenbeck. Es handelte sich um ein kleines Apartment in einem mehrere Gebäude umfassenden Wohnkomplex. Wenn Thomas das Bild eines archetypischen Strip-Bar-Besuchers im Kopf hatte, dann wurde es hier bestätigt: männlich, weiß, anscheinend alleinstehend und Mitte fünfzig.

Schnell hatten Jan und Thomas die wichtigsten Fragen und Alibis für die betreffenden Tage abgeklopft und zogen ohne Verdachtsmomente wieder ab. Für eine noch genauere Prüfung der Person wie bei Professor Feld fehlte ihnen schlichtweg die Zeit. Erst mal mussten sie die Namen auf der Liste abhaken und konnten dann später ins Detail gehen.

Je später der Abend wurde, desto mehr reifte bei Thomas und Jan die Erkenntnis, dass es oft auch nicht die Männer waren, die einen Strip-Club besuchten, von denen man es erwartet hätte, sondern verheiratete Männer und Familienväter. Einer von ihnen reagierte sehr erbost, als zwei Polizeibeamte zu später Stunde an seiner Tür klingelten und damit die Kinder weckten. Als Jan und Thomas ihn mit seinem Besuch in der Atlantis-Bar konfrontierten, wurde er kleinlaut und beantwortete bereitwillig alle Fragen der beiden Polizisten, wenn sie nur sicherstellen würden, dass seine Frau nichts von der Sache mitbekam.

Der Abend war für Thomas und Jan in vielerlei Hinsicht aufschlussreich. Er brachte jedoch keinerlei Hinweise auf einen Verdächtigen oder die Vermissten. Zumindest nicht vom ersten Eindruck. Es war nicht einmal so, dass Thomas' über Jahre angeeignete Erfahrung und das Gespür dafür, wenn etwas nicht stimmte, angeschlagen hätte. Bis die beiden die letzte Adresse mit dem letzten Namen auf der Liste erreichten: Felix Kuhn. Das dazugehörige Haus stand in Hiltrup am Rande einer Siedlung, die um die sechzig Jahre alt war.

»Ist alles in Ordnung?«, fragte Jan den mit einem fragenden Gesicht vor dem Vorgarten des Gebäudes stehenden Thomas.

»Ja, es ist alles in Ordnung. Ich habe nur das Gefühl, dass ich hier irgendwann schon mal gewesen bin. Wenn das stimmt, muss es lange her sein. Ich kann mich aber auch täuschen«, antwortete Thomas.

»Sie haben ein Déjà-vu. Das passiert mir auch oft. Vielleicht klingeln wir einfach mal und schauen, ob Sie einen von den Bewohnern kennen. Dann wissen Sie, ob Sie früher mal hier waren«, schlug Jan vor.

Thomas folgte Jan gedanklich abwesend bis zur Haustür. Ich war doch schon mal hier, oder? Die Frage machte ihn wahnsinnig. Etwas stimmte nicht und er kontrollierte zur Vorsicht, ob seine Pistole noch im Halfter war.

Obwohl es nach elf Uhr war, brannte noch Licht im Haus. Jan drückte den Klingelknopf, neben dem der Name »Kehrer« stand. »Eigentlich müsste hier doch ›Kuhn‹ stehen«, bemerkte Jan.

»Das ist vielleicht eine Wohngemeinschaft, warten wir mal ab«, antwortete Thomas.

Nach kurzer Zeit bewegte sich etwas im Flur. Ein älterer Mann öffnete die Haustür und guckte grimmig. Als die beiden sich vorstellten, entspannte sich seine Miene.

»Bitte entschuldigen Sie die späte Störung«, begann Thomas, »mein Kollege und ich sind von der Kriminalpolizei und es handelt sich um eine dringende Angelegenheit.«

»Sie stören nicht. Ich gehe sowieso immer spät ins Bett, weil ich schlecht schlafe. Außerdem helfe ich als unbescholtener Bürger der Polizei, wo ich kann«, beteuerte der Mann.

»Das ist gut. Dann hätte ich eine Frage vorab: Sind Sie Herr Kehrer, wie auf dem Klingelschild steht, oder Herr Kuhn?«, fragte Thomas.

»Ich bin Hubert Kehrer, wie kommen Sie denn auf Kuhn?«

»Die Daten eines entsprechenden Herrn waren bei uns hinterlegt«, log Thomas.

»Dann muss es sich um einen Fehler handeln. Darf ich den Grund Ihres Besuchs erfahren?«, fragte Kehrer und wirkte dabei plötzlich wieder kühl.

»Gerne, wir würden aber erst reinkommen«, sagte Thomas.

Kehrer zögerte einen Moment. »Es ist jedoch nicht aufgeräumt. Seitdem meine Frau tot ist, herrscht hier sozusagen das Chaos.« Er trat zur Seite und ließ die beiden Beamten herein. Es zeigte sich, dass Kehrer übertrieb. Im Flur standen zwar ein paar Kisten herum und auf dem Wohnzimmertisch fanden sich leere Tassen, ansonsten machte das Haus einen aufgeräumten Eindruck.

Kehrer bot den Beamten an, sich hinzusetzen.

»Danke, wir stehen lieber«, antwortete Thomas. »Wir sind hier wegen ein paar Personen, die seit einigen Tagen vermisst werden.«

Kehrer schaute überrascht. »Ich habe davon in den Nachrichten gehört. Schlimme Sache. Aber was soll ich damit zu tun haben? Wollen Sie wissen, ob ich die Leute kenne oder sie gesehen habe? Da muss ich Sie enttäuschen.«

»Ich frage mal ganz direkt, ob Sie ab und zu mal in der Atlantis-Bar zugegen sind. Das wäre ja nicht verwerflich, wir müssen das nur wissen«, sagte Thomas.

»Atlantis-Bar? Wo soll das sein?«, fragte Kehrer.

»Das ist ein Lokal am Bahnhof.« Thomas hielt es erst mal für unnötig zu erwähnen, dass Frauen sich dort auszogen.

»Da habe ich noch nie was von gehört, tut mir leid«, sagte Kehrer.

»Was haben Sie denn in der vergangenen Woche am Dienstagabend gemacht?«, fragte Thomas. Jan hielt sich zurück und beobachtete lieber, wie sein Kollege eine Vernehmung führte, um daraus noch etwas zu lernen.

»Ich war hier. Ich bin jeden Abend hier«, antwortete Kehrer und fühlte sich angegriffen. »Sie müssen mir jetzt schon erklären, was hier los ist.«

Thomas beschloss, Kehrer direkt mit dem Grund ihres Besuchs zu konfrontieren. »Wir gehen einer Spur nach, die uns zu dem potenziellen Entführer der Vermissten führen könnte. Ein Mann, der als solcher infrage kommt, war letzten Dienstag in der Atlantis-Bar. Sein Name ist laut den Daten auf seiner EC-Karte Fritz Kuhn und er soll unter Ihrer Adresse wohnhaft sein. Ich möchte Sie noch mal fragen, ob Sie eine Erklärung dafür haben.«

Mit seinen Fragen drängte Thomas Herrn Kehrer mehr und mehr in die Ecke. »Ich habe keine Erklärung, das habe ich Ihnen doch schon gesagt«, brachte er mit einem Anflug von Verzweiflung hervor.

»Dann glauben wir Ihnen das erst mal«, sagte Thomas und entspannte damit die Situation ungemein. Trotzdem war er noch nicht fertig. »Dürfen wir uns mal im Haus umsehen?«, fragte er.

»Na klar, nur zu«, antwortete Kehrer, schien damit aber gar nicht glücklich zu sein »Kommen Sie mit.« Thomas und Jan folgten ihm durch die Räume im Erdgeschoss. Je weiter sich die Männer durch das Gebäude vorarbeiteten, desto stärker wurde Thomas' Gefühl, schon mal hier gewesen zu sein. »Sagen Sie, wie alt ist denn das Haus?«, fragte er schließlich.

»So wie es hier steht, knapp über zehn Jahre. Das wurde komplett kernsaniert. Mehr weiß ich nicht. Ich habe es von der Stadt Münster gekauft«, erklärte Kehrer.

Dann habe ich mich vielleicht doch getäuscht. Wenn ich schon mal hier war, muss es länger zurückliegen, dachte Thomas. Er versuchte für die restliche Zeit der Begehung sein Déjà-vu-Gefühl zu ignorieren und sich auf das Haus zu fokussieren, was leider nicht viel brachte. Weder im Erd- noch im Obergeschoss fanden er oder Jan Hinweise auf die Vermissten. Wieder unten im Flur angekommen, entdeckte Thomas eine Tür unter der Treppe.

»Geht es da runter in den Keller?«, fragte er.

»Ach da? Ja, das ist die Kellertür. Da unten gibt es nichts Besonderes zu sehen. Ich kann Ihnen lieber noch die Garage zeigen«, versuchte Kehrer abzulenken.

»Die sehen wir uns auch noch an. Aber erst den Keller, bitte«, sagte Thomas.

Kehrer stellte sich vor die Tür. »Ich habe da wirklich nicht aufgeräumt. Ich mache Ihnen einen Vorschlag: Sie gehen schon mal in die Garage, schauen sich dort um und ich räume in der Zwischenzeit den Keller auf.«

»Bitte machen Sie Platz«, sagte Jan und schob Kehrer sanft zur Seite. Der merkte schnell, dass Widerstand zu leisten zwecklos war, und protestierte nicht weiter.

Hinter der Tür verbarg sich eine hölzerne Treppe, die ins Dunkel hinabführte. Ein muffiger Geruch kam den drei Männern entgegen.

»Gibt es einen Lichtschalter?«, fragte Thomas.

»Rechts an der Wand. Warten Sie.« Kehrer zwängte sich

an dem Kripo-Beamten vorbei und betätigte einen Schalter rechts an der Wand. Unten leuchtete eine alte Vierzig-Watt Birne auf, die bei Weitem nicht ausreichte, um den gesamten Kellerraum auszuleuchten, soweit Thomas es von hier oben aus beurteilen konnte.

Kehrer ging vor, Thomas und Jan folgten ihm das knarzende Holzgestell von Treppe hinunter. Mit jeder Stufe wurde der Muff stärker und Thomas bildete sich ein, dass sogar eine Spur süßlichen Verwesungsgeruchs dabei war. Unten angekommen, wurde den Beamten schnell klar, dass der Keller einen viel älteren Eindruck machte als das Haus. Die Sandsteinwände waren mindestens siebzig Jahre alt, der Keller war bei der Kernsanierung, die Kehrer erwähnt hatte, offenbar nicht angetastet worden. Und noch eines wurde Thomas ganz schnell klar: Diesmal hatte Kehrer wirklich nicht gelogen, als er sagte, er habe nicht aufgeräumt. Der Keller sah wirklich furchtbar aus, überall standen Kartons und Müllsäcke herum, Gartengeräte lagen auf dem Boden verteilt und an der hinteren Wand befand sich ein halb zusammengebrochenes Regal.

»Ich habe es Ihnen ja gesagt«, kommentierte Kehrer.

»Schon gut, wir machen Ihnen keinen Vorwurf. Wann waren Sie denn zum letzten Mal hier unten?«, fragte Thomas.

Kehrer überlegte. »Das ist bestimmt schon mehrere Monate her.«

Thomas nickte und begutachtete den Fußboden. Zwischen zwei Kisten entdeckte er den vermeintlichen Grund für den Verwesungsgeruch: eine tote, bereits halb verrottete Maus. Der Intensität des Gestanks nach zu urteilen, mussten noch mehr von der Sorte im Keller herumliegen.

»Was ist denn da neben dem eingestürzten Regal? Ist das ein Durchgang?«, fragte Jan und zeigte auf eine dunkle Nische.

»Da geht es in den Heizungskeller«, antwortete Kehrer.

Plötzlich flog die Tür hinauf in den Flur zu. Die Vierzig-Watt-Lampe erlosch im gleichen Moment und die drei Männer standen komplett im Dunkeln.

Kapitel 23

Fabian hatte seine Hände noch immer um den eigenen Hals gelegt und röchelte, während Julia und Alexandra ihn wie gelähmt anschauten.

»Was sollen wir denn jetzt machen?«, fragte Alexandra panisch.

»Ich … ich hab keine Ahnung. Ich weiß nur, was man machen muss, wenn einer eine Überdosis hat. Wer kann denn schon wissen, was für ein Gift in dem Essen war«, antwortete Julia.

Plötzlich rumste es, Fabian war vom Stuhl gefallen und warf sich auf dem Boden hin und her, sodass es schon fast theatralisch wirkte.

»Okay, dann … dann versuche ich jetzt was.« Alexandra sprang auf und eilte hinüber zu Fabian.

»Was hast du denn vor?«, fragte Julia.

Alexandra kniete sich hin. »Das Zeug muss raus aus seinem Magen«, sagte sie.

»Du willst ihm doch nicht den Finger in den Hals stecken«, antwortete Julia entgeistert.

»Wenn du eine bessere Idee hast, dann raus damit. Ich kenn mich damit aus. Mein Kind hat früher mal was verschluckt, da habe ich ihm auch den Finger in den Hals gesteckt. Das ist ganz leicht.«

In diesem Moment ging Fabians Röcheln in ein heiseres

Lachen über. Alexandra und Julia schauten einander fassungslos an und lenkten ihre bösen Blicke dann auf Fabian, der sich inzwischen wieder aufrecht hingesetzt hatte.

»Ihr solltet mal eure Gesichter sehen«, rief er und bekam sich gar nicht mehr ein.

»Du bist ein blödes Arschloch. Darüber macht man keine Scherze«, schrie Julia ihn an.

»Tut mir leid«, entgegnete Fabian, »aber das war es wert.« Er wischte sich die Tränen aus den Augen.

»Das war wirklich nicht in Ordnung. Wenn wir alle schon hier in so einer Situation sind, brauchen wir nicht auch noch jemanden, der so doofe Witze macht. Wir hatten echt Schiss, du würdest uns abnippeln«, sagte Alexandra.

Julia stimmte ihrer Leidensgenossin zu. »Ich weiß gar nicht, was schlimmer war: der Scherz oder die Tatsache, dass wir Angst um so einen Penner wie dich hatten.«

Fabian hatte sich inzwischen weitgehend beruhigt. Leise kichernd setzte er sich wieder auf seinen Stuhl. »Ist ja gut, ich entschuldige mich bei euch«, sagte er schließlich kleinlaut. »Aber seht es doch mal von der guten Seite: Das Essen war gar nicht vergiftet und ihr könnt reinhauen. Du, Alexandra und Klaus. Apropos, wo ist er eigentlich?«

Erst jetzt bemerkten auch die beiden Frauen, dass Klaus nicht mehr auf seinem Platz bei ihnen am Tisch saß.

»Er ist wohl aus dem Wohnzimmer gegangen, als du deine Show auf dem Boden abgezogen hast«, vermutete Julia.

»Ich bin hier«, rief Klaus aus dem Flur. Alle drei standen auf und folgten der Stimme.

Klaus kniete im Flur auf dem Fußboden in einer Nische und schien etwas zu suchen.

»Was machst du da?«, fragte Fabian.

»Ich hatte keine Lust auf deine komischen Faxen. Und da keiner von uns hier schon mal einen ernsthaften Versuch unternommen hat, den Ausgang zu finden, mache ich das jetzt. Und siehe da, ich habe was gefunden.« Klaus zeigte auf eine quadratische Klappe in der Wand, die mit einem Vorhängeschloss gesichert und wegen ihrer Lage in der dunklen Ecke nur schwer zu erkennen war.

»Ich will auch raus hier«, sagte Julia, »ich bin mir nur nicht sicher, ob das so eine gute Idee ist. Er hat doch gedroht, uns umzubringen.«

»Da gebe ich Julia recht. Lasst uns lieber zurück ins Wohnzimmer und was essen«, sagte Fabian.

Klaus begann, am Vorhängeschloss herumzufummeln. »Gerade hast du dich noch über den Tod lustig gemacht. Vielleicht hast du ja Todessehnsucht«, bemerkte Klaus zynisch.

»Also ich will ganz bestimmt nicht sterben. Mein Kind braucht mich doch«, sagte Alexandra mit gebrochener Stimme.

»Keine Angst, hier wird niemand sterben, ich glaube, dass derjenige, der uns hierhergebracht hat, nur blufft. Sonst wären wir alle schon längst tot«, sagte Klaus entschlossen und ruckelte an der Klappe.

»Ich mach da nicht mit. Ich gehe wieder an meinen Platz und esse weiter«, sagte Fabian. Alexandra folgte ihm, während Julia weiter versuchte, Klaus von seinem Vorhaben abzubringen.

»Hör bitte auf damit«, flehte sie. Klaus blieb davon unbeeindruckt. Schließlich schlugen ihre Gefühle in Wut um und sie wurde handgreiflich. Sie packte Klaus an der

Schulter und zog ihn weg von der Klappe. Er fiel rücklings auf den Boden.

»Was soll das? Spinnst du?«, beschwerte er sich lautstark.

»Du wirst uns alle umbringen!«, rief Julia.

Als Klaus wieder zur Klappe zurückrobbte, packte Julia ihn an den Beinen und versuchte ihn zurückzuziehen. Er strampelte und wehrte sich. Dann kam es zu einem Gerangel, bei dem Klaus laut und aggressiv herumschrie.

Zuerst war Julia erschrocken, dass der sonst so ruhig erscheinende Mann auf einmal so impulsiv war. Sie kämpfte jedoch weiter. »Ist das dein wahres Gesicht?«, fragte sie ihn.

»Halt dein Maul, Junkie«, entgegnete er.

Plötzlich knackte der Lautsprecher an der Decke. Zuerst hörten Julia und Klaus die verzerrte Stimme nicht. Erst als sie lauter sprach, hielten die beiden inne.

»Geht alle in eure Zimmer, sofort.«

Klaus rappelte sich auf. »Sonst was?«

»Geht alle in eure Zimmer, sonst werdet ihr sterben!«, warnte die Stimme.

»Ich glaube nicht daran, dass wir sterben werden«, rief Klaus in Richtung des Lautsprechers. »Was willst du denn machen?«

Der Lautsprecher blieb stumm. Julia schaute abwartend und ängstlich hinauf zur Decke. Klaus wähnte sich schon in seiner Annahme bestätigt, dass die Stimme im Lautsprecher bluffte, und wollte sich wieder an der Klappe zu schaffen machen, als es auf einmal anfing zu zischen. Er und Julia schauten sich hektisch um. Wo kam nur dieses Geräusch her? Sekunden später drang den beiden ein stechender Geruch in die Nase.

»Scheiße, das ist Gas«, bemerkte Julia, »der macht ernst!«

Fabian und Alexandra kamen aus dem Wohnzimmer gerannt.

»Es riecht nach Gas, er bringt uns um!«, schrie Fabian.

»Da siehst du, was du von deiner Scheiß-Aktion hast. Du reißt uns alle mit in den Tod«, sagte Julia.

»Geht alle in eure Zimmer«, befahl die Lautsprecherstimme emotionslos.

Klaus versuchte die Situation zu beruhigen. »Okay, ich entschuldige mich und höre auf, an der Klappe herumzuwerkeln. Aber bitte stellen Sie das Gas ab.«

»Geht alle in eure Zimmer«, wiederholte die Stimme monoton.

Unverzüglich gehorchten die vier und schlossen brav die Türen hinter sich. Das Gas flutete jedoch weiter zischend den Raum und sorgte für Panik.

Kapitel 24

Thomas' Herz schlug schneller. Er hatte Mühe, sich in dieser Situation zusammenzureißen. Die Dunkelheit, der Geruch nach Verwesung hier im Keller und die Ungewissheit darüber, was als Nächstes passieren würde, ließ ihn für einen Moment fast die Kontrolle über sich selbst verlieren. Er fasste unter sein Jackett und umschloss mit seiner nassen Hand den Griff seiner Pistole, um im Notfall auf alles vorbereitet zu sein. Immerhin war die Tür nach oben zugeflogen und der rettende Ausweg versperrt. Zu diesem Zeitpunkt ging Thomas davon aus, dass jemand sie eingeschlossen hatte. Jemand, der sich oben im Haus versteckt hatte.

Jan ging es offenbar ähnlich wie Thomas. »Herr Herold? Geht es Ihnen gut?«, fragte er mit gebrochener Stimme. Thomas merkte ihm an, dass er vergeblich versuchte, seine Angst zu verbergen.

»Mir geht es gut, ich hoffe, Ihnen auch?«, stellte Thomas die Gegenfrage.

»Ja«, antwortete Jan knapp.

»Und wie sieht es bei Ihnen aus, Herr Kehrer?« Thomas' Frage blieb unbeantwortet. Stattdessen ertönte ein Scheppern aus der Richtung des vermeintlichen Durchgangs zum Heizungskeller. Thomas' Augen hatten sich inzwischen weitestgehend an die Dunkelheit gewöhnt, es war aber immer noch so finster, dass er die Hand vor Augen nicht sehen konnte. »Mein Handy ist im Auto, haben Sie Ihres dabei?«, fragte er. Jan verneinte.

»Dann muss es ohne Licht gehen.« Thomas peilte die Geräuschquelle im Heizungskeller an, zog seine Waffe aus dem Halfter und machte einen Schritt nach vorn, womit er sogleich gegen eine der Kisten trat.

»Was haben Sie vor?«, fragte Jan.

»Ich werde Herrn Kehrer stellen. Sie bleiben hier und passen auf.«

Jan hatte Angst und am liebsten hätte er widersprochen. Doch an Ort und Stelle zu bleiben war allemal besser, als ins dunkle Ungewisse zu gehen und vielleicht von Kehrer angegriffen zu werden. Natürlich hätte er versuchen können, seinen älteren und erfahreneren Kollegen davon abzuhalten, genau dieses Risiko einzugehen, doch er fühlte sich als Kommissaranwärter nicht in der Position dazu. »Seien Sie vorsichtig«, gab er ihm stattdessen mit auf den Weg.

Mit kleinen Schritten arbeitete Thomas sich vorwärts durch den Keller. Er hielt seine Waffe im Anschlag. Er konnte nur erahnen, wo genau sich der Durchgang zum Heizungskeller befand. Ein Geräusch, an dem er sich hätte orientieren können, gab es jetzt auch nicht mehr. War Kehrer überhaupt noch hier? Oder hatte er den Keller durch eine geheime Tür bereits verlassen?

Er erreichte den Durchgang, der so groß war wie ein Türrahmen. Wie lang der kleine Tunnel war, konnte Thomas in der Dunkelheit unmöglich einschätzen. Er wunderte sich nur darüber, wie man früher doch manchmal Keller geplant hatte, die einem Labyrinth gleichen.

Im Durchgang war laut das Dröhnen der Heizung zu hören. Jedes andere Geräusch schien hier direkt verschluckt und gleichzeitig überdeckt zu werden. Doch so musste Thomas sich wenigstens nicht auf seinen lauten Herzschlag konzentrieren, der ihn zusätzlich nervös gemacht hätte. Immer weiter arbeitete Thomas sich mit kleinen Schritten vorwärts. Es war nach wie vor schwer zu sagen, wie weit er sich schon vorgewagt hatte. Als er für einen Moment mit dem Gedanken spielte umzukehren, rempelte ihn jemand von vorn an. Der Stoß war so heftig, dass er fast hintenüber fiel. Er konnte den Sturz gerade noch abfangen, indem er sich an der Wand abstützte, ließ jedoch dabei seine Waffe fallen.

»Um Gottes willen«, hörte er Kehrer mit überrascht klingender Stimme sagen, »wer ist da?«

»Thomas Herold.«

»Herrje, ich habe nicht damit gerechnet, dass mir jemand hinterherkommt.«

Thomas stellte sich in Abwehrhaltung auf. Er wusste immer noch nicht, ob Kehrer etwas im Schilde führte.

»Was haben Sie hier gemacht?«, fragte Thomas und tastete parallel mit dem Fuß nach der Pistole, die irgendwo da unten lag. Er fand sie und hob sie auf.

»Eine neue Glühbirne gesucht. Die alten Ersatzbirnen lagern drüben im Heizungskeller. Bevor die neuen Energiesparbirnen eingeführt wurden, hab ich mir noch einen hübschen Vorrat angelegt, der bis zum Ende meines Lebens reichen sollte. Damit die Birnen lange halten, muss die Lagertemperatur möglichst konstant sein. Deswegen der Heizungskeller«, erklärte Kehrer.

»Und gibt es da kein Licht?« Thomas zeigte sich nach wie vor skeptisch.

»Die Birne hat's auch zerlegt. War wohl eine generelle Überspannung hier unten. Das passiert manchmal. Ich habe die Birne bei der Heizung noch nicht ausgetauscht, weil ich erst Ihre wechseln wollte, damit Sie nicht so lange im Dunkeln stehen müssen«, begründete Kehrer.

Thomas konnte leider die Gesichtszüge seines Gegenübers nicht sehen, die ihn vermutlich verraten hätten, falls er log. »Warum haben Sie denn nicht Bescheid gegeben?« Thomas hatte immer noch das Gefühl, dass Kehrer etwas vertuschen wollte.

»Mmh, ich habe doch gesagt, dass ich gleich wiederkomme. Das haben die Wände hier drin wohl verschluckt«, sagte Kehrer.

»Und was ist mit der Tür nach oben in den Flur?«

»Die muss ein Windstoß zugeschlagen haben. Das Wohnzimmerfenster ist auf.«

Es wunderte Thomas nicht, dass Kehrer auch dafür eine Erklärung hatte. Doch trotz seiner Skepsis stellte sich heraus, dass der Mann wohl die Wahrheit sprach. Im Heizungskeller lagerten Dutzende Glühbirnen und es gab keine geheimen Gänge, wie ersichtlich wurde, nachdem Kehrer die Beleuchtung wiederhergestellt hatte. Auch vermisste, vielleicht gefesselte oder eingesperrte Menschen, oder was Jan und Thomas sich auch immer zu finden erhofft hatten, waren hier unten nirgends zu entdecken.

Während großer Abschnitte der Fahrt zurück ins Zentrum von Münster schwiegen Jan und Thomas einander an. Das lag zum einen daran, dass ein langer, anstrengender Tag hinter den beiden lag. Zum anderen aber auch daran, dass sie enttäuscht waren. Insbesondere Jan hatte sich

mehr erhofft. Viel mehr. Nach seinem Erfolg mit der Be-
schaffung der Liste potenzieller Täter von der Chefin der
Atlantis-Bar und seinem dadurch ausgelösten Höhenflug
fiel er jetzt umso tiefer. Thomas bemerkte die trübe Stimmung seines jungen Kollegen.

»Wir gehen morgen die Liste mit allen Namen noch
einmal gemeinsam durch und vergleichen sie mit unseren Notizen von heute Abend. Wir haben bestimmt etwas
übersehen. Morgen mit frischem Kopf sehen wir alles
etwas klarer«, sagte er.

»Ja, bestimmt«, antwortete Jan und beobachtete aus
dem Fenster der Beifahrertür die feiernden Studenten, die
um diese Zeit noch in der Stadt unterwegs waren.

»Für heute reicht es auch. Ich lasse Sie am Präsidium
springen und dann fahren Sie nach Hause und schlafen
eine Runde. Das werde ich auch machen.«

Thomas setzte Jan ab und drehte noch eine Runde durch
die Stadt, bevor er schließlich nach Hause fuhr. Er hatte
ein mulmiges Gefühl, als er die ganzen jungen Leute sah.
»Passt auf euch auf. Es läuft ein Mörder da draußen rum«,
sagte er leise.

Am nächsten Morgen fühlte Thomas sich wie gerädert.
Entgegen seinem Vorsatz, die Arbeit nicht mit ins Bett zu
nehmen, hatte er es nachts nicht geschafft, seinen Kopf ab-
zustellen. Was vermutlich auch daran lag, dass er und Jan
sehr lang gearbeitet hatten und die Erfolglosigkeit ihrer
Ermittlungen, die ganze vergebliche Arbeit den Männern
Kopfzerbrechen bereitete.

Thomas wunderte sich, dass Jan um sieben Uhr morgens schon wieder bei der Arbeit war und dazu noch recht

fit aussah. Aber schließlich war der Kommissaranwärter auch etliche Jahre jünger.

»Schon wieder fleißig?«, begrüßte Thomas seinen Kollegen.

»Ja, ich bin seit einer guten Stunde hier. Ich checke die Alibis der Herrschaften von gestern Nacht. Sofern es welche gibt«, antwortete Jan. Er wirkte motiviert und Thomas freute sich, dass er den Rückschlag von gestern Nacht offenbar gut wegsteckte.

»Arbeiten Sie doch mit in meinem Büro, da können wir uns besser abstimmen«, schlug Thomas vor.

Jan fand den Vorschlag gut, nahm seinen Laptop und folgte Thomas. Kaum hatte er sich im Büro seiner Kollegen eingerichtet, erschien Wilfried Deuter, um sich schnell auf den neuesten Stand bringen zu lassen.

»Wir haben gestern keine konkreten Hinweise gefunden, aber ich habe noch eine gute Idee«, erklärte Thomas seinem Chef. Deuter musste schnell weiter zu einer Besprechung mit dem Polizeipräsidenten und hatte keine Zeit, sich Thomas' Idee anzuhören, was dieser aber nicht weiter schlimm fand. Seit der Diskussion gestern hielt Thomas lieber Abstand zum Störfeuer, das sein Vorgesetzter seiner Ansicht nach verbreitete. Natürlich hatte auch Jan mitbekommen, dass die Beziehung zwischen den beiden gerade ein wenig strapaziert war.

»Haben Sie wirklich eine gute Idee, oder haben Sie das dem Chef gegenüber nur so gesagt?«, fragte er.

»Nein, ich habe tatsächlich eine gute Idee. Und die basiert auf Ihrer Vorarbeit.«

Jan schaute Thomas fragend an.

»Sie kam mir heute Nacht, während ich im Bett lag und

gegrübelt habe. Sie hat mit den EC-Karten-Daten zu tun. Wir haben gestern zwar keinen Treffer gelandet, aber vielleicht können wir anhand der sonstigen Bezahlvorgänge, die mit der jeweiligen Karte getätigt wurden, verdächtige Muster ermitteln«, erläuterte Thomas.

Jan schaute ihn immer noch fragend an. Jetzt befand sich in seinem Blick allerdings auch eine Spur Fassungslosigkeit. »Auf unserer Liste stehen neunzehn Namen. Wir sollen herausfinden, was die alles gekauft haben? Ich bin schon mit den Alibis völlig ausgelastet«, gab Jan zu bedenken.

»Das ist mir bewusst. Ich habe mich vielleicht falsch ausgedrückt. Ich hatte mehr an die Transaktionen mit einer bestimmten Karte gedacht«, korrigierte sich Thomas und schaute seinen jungen Kollegen herausfordernd an.

»Sie meinen bestimmt die Karte von Fritz Kuhn«, vermutete Jan.

»Korrekt. Da stimmt etwas nicht. Offensichtlich hat dieser Fritz Kuhn eine falsche Adresse angegeben, wenn nicht einmal Herr Kehrer, der richtige Bewohner, diesen Herrn kennt. Dem müssen wir als Erstes auf den Grund gehen.«

Jan war überzeugt und sogleich Feuer und Flamme für Thomas' Idee. »Ich besorge mir direkt einen Beschluss beim Staatsanwalt und kontaktiere den Netzbetreiber.«

»Sehr gut. Ein Tipp von mir als alter Hase: Gehen Sie persönlich dort in der Gerichtsstraße vorbei. Der Jurist an sich fühlt sich dann immer sehr wertgeschätzt und es geht schneller. Ich versuche in der Zwischenzeit mehr über Fritz Kuhn herauszufinden. Vielleicht haben wir ja Glück.«

Es dauerte zwei Stunden, bis Jan mit dem unterzeichneten Auskunftsersuchen von der Staatsanwaltschaft

zurückkam. Demonstrativ wedelte er damit vor Thomas'
Nase herum.

»Wenigstens hatten Sie Erfolg. Über Fritz Kuhn habe
ich noch nichts herausgefunden.«

»Warten Sie ab. Vielleicht haben wir genauso wenig
Glück beim Netzbetreiber«, sagte Jan. Im Laufe des Vormittags stellte sich heraus, dass seine Bedenken grundlos
waren, denn er erhielt eine vollständige Liste mit allen
Transaktionen, die mit der EC-Karte von Fritz Kuhn getätigt worden waren, nur eine halbe Stunde später. Besonders interessant fand er die Käufe aus den vergangenen
sechs Monaten. »Herr Herold, können Sie bitte mal kommen?«, bat er Thomas. Der kam herüber und schaute über
die Tabelle, die auf Jans Bildschirm geöffnet war.

»Um Gottes willen«, entfuhr es Thomas nach einigen
Sekunden.

Kapitel 25

Heute war ein guter Tag zum Skateboarden. Es war nicht zu warm, die Sonne schien und der Boden war nicht zu rutschig. Tom und David hatten sich auf dem Platz Hafenplatz verabredet, um sich mit den anderen Mitgliedern der Szene auszutauschen, zu messen, aber auch gemeinsam an den dort aufgestellten Curbs alle möglichen Kunststücke darzubieten und manchmal auch damit die Mädels zu beeindrucken. Die Mitarbeiter der direkt an den Skateboard-Park angrenzenden Stadtwerke hatten nichts dagegen, dass die Skater mehr oder weniger den ganzen Tag dort ihren Spaß hatten. Das Unternehmen hatte die Hindernisse dort sogar bewusst aufgestellt und damit dafür gesorgt, dass der Hafenplatz inzwischen sogar Szenefreunde aus ganz Deutschland anlockte.

Für Tom bedeutete das Fluch und Segen zugleich. »Digger, das ist supervoll hier. Entweder du fährst hier ständig deine Kollegen um, oder du wartest eine Ewigkeit, bis du mal an der Reihe bist«, beschwerte er sich bei seinem Kumpel David.

»Ja, voll. Ist ja immer so, aber heute echt extrem. Was meinst du, sollen wir uns mal was Neues suchen? Hier in der Nähe gibts doch bestimmt etwas. Bei den ganzen leer stehenden Hallen am Kanal. Der Hafen wäre doch cool«, schlug David vor.

»Der Hafen da vorne? Viel zu viele Leute. Und die ganzen Tuner-Spinner auf der anderen Seite. Das war mal ein Geheimtipp, jetzt ist das out«, sagte Tom.

David grinste. »Den Hafen meine ich nicht. Da ist noch ein kleiner. Wenn du dem Dortmund-Ems-Kanal Richtung Hiltrup folgst. An der B51.«

»Das ist doch kein Hafen. Das ist maximal eine kleine Ausbuchtung. Was weiß ich, wie das heißt«, sagte Tom.

»Wie auch immer. Auf jeden Fall ist da eine Anlegestelle und eine leer stehende Halle. Wir sind da mal letztens auf einer Fahrradtour dran vorbeigefahren«, erinnerte sich David.

Die beiden Vierzehnjährigen machten sich auf den Weg zu dem Areal, das nur etwa einen Kilometer vom Hafenplatz entfernt lag. Für die Strecke, die sie einfach immer geradeaus den Industrieweg entlangführte, brauchten sie auf ihren Boards nur ein paar Minuten.

»Willst du mich verarschen, Alter? Das ist abgeschlossen«, beschwerte sich Tom, als sie ihr Ziel erreichten. Das Grundstück am Kanal, auf dem die Lagerhalle stand, war sehr groß, offenbar schon lang nicht mehr in Gebrauch und von einem hohen, rostigen Metallzaun umgeben. Das Schloss am Tor glänzte und war neu, aber es war verschlossen, weshalb die Jungs davon ausgingen, dass gerade niemand auf der anderen Seite war.

»Ja, es ist zu. Aber guck dir mal die ganzen potenziellen Hindernisse auf der anderen Seite an. Wir müssen da rein!«, sagte David und zeigte auf die herumliegenden Rohre, Betonblöcke und Eisenteile, die sich seiner Ansicht nach hervorragend zum Grinden, Sliden und für sonstige Kunststücke eigneten.

»Und wie willst du das anstellen?«, fragte Tom.

»Komm mit.«

Die beiden fuhren mit ihren Skateboards den Zaun entlang, bis sie an einer Stelle ein Loch entdeckten.

»Das wird gehen. Ist nicht besonders groß, aber dann muss ich halt den Bauch einziehen.« David schob erst sein Board durch die Öffnung und zwängte sich dann selbst hindurch. Er musste zwar aufpassen, dass er sich nicht seinen Pullover zerriss, aber es klappte. »Na los«, rief er seinem Kumpel von der anderen Seite des Zauns zu.

Tom zögerte plötzlich. »Ist das nicht verboten?«, fragte er.

»Na und? Was sollen die denn machen? Dich in den Knast stecken? Wir sind vierzehn, die können uns gar nix!«, sagte David.

»Hast ja recht«, sagte Tom und folgte seinem Freund durch das Loch im Zaun.

Etwas mehr als eine halbe Stunde lang probierten sich die Jungs draußen aus. Dann wurde es David zu langweilig. »Lass uns mal nachschauen, was es in der Halle noch so gibt. Vielleicht finden wir da auch ein paar neue Hindernisse«, schlug er vor.

Es dauerte nicht lang, bis Tom und David ein Tor fanden. Es war sehr groß und schwer und allein hätten die beiden Halbstarken das Ungetüm niemals öffnen können. Zum Glück befand sich direkt daneben eine Tür. Die Scharniere waren verrostet und quietschten beim Öffnen, doch die Jungs hatten ihr Ziel erreicht, sie waren drin. Hier gab es keine Fenster und Tageslicht fiel lediglich durch Löcher im Dach und in den Wänden herein. Es war jedoch genug, um gut sehen zu können.

»Tja, ich sehe hier keine Hindernisse, lass uns wieder nach draußen«, sagte Tom.

»Ist doch egal«, widersprach sein Freund. »Der Boden ist megaglatt, der ist wie fürs Boarden gemacht. Außerdem: Wenn wir schon mal hier sind, können wir uns auch gleich ein bisschen umschauen.« Kaum hatte er den Satz beendet, rollte David auch schon los. Tom machte mit und fand sofort Spaß daran, über den Hallenboden zu gleiten.

»Hey, komm mal her«, rief David plötzlich aus einer der hinteren Ecken, »hier geht es runter.« Tom war direkt zur Stelle, gemeinsam betrachteten sie die Doppeltür eines großen Lastenaufzugs.

»Der funktioniert nie im Leben«, vermutete Tom.

David drückte den Knopf neben der Tür und der Aufzug bewegte sich ratternd. »Alter«, rief er aus, als der Aufzug auf ihrem Level mit einem Ruck zum Stehen kam. David öffnete die Doppeltür. »Sollen wir?«, fragte er.

Tom schüttelte hektisch den Kopf. »Wenn der stecken bleibt, sterben wir hier«, sagte er und überzeugte seinen Kumpel damit.

»Na gut. Da vorne ist ja noch eine Treppe«, bemerkte David.

Tom hatte ein mulmiges Gefühl dabei, David über die Betontreppe in den dunklen Keller hinab zu folgen. Als Schisser wollte er sich jedoch auch nicht abstempeln lassen, weshalb er sich ihm anschloss. Beide schalteten ihre Handytaschenlampen an, so war es wenigstens etwas weniger gruselig, dem langen, düsteren Gang im Untergeschoss zu folgen, der sich vor ihnen auftat. Wasser lief an vielen Stellen die Wände herunter und hatte im Laufe der Jahre eine rostige Spur bis hinunter auf den Boden hinterlassen.

Die Schritte der Jungs schallten durch den Gang, ab und zu platschte es leise, wenn sie in eine der vielen Pfützen traten.

»Wie lang der Gang ist«, bemerkte David, »wo er wohl hinführt.«

»Auf jeden Fall immer geradeaus«, scherzte Tom. Er kniff die Augen zusammen. »Ich glaube, da vorne ist Licht.«

»Mach mal Handy aus«, sagte David. Die beiden schalteten die Taschenlampe aus. Tatsächlich schimmerte ein Licht an Ende des Ganges. »Das muss der Ausgang sein.«

Die beiden gingen weiter, bis sie das Ende des Gangs erreichten. Hier befand sich allerdings nicht der Weg nach draußen, sondern der Durchgang zu einem riesigen Kellerraum. In der Mitte befand sich ein Stapel großer Holzkisten, auf dem die einzige Lichtquelle im Raum stand: ein kleiner Bauscheinwerfer.

»Alter, was ist das denn? Und wieso brennt hier Licht?«, fragte sich David und umrundete das Gebilde.

Tom war die Sache nicht geheuer und er blieb lieber im Durchgang stehen. »Wir sollten gehen. Was ist, wenn uns jemand erwischt?«

»Quatsch, hier ist doch keiner«, antwortete David.

»Und wieso ist hier Licht? Ernsthaft, lass uns abhauen«, sagte Tom, der am liebsten auch ohne seinen Kumpel sofort kehrtgemacht hätte.«

David ignorierte seinen Kumpel und umrundete das Gebilde. Im schwachen Licht der Bauscheinwerfer sah er am Rand des Kellerraums alle möglichen Werkzeuge herumliegen. Außerdem standen dort eine Reihe von Autobatterien, von denen aus Kabel zu dem Holzgebilde führten.

»David, komm jetzt«, drängte Tom.

»Pst«, entgegnete David barsch. Er legte sein Ohr an eine der Holzwände und lauschte. »Ey, ich glaube, da sind Leute drin. Ich meine, da sind Stimmen. Komm mal rüber und hör selbst.«

»Mit Sicherheit nicht, Alter. Lass uns endlich verschwinden«, sagte Tom mit zunehmender Ungeduld.

David hob seine Hand und schlug mit seiner Hand gegen das Holz. »Hey, wer ist da?«, rief er.

Tom konnte nicht glauben, was David da tat. Gefühlte Augenblicke später sah er von seiner Position aus, was sein Kumpel damit angerichtet hatte.

Kapitel 26

Julia lag zusammengekrümmt auf dem Boden ihres Zimmers. Die Wände schienen sich auf sie zuzubewegen. Das Gas, das ihr Entführer gestern Nacht zwischenzeitlich in ihr Gefängnis gelassen hatte, hatte er schnell wieder abgestellt. Trotzdem roch es noch überall danach. Wenigstens überdeckte es den Geruch der Eimer, die die vier Gefangenen als Toilette benutzten. Doch das alles war Julia egal. Ihr größtes Problem waren die Entzugserscheinungen, die sich inzwischen so heftig zeigten, dass sie an nichts anderes mehr denken konnte als an den nächsten Schuss. Am liebsten hätte sie ihren Kopf so lange gegen die Wand geschlagen, bis sie durchbrechen konnte.

Klaus befand sich ebenfalls in einem absoluten Stimmungstief. Er bereute es mittlerweile, gestern so forsch versucht zu haben, die Klappe unten zu öffnen. Er machte sich Vorwürfe, damit ihren Entführer provoziert und alle mit dem Gas in Gefahr gebracht zu haben.

Alexandra war verzweifelt und hatte immer noch nicht ganz realisiert, dass sie hier gefangen war. Überdies sorgte sie sich darum, dass ihr Entführer das Gas wieder aufdrehen könnte. Es ging ihr aber nicht um ihr Leben, das war ihr egal. Das Leben ihres Sohnes beschäftigte sie. Was würde nur aus ihm werden, wenn sie nicht mehr da war?

Fabian setzte sich weiter mit der Frage auseinander, wie

die vier zusammenfinden und dieser Hölle damit ein Ende bereiten könnten, wie der Entführer es in seinen Briefen forderte.

So war jeder mehr oder weniger mit sich selbst beschäftigt. Durch die Wände miteinander kommunizieren taten sie nur noch ganz sporadisch und wenn, nur mit einzelnen Worten. Sie hatten Angst und dass ihr Peiniger zu allem imstande war, hatte er gestern mit dem Gas eindrücklich bewiesen.

Alle waren stumm. Bis zu dem Augenblick, in dem plötzlich jemand von außen gegen die Wände zu schlagen schien. Die vier merkten auf. Konnte das wirklich sein? Oder handelte es sich wieder nur um das Geräusch der sich öffnenden Türen? Nein, diesmal war es etwas anderes. Julia setzte sich aufrecht hin und lauschte, wie die anderen drei auch.

»Hey, wer ist da?«, hörten sie eine Stimme rufen.

Ein Gefühl der Hoffnung durchströmte das Gefängnis. »Hilfe, wir sind hier!«, rief Julia. Sie und die anderen riefen wild durcheinander und schlugen mit Gegenständen aus ihren Zimmern und bloßen Händen gegen die Wand, um auf sich aufmerksam zu machen. Endlich, sie waren gerettet.

Kapitel 27

David schlug ein weiteres Mal gegen die Holzwand, die vor ihm fast hinauf bis zur Decke reichte. Augenblicke später wich er vor Schreck reflexartig mehrere Schritte zurück. Hinter der Wand waren tatsächlich Menschen, wie er vorher bereits vermutet hatte. Jetzt riefen sie laut um Hilfe und schlugen von der anderen Seite aus gegen das Holz.

»Ach du Scheiße«, entfuhr es David.

Tom war nicht weniger geschockt. »Komm, wir rufen die Polizei«, rief er, aber sein Kumpel wollte nach wie vor nicht gehen.

»Die Leute da brauchen unsere Hilfe!«, rief David.

»Deswegen wollte ich ja die Polizei rufen«, antwortete Tom.

»Aber was ist, wenn da einer verletzt ist? Da kommt es vielleicht gerade auf jede Minute an, haben wir doch letztens noch in der Schule gehabt. Bis die Polizei oder ein Krankenwagen hier ist, dauert das doch ewig. Außerdem, was willst du der Polizei sagen, warum wir hier eingebrochen sind? Die werden Fragen haben, Mann!«, argumentierte David.

»Du hast oben doch gesagt, dass wir vierzehn sind und die uns gar nix können«, sagte Tom.

»Ja, aber da ging es nur um Hausfriedensbruch. Wenn

wir jetzt abhauen, ist das unterlassene Hilfeleistung. Also los jetzt, suchen wir einen Eingang.«

Während er auf Tom einredete, bekam David nicht mit, wie sich ihm von hinten aus dem Dunkel ein Mann näherte. Er trug Cappy und Sonnenbrille und hielt ein Messer fest umschlossen in der Hand.

Tom wollte seinen Freund warnen, aber er war wie gelähmt und bekam keinen Ton heraus. Außerdem ging alles viel zu schnell, als dass er überhaupt einen klaren Gedanken hätte fassen können.

Der Mann rammte David das Messer in den Rücken. Der unerträgliche Schmerz des Stahls, der in seinen Körper eindrang, brannte sich während einer gefühlten Ewigkeit bis kurz vor Davids Wirbelsäule. Er schrie laut auf und der Schall hallte durch alle Gänge des Kellers. David fühlte sich wie aufgespießt und er begriff nicht, was da gerade mit ihm passierte. Er spürte, wie das Gefühl des kalten Metalls abgelöst wurde von etwas Warmem, das sich auf Höhe seiner Brust sammelte. Nur Sekunden später verspürte er einen Hustenreiz, dem er nachgeben musste. Er beförderte einen großen Schwall Blut nach draußen, das sich in einer Pfütze vor ihm sammelte und ihm warm das Kinn und den Hals hinunterrann. Schließlich wurde ihm schwarz vor Augen und er kippte vornüber. Mit einem Rums landete er auf dem Boden und blieb reglos in der wachsenden Blutlache liegen.

Der Mann machte einen großen Satz über Davids Körper und schritt zielstrebig mit dem blutigen Messer in der Hand auf Tom zu. Aus dessen Schockstarre meldete sich der Überlebenstrieb. Tom gab sich innerlich einen Ruck, ließ sein Skateboard fallen und rannte los. Im Augenwinkel sah er, wie sein Verfolger auch zu rennen begann. Der Mann mit Cappy stolperte über das Board, womit Tom wertvolle Sekunden gewann. Aber auch er musste aufpassen, wo er hintrat. Im dunklen, lang gezogenen Gang war Rennen sehr gefährlich. Und der Lichtkegel seiner Handylampe wackelte durch die Bewegung seiner Arme im vollen Lauf wild hin und her, was ihn verwirrte.

Tom hörte deutlich die Schritte des Mannes. Er kam nicht so schnell hinterher. Aber das war keineswegs Grund zur Erleichterung. Plötzlich trat Tom in eine Wasserpfütze und rutschte aus. Er schaffte es nicht, den Sturz abzufangen, und landete auf dem harten Boden. Der Mann holte auf. »Bleib liegen, ich krieg dich sowieso«, rief er.

Nein, das tust du nicht, dachte Tom. Mit seiner Jetzt-erst-recht-Haltung rappelte Tom sich auf und rannte weiter, bis er die Treppe erreichte. Erst beim Erklimmen der Stufen spürte er einen Schmerz. Er musste sich beim Sturz leicht verletzt haben. Das hielt Tom nicht davon ab, so schnell er konnte weiterzurennen, als er oben angekommen war. Er war schon auf halbem Weg durch die Lagerhalle, als auch sein Verfolger die Treppe hinter sich ließ und auf dem glatten Hallenboden ausrutschte wie zuvor Tom im Keller. Schnell rappelte er sich wieder auf und setzte die Verfolgung fort. Endlich erreichte Tom die Tür, durch die er und David in die Halle gelangt waren. Sie klemmte und ließ sich nicht auf Anhieb öffnen. Wertvolle Sekunden gingen verloren, in denen Tom voller Verzweiflung an der Klinke rüttelte und der Verfolger näher und näher kam. Schließlich ließ die Tür sich quietschend öffnen und Tom trat mit einem Gefühl der Erleichterung ins Freie.

Die Sonne blendete ihn und seine Augen gewöhnten sich erst nach Sekunden an die Helligkeit. So bekam er leider sehr schnell die Gewissheit, dass der Mann ihm noch immer auf den Fersen war. Es war noch nicht vorbei.

Wo ist dieses verdammte Loch im Zaun?, dachte er. Tom konnte es von hier aus nicht sehen. Er peilte nur die grobe Richtung an und rannte los. Zwischendurch drehte er sich um. Aus welchem Grund auch immer hatte der Mann mit Cappy ein ganzes Stück aufgeholt. Er war vielleicht jetzt fünfzig Meter hinter ihm. Tom holte alles aus sich heraus. In einiger Entfernung erkannte er die rettende Öffnung im Zaun. Jetzt musste er eine blitzschnelle Entscheidung treffen. Er hatte keine Zeit, sich langsam vor den Zaun zu knien und behutsam durch das Loch zu robben und dabei aufzupassen, dass die scharfen Kanten ihn nicht verletzten. Als das Loch nur noch wenige Meter von ihm entfernt war, machte er stattdessen aus vollem Lauf einen Hechtsprung, rutschte ein Stück weit über den sandigen Boden und kroch so schnell er konnte weiter. Er erreichte die Öffnung und während er sich hindurchwand, blieben immer wieder Fasern an den Kanten des Zauns hängen. Er verlor wieder wertvolle Zeit. Der Mann war gleich da. Plötzlich ging es für Tom nicht weiter, er hing mit dem Schnürsenkel fest. Toms Körper befand sich schon auf der anderen Seite des Zauns, nur seine Füße steckten noch mitten in der Öffnung.

»Scheiße«, schrie er.

Der Mann erreichte das Loch und ging in die Hocke. Er packte Toms Beine und versuchte, den Jungen durchs Loch zurück auf seine Seite zu ziehen. Tom strampelte so heftig mit den Beinen, dass der Mann immer wieder neu ansetzen musste. Schließlich holte er sein Messer aus der Tasche, an dem noch immer Davids Blut klebte. Tom wusste, dass der Mann zustechen würde. Wer Menschen ermordet, ist zu allem imstande. Deshalb strampelte er so kräftig mit den Füßen, dass sein Schnürsenkel abriss und er den Mörder seines Freundes mit dem Fuß im Gesicht erwischte. Der schrie laut auf und hielt sich vor Schmerz das Gesicht.

Tom nutzte die Sekunden und befreite sich vollends aus dem Loch.

Er rannte und rannte so schnell und weit er konnte. Und als ihm die Puste ausging, blieb er stehen und drehte sich um. Er konnte nach wie vor immer den Abschnitt des Zauns sehen, in dem das Loch war. Doch der Mann war fort. Tom versteckte sich hinter einem Busch in der Nähe und versuchte zu begreifen, was in den letzten Minuten geschehen war. Erst jetzt merkte er, dass der Zaun ihn an mehreren Stellen am Oberkörper verletzt hatte. Das Blut aus den Schnittwunden klebte und fühlte sich unangenehm an. Doch das war gerade seine geringste Sorge. Sein bester Freund war vor seinen Augen umgebracht worden. Oder lebte er vielleicht doch noch? So oder so musste er so schnell wie möglich die Polizei verständigen.

Kapitel 28

Thomas starrte ungläubig auf die Liste auf Jans Computerbildschirm.

»Das hat er alles gekauft?«, versicherte sich Thomas.

»Offensichtlich«, antwortete Jan achselzuckend.

»Damit kann man ja ein ganzes Haus bauen. Und noch mehr. Interessant ist, dass er die Sachen alle im selben Baumarkt gekauft hat. Ich würde sagen, wir fahren da mal hin. Vielleicht kann sich jemand an den Kunden erinnern. So lange liegt der letzte Kauf ja nicht zurück. Schauen Sie hier, das sind gerade mal zwei Wochen.«

Thomas und Jan machten sich sogleich auf den Weg. Der Baumarkt lag etwas außerhalb der Stadt, der Weg dorthin führte die Ermittler über den Albersloher Weg in Richtung Südwesten, vorbei an den Stadtwerken und der Feuerwache 2.

Mithilfe der Frau an der Information machten Thomas und Jan schnell den Filialleiter ausfindig.

»Ich glaube, das ist das erste Mal, dass ich im Baumarkt auf Anhieb den passenden Ansprechpartner finde«, begrüßte Thomas den Mann nach dem Blick auf dessen Namensschild. Er hieß Helmut Schwalbe und schaute im ersten Moment verdutzt. Das änderte sich nicht, als Jan und Thomas sich als Beamte von der Kriminalpolizei vorstellten.

»Wir haben einige Fragen zu einer Reihe von Einkäufen, die hier in letzter Zeit getätigt wurden«, erklärte Thomas. »Genauer gesagt geht es um die Einkäufe eines bestimmten Kunden.«

Jan zog die ausgedruckte Liste aus seiner Jackentasche und faltete sie auseinander, während Schwalbe seine Brille aus der Brusttasche fummelte.

»Sagt Ihnen das was?«, fragte Jan.

Schwalbe warf einen genauen Blick auf die Liste. »Auf jeden Fall, ich erinnere mich. Das sind immerhin mehrere hundert Quadratmeter Bauholz mit einem Wert von einigen Tausend Euro. So was vergisst man erst mal nicht.«

»Erinnern Sie sich an den Kunden an sich? Was war das für ein Typ? Wie sah er aus?«, fragte Thomas.

»Uff, da erwischen Sie mich auf dem falschen Fuß. Ich hab ihn nur kurz gesehen, als er seine Bestellung aufgegeben hat. Er benötigte keinerlei Beratung, wusste ganz genau, was er wollte. Aber wie er aussah, wollten Sie wissen. Mmh, ich glaube, er trug ein Cappy, eine Sonnenbrille und Arbeitsklamotten. Die Kollegen lästern immer über so Leute, die in Innenräumen Sonnenbrille tragen«, sagte Schwalbe.

»Verstehe«, sagte Thomas. Er fühlte sich an die Beschreibung erinnert, die ihm der Wirt der »Masematte« von dem Mann gegeben hatte, der Julia Buschkowsky entführt hatte. »Wie hat der Kunde das ganze Baumaterial denn abtransportiert? Das hat ja schwerlich in einen Kofferraum gepasst.«

»Das ist korrekt. Tatsächlich war das eine ganze Menge Holz. Der Kunde hat das mit einem Spediteur abholen lassen. Da war ein Lastwagen hier«, erinnerte sich Schwalbe.

»Welcher Spediteur war das?« Thomas war aufgeregt. Würde er das Transportunternehmen ausfindig machen, könnte er auch an Informationen über den Zielort der Ware und somit den Täter und den Verbleib der Vermissten gelangen.

»Das weiß ich leider auch nicht mehr. Aber ich könnte mal die Kollegen fragen«, bot Schwalbe an.

»Ja, machen Sie das bitte«, entgegnete Thomas.

Schwalbe verschwand im Gängelabyrinth des Baumarkts und kehrte erst nach zehn Minuten zurück. »Sorry, den Namen des Spediteurs weiß keiner mehr. Aber davon kommen auch Dutzende am Tag. Hätte mich gewundert, wenn einer sich erinnert hätte«, sagte er.

»Okay, danke trotzdem fürs Nachfragen. Ich denke, mein Kollege und ich haben erst mal keine weiteren Fragen. Wenn Ihnen der Name der Spedition doch noch einfällt, melden Sie sich bitte.« Thomas gab Schwalbe seine Karte.

Als die beiden wieder auf dem Parkplatz vor dem Baumarkt standen, klingelte Thomas' Handy. Wilfried Deuters Name stand auf dem Display. Thomas nahm ab und schaltete den Lautsprecher an, damit Jan mithören konnte.

»Hallo, wir haben einen Notfall. Wo sind Sie gerade?« Deuter klang gehetzt.

»Auf dem Parkplatz am Baumarkt Albersloher Weg. Was gibt es denn?«

»Perfekt, dann sind Sie nur ein paar hundert Meter vom Industrieweg entfernt. Dort befindet sich eine leer stehende Lagerhalle. Fahren Sie so schnell wie möglich dorthin. Und warten Sie auf das Spezialeinsatzkommando.«

Während Deuter seine Anweisung übermittelte, sprin-

181

teten Jan und Thomas zum Auto und warfen sich in ihre Sitze. Mit eingeschaltetem Blaulicht lenkte Thomas den Wagen vom Parkplatz und steuerte den Industrieweg an.

»Ich kenne die Lagerhalle, was ist dort?«, erkundigte sich Thomas, während er rasant die zur Seite fahrenden Autos auf der Straße umschiffte.

»Zwei Teenager sind dort eingedrungen und haben mit ihren Skateboards geübt. Einer von ihnen wurde mit dem Messer angegriffen, er ist vermutlich tot. Den anderen hätte es auch fast erwischt, aber er konnte so gerade entkommen. Eine grobe Täterbeschreibung haben wir auch. Es handelt sich um einen Mann mit Cappy und Sonnenbrille. Und Achtung: Im Keller der Halle befindet sich laut dem Jungen ein merkwürdiges Holzgebilde«, erklärte Deuter.

»Wir haben verstanden«, bestätigte Thomas. Innerlich stellte er sich bereits darauf ein, den Mann gefunden zu haben, nach dem sie suchten. Wichtiger war es aber, die Vermissten lebendig zu finden.

»Und passen Sie auf sich auf«, gab Deuter den Männern mit auf den Weg.

Jan und Thomas erreichten das Gelände der leer stehenden Lagerhalle vor dem Spezialeinsatzkommando, auch wenn sie bereits das sich nähernde Martinshorn in der Ferne vernahmen, als sie aus dem Wagen stiegen. Das Tor zum Gelände stand offen und sah ziemlich ramponiert aus. Thomas begutachtete den Schaden an dem Metallgitter und dem Vorhängeschloss, dessen Bügel abgerissen war. »Ich vermute, dass da jemand mit vollem Tempo durchgebrochen ist. Ich gehe mal davon aus, dass es unser Mann mit dem Cappy war. Genug Zeit wird er wohl gehabt haben. Wenn dem so sein sollte, ist das natürlich große Scheiße. Dann ist er schon lange über alle Berge«, sagte Thomas, der bereits das Schlimmste befürchtete.

»Warten wir doch erst mal ab. Da vorne kommt das Spezialeinsatzkommando«, versuchte Jan seinen Kollegen zu beruhigen.

Die Beamten vom SEK stoppten den Wagen rasant, sodass die Reifen den Staub vom Boden aufwirbelten. Die Mitglieder des Teams grüßten Thomas knapp. Sie hatten ihm wohl immer noch nicht ganz verziehen, dass er sie umsonst zum Einsatz im Hausboot an der Werse geschickt hatte. Nach einer kurzen, freundlichen Einsatzbesprechung hatten sie das Thema jedoch aus der Welt geschafft und Thomas scherzte sogar darüber, indem er anmerkte, dass es diesmal aber »richtig« ernst werde.

»Ihr bildet die Vorhut und sobald ihr einen Raum gesichert habt, folgen Jan Wolf und ich euch hinein, verstanden?«, sagte Thomas und das Team bestätigte. Er behielt seine Vermutung, dass der Entführer das Gelände bereits verlassen hatte, für sich. Er wollte, dass das Team bei jedem Schritt mit größter Vorsicht handelte. Außerdem konnte er sich auch irren und der Täter befand sich noch immer auf dem Gelände.

»Dann mal los. Ich habe gesehen, dass dahinten ein Eingang ist.«

Mit den Maschinenpistolen im Anschlag und in geduckter Haltung rückten die acht Männer vor. Jedem Hindernis, das groß genug war, um sich dahinter zu versteckten, näherten sie sich besonders achtsam, sicherten das Objekt und zogen weiter. Jan und Thomas folgten, ebenfalls mit ihren Waffen im Anschlag, in sicherer

Entfernung. So erreichte der Trupp die Eingangstür zur Lagerhalle. Der erste SEK-Mann trat ein, sicherte den Innenraum und gab den anderen kurze Zeit später sein Okay. Nachdem das Team mit Ausnahme von zwei Männern zur Überwachung des Außenbereichs in der Halle war, rückten auch Jan und Thomas nach.

»Ich weiß, dass Sie noch nicht lange dabei sind. Wenn Sie also lieber hier draußen warten möchten, ist das okay«, bot Thomas Jan an. Der schüttelte den Kopf. »Auf keinen Fall, ich komme mit rein.«

»Sehr gut, dann bleiben Sie mir dicht auf den Fersen.« Thomas trat durch die Tür ins spärlich beleuchtete Innere der Halle. Nach ein paar Sekunden hatte er sich an die Lichtverhältnisse gewöhnt und sah, wie sich das SEK-Team verteilte, um jeden Winkel abzusuchen. So weit es ging, kommunizierten die Männer mit Handzeichen, um nicht unnötig die Aufmerksamkeit des Täters zu erregen. Schnell hatten die Beamten die gesamte Halle gesichert und die Treppe in den Keller entdeckt. Zwei von ihnen blieben wieder oben, die restlichen vier sowie Jan und Thomas gingen hinunter.

Der lange, dunkle Gang löste ein Gefühl der Beklemmung in Thomas aus, doch er folgte tapfer, Meter für Meter, dem SEK bis zu einem Durchgang in einen großen Kellerraum. Dort angekommen, stockten die Männer. Das von Deuter bereits erwähnte Holzgebilde war größer, als Thomas angenommen hatte. Die Leute vom Spezialeinsatzkommando wussten im ersten Moment auch nicht so recht, womit sie es zu tun hatten, und drangen nur zögerlich weiter in den Raum vor.

Auf dem Gebilde sorgte ein Bauscheinwerfer für Licht,

dessen Intensität mit zunehmender Entfernung zur Lichtquelle schnell abnahm. So erkannte Thomas zunächst nur schemenhaft die Umrisse eines menschlichen Körpers auf dem Boden. Es war Davids Körper. Schnell eilte er zu ihm.

»Hier liegt der Junge«, flüsterte Thomas und legte seinen Finger an Davids Halsschlagader, bevor er die Atmung kontrollierte.

»Was ist mit ihm?«, fragte der Einsatzleiter des SEK-Teams.

»Er ist tot«, antwortete Thomas leise. »Wie gehen Sie weiter vor?«

»Wir sichern den Kellerraum und versuchen dann in dieses komische Ding zu gelangen. Ich habe keine Ahnung, was uns darin erwartet, aber hier könnte es gleich ungemütlich werden«, kündigte der Einsatzleiter an.

»Ist gut. Herr Wolf und ich ziehen uns in den Gang zurück und bleiben dort in Deckung. Wir nehmen die Leiche des Jungen mit.«

Thomas und Jan gingen ein paar Meter weit in den Gang hinein und zogen Davids Körper mit. Von ihrer Position aus konnten sie zwar nicht so gut sehen, was als Nächstes in dem Kellerraum mit dem Holzgebilde passieren würde, dafür konnten sie es umso besser hören. Und so vernahmen sie ein plötzlich einsetzendes Klopfen und dumpfe Hilfeschreie auf der anderen Seite der Holzwände.

Das SEK-Team antwortete zunächst nicht, um das Überraschungsmoment nicht aus der Hand zu geben. Stattdessen suchten die Männer leise nach einem Eingang. Der Einsatzleiter entdeckte schließlich eine verhältnismäßig kleine Klappe. Er befahl den anderen drei Teammitgliedern per Handzeichen, sich um ihn zu versammeln.

Voller Adrenalin beobachteten sie, wie er mit dem Fuß dreimal gegen die Klappe trat, bevor sie nach innen wegkippte. Jetzt wurde es laut. Schnell kroch ein Mann nach dem anderen ins Innere. Thomas und Jan hörten, wie ihre Schritte durch das Holzgebilde rumpelten, während die Männer das Gebilde durchsuchten.

Immer wieder verstand Thomas Satzfetzen wie »Wir sind hier« oder »Helfen sie uns«. Mental stellte er sich darauf ein, dass während des Einsatzes auch Schüsse fallen würden. Doch niemand feuerte eine Waffe ab, was Thomas erleichtert feststellte.

Der Sturm des Holzgebildes dauerte nur wenige Minuten. Thomas und Jan wagten sich schließlich aus ihrer Deckung und beobachteten, wie die Männer des SEK nach und nach vier Menschen halfen, durch die Klappe nach draußen zu kriechen. Es waren zwei Männer und zwei Frauen. Sie waren sichtlich irritiert, dass sie auf der anderen Seite kein Tageslicht erwartete, sondern ein dunkler Kellerraum.

»Kümmern Sie sich um die Leute? Wir sichern inzwischen noch dieses Ding. Ich will nicht, dass die Kollegen von der Kriminaltechnik hier noch in eine Sprengfalle tappen«, sagte der Einsatzleiter.

»Ja, wir bringen sie nach oben«, antwortete Thomas. »Haben Sie einen Hinweis auf den Entführer gefunden?«

Der Einsatzleiter schüttelte den Kopf. »Bisher nicht. Es besteht aber noch die Chance, dass er sich irgendwo hier versteckt hält. Wenn das der Fall ist, werden wir ihn finden.«

Thomas klopfte dem Einsatzleiter auf die Schulter und lobte den Einsatz des Teams. Auch wenn er sich für den

Moment in seiner Vermutung bestätigt sah, dass der Täter geflohen war.

Die vier Geretteten hatten augenscheinlich keine körperlichen Verletzungen davongetragen. Psychisch waren sie jedoch sehr mitgenommen und bedankten sich auf dem Weg nach oben bei Thomas und Jan immer wieder für ihre Rettung. Als sie das Tageslicht erreichten, rief Thomas zur Vorsicht zwei Rettungswagen und forderte auch zwei Polizeipsychologen an, die zwanzig Minuten später eintrafen und sich um die Entführungsopfer kümmerten. Auch wenn Thomas am liebsten schon mit der Befragung begonnen hätte, gab er ihnen etwas Zeit, um wieder in der richtigen Welt anzukommen. Er überzeugte sich lediglich schon mal von der Identität der vier. Julia Buschkowsky kannte er bereits persönlich. Klaus Reuters' Gesicht kannte er zumindest vom Foto, bei Alexandra Berghoff handelte es sich laut eigener Aussage um die verschwundene Prostituierte und der vierte hieß Fabian Kolb. Thomas versicherte ihnen, dass sie in guten Händen waren, und stieg mit Jan Wolf noch einmal in den Keller hinab.

»Wir haben den Bereich gesichert, Sie können rein«, empfing ihn der Einsatzleiter des SEK. »Wir bleiben erst noch hier.«

Thomas und Jan krochen auf allen vieren durch die enge Öffnung und mussten aufpassen, dass sie sich nicht den Kopf stießen. Sie rappelten sich auf und trauten ihren Augen nicht. Sie standen praktisch in einem komplett eingerichteten Haus. Es war zwar im wahrsten Sinne aus billigem Holz zusammengezimmert, aber es war erkennbar einem Wohnhaus nachempfunden.

»Ist ja unglaublich«, bemerkte Jan und folgte Thomas in

den Raum im Untergeschoss, der wohl das Wohnzimmer darstellen sollte. Auf dem Tisch dort stand sogar noch Essen herum.

Die Treppe nach oben knarzte und Jan stockte. »Muss man sich hier Sorgen machen?«, fragte er.

»Ich denke nicht. Das SEK hat alles gesichert«, antwortete Thomas und ging mit gutem Beispiel voran nach oben.

Von einem Flur führten vier Türen ab, hinter denen komplett eingerichtete Schlafzimmer lagen. »Vier Entführungsopfer und vier Zimmer, das macht Sinn. Wie auch immer der Mensch heißt, der das hier gebaut hat, er hat alles von Anfang an durchgeplant«, bemerkte Thomas und überlegte einen Moment lang, bevor er in das erste Zimmer lugte und seinen Kopf direkt wieder zurückzog.

»Was ist da los?«, fragte Jan.

»Die Luft ist sehr schlecht. Und es riecht nach Exkrementen.« Thomas warf von außen einen flüchtigen Blick in die anderen Zimmer, aus denen ein ähnlicher Schwall an seine Nase drang. »Soll die Spurensicherung sich darum kümmern«, bemerkte Thomas.

Er und Jan waren froh, als sie das hölzerne Haus wieder verließen.

»Das ganze Ding hatte keine Fenster. Was der Entführer wohl damit beabsichtigt hat. Ich meine, er hätte im Keller doch auch einfach ein paar Betten aufstellen können, wenn er seine Opfer dort verstecken wollte. Das ist wirklich sehr eigenartig«, sinnierte Jan.

Thomas stimmte zu. »Hoffen wir mal, dass die Vernehmung der Opfer Licht ins Dunkel bringt. Da draußen läuft ein kranker Mensch herum. Und ich habe im Gefühl, dass es noch nicht vorbei ist.«

Kapitel 29

Bei allen offenen Fragen, die Thomas und Jan bei dem Fall hatten, überwog bei den Beteiligten die Erleichterung darüber, die Entführten lebendig gefunden zu haben. Nach ihrer Rückkehr aufs Revier hätte Wilfried Deuter Thomas fast vor Freude in den Arm genommen. Stattdessen entschied er sich für einen Handschlag. »Das war sehr gute Arbeit. Ein großes Lob an Sie beide. Wirklich toll. Und das, obwohl wir momentan so unterbesetzt sind. Und bitte entschuldigen Sie, dass ich zwischenzeitlich etwas unleidlich war. Mir sind wohl die Nerven durchgegangen. Aber der Druck war einfach enorm, verstehen Sie?«, sagte Deuter.

»Danke. Schon gut, machen Sie sich keine Gedanken darüber. Ich möchte nur, dass Sie nicht vergessen, dass wir den Entführer noch nicht gefasst haben. Solange er frei herumläuft und wir nicht wissen, welches Motiv er verfolgt, sind die Geretteten potenziell in Gefahr«, gab Thomas zu bedenken.

»Das ist verstanden, Herr Herold. Aber erst mal können wir den Journalisten von einem Erfolg berichten. Das verschafft uns etwas Luft. Ich habe eine Medienkonferenz in zwanzig Minuten angesetzt. Apropos, haben die Opfer Ihnen schon irgendwelche Informationen gegeben, die ich teilen darf? Ich muss den Reportern ja noch irgendeinen Knochen hinwerfen«, sagte Deuter.

Thomas schüttelte den Kopf. »Wir sprechen erst gleich mit ihnen. Wir wollten sie nicht überfordern.«

»Na gut, es wird auch so gehen.« Deuter eilte davon. Als er außer Sichtweite war, meldete sich Jan zu Wort.

»Mh, er hat sich überhaupt nicht erkundigt, wie es den vier Geretteten geht. Das finde ich ein bisschen enttäuschend«, sagte er.

»Wir sollten ihm keine böse Absicht unterstellen. Er steht immer noch unter Strom und hat es wahrscheinlich schlicht vergessen. Wo sind denn die Damen und Herren?«, erkundigte sich Thomas.

»Alle sind zusammen im großen Besprechungsraum. Wir können mit der Vernehmung beginnen«, sagte Jan.

»Eigentlich dachte ich, wir sprechen einzeln mit ihnen«, sagte Thomas.

»Sie haben gesagt, dass sie lieber zusammenbleiben. Damit sie nichts vergessen oder falsch wiedergeben. Es mag vielleicht auch eine Rolle spielen, dass alle müde sind und glauben, dass sie mit einer Sammelvernehmung schneller fertig sind und nach Hause gehen können«, begründete Jan.

»Das soll mir auch recht sein. Die Armen haben in den letzten Tagen schon genug durchgemacht. Dann will ich nicht derjenige sein, der sie in eine unangenehme Situation drängt. Morgen würde ich aber schon gern Einzelgespräche führen.«

Im Besprechungsraum herrschte eine unheimliche Stille, die zwischendurch vom Flüstern des anwesenden Polizeipsychologen durchbrochen wurde. Julia, Alexandra, Fabian und Klaus fühlten sich müde und erschöpft, nachdem ihr Martyrium zu einem glücklichen Ende gekommen war. Niemand hatte mehr die Energie oder sah gar einen Grund, die Diskussionen fortzusetzen, die sie während ihrer Gefangenschaft noch geführt hatten. Sie schienen allerdings schon ein großes Interesse daran zu erfahren, wer sie entführt hatte und, vor allem, warum.

Als Thomas und Jan den Raum betraten, schossen die Fragen nur so aus ihnen heraus.

»Wissen Sie schon etwas über den Entführer?«, »Was wollte er ausgerechnet von uns?«, »Wie geht es jetzt weiter?«, »Wie wollen Sie das Schwein schnappen«, »Was war das für ein komisches Holzgebilde?« und viele weitere Fragen prasselten auf die beiden Ermittler ein. Thomas hatte Mühe, die vier zu beruhigen, und nahm sich vor, auf alles so gut er konnte zu antworten.

»Was wir wissen, ist leider noch nicht viel, aber wir werden alles tun, um Ihren Entführer zu schnappen«, versprach Thomas.

»Und wie wollen Sie das tun? Der ist doch schon längst abgehauen. Den finden Sie nie!«, rief Julia.

»Die Spurensicherung untersucht in diesem Moment Ihr ehemaliges Gefängnis mit der Intention, brauchbare DNA-Spuren zu finden, die uns zum Täter führen. Das wird die ganze Nacht dauern, aber wir sind sicher, dass wir welche finden werden«, erklärte Thomas.

»Wie können Sie da sicher sein?«, fragte Klaus.

»Der Täter hat alles, das ganze Gebilde, eigenhändig gebaut. Glauben Sie, er war so vorsichtig und hat jedes Mal, wenn er gearbeitet hat, Handschuhe getragen? Oder einen Ganzkörperschutzanzug? Irgendwas werden wir finden. Und sei es nur eine Schuppe oder ein Haar. Morgen nehmen wir dann Vergleichsproben von Ihnen allen. Ihre

DNA ist dort ja auch überall verteilt«, kündigte Thomas an und überzeugte die vier damit.

»Glauben Sie denn persönlich, dass er versucht hat, uns umzubringen? Ich meine, er hat ja immerhin Gas hereingelassen. Das macht man doch nicht aus Spaß«, sagte Alexandra mit gebrochener Stimme.

Thomas versuchte beruhigend zu antworten. »Ja, wir haben an den Außenwänden eine Reihe von Gasflaschen gefunden. Zu diesem Zeitpunkt können wir aber unmöglich sagen, was er mit dieser ganzen Konstruktion bezwecken wollte. Das war ja ein unheimlich ausgeklügeltes System, wenn Sie sich mal die ganzen Türmechanismen anschauen. Und dieses Lautsprecher-Setup. Die konnte er übrigens alle mit dem Handy per Bluetooth ansteuern. So einen Aufwand betreibt man meiner Ansicht nach nicht, wenn man jemanden umbringen möchte. Ich kann mich natürlich auch täuschen. Das versuchen wir in den nächsten Tagen mit Ihrer Hilfe herauszufinden.

Sie haben verständlicherweise viele Fragen. Aber das haben wir auch, bitte lassen Sie uns erst unsere stellen. Vieles erledigt sich dadurch vielleicht auch für Sie.«

In der folgenden Stunde berichteten Julia, Klaus, Fabian und Alexandra über ihre Zeit in der Gefangenschaft, über das Gefühl, permanent beobachtet zu werden, die Lautsprecherdurchsagen, die Briefe und das ihrer Ansicht nach kranke Spiel des Entführers und die über Tage andauernde Todesangst. Zwischendurch wurde die Unterhaltung immer wieder von dem Polizeipsychologen unterbrochen, der mit regelmäßigen Pausen dafür Sorge trug, dass die Opfer nicht von den aufkommenden Gefühlen übermannt wurden und einen Zusammenbruch erlitten.

Thomas fand diese Herangehensweise gut und nahm sich vor, den Psychologen auch bei den für den nächsten Tag angesetzten Einzelgesprächen dabeizuhaben. Am Ende war es auch der Psychologe, der das Gespräch für heute beendete. Ohne Einwände von Thomas.

»Dann werden wir Sie jetzt nach Hause bringen, wo Sie heute Nacht hoffentlich gut schlafen und sich ausruhen können. Da Ihr Entführer noch immer auf freiem Fuß ist und wir nichts über seine Motivation wissen, wird bis auf Weiteres jeweils ein Polizeibeamter zu Ihrem Schutz abbestellt. Die Polizisten werden vor Ihren Wohnungen Wache schieben. Sie müssen sich also um nichts Sorgen machen, das ist auch nur eine reine Vorsichtsmaßnahme.«

Julia meldete sich zu Wort. »Was soll ich denn machen, wenn ich keine Wohnung habe? Mein Zuhause sind meine Freunde auf dem Bremer Platz, wie Sie wissen.«

»Daran habe ich natürlich gedacht. Ein Beamter wird sich die ganze Zeit am Bremer Platz aufhalten und auf Sie aufpassen«, antwortete Thomas.

»Na toll, die anderen werden sich bedanken«, murmelte Julia.

»Und was ist mit mir?«, fragte Klaus.

»Sie bekommen einen Polizisten vorm Eingang zu Ihrer Station im LWL-Klinikum«, antwortete Thomas. »Wenn Sie keine weiteren Fragen haben, wünsche ich Ihnen eine gute Nacht. Bis morgen.«

Kapitel 30

Die Teammitglieder der Spurensicherung hatten allesamt schon bessere Arbeitsbedingungen erlebt. Nachts zu arbeiten und dazu noch in einem Holzkasten mit abgestandener Luft machte wirklich wenig Freude. Insbesondere Teamleiter Horst Maurer erlebte eine harte Zeit, da er unter Klaustrophobie litt.

Seine Leute dort drinnen alleinlassen wollte er jedoch auf keinen Fall. Er hielt den Atem an und kroch durch die enge Klappe in das Holzgebilde. In den ersten Minuten musste er sich sehr zusammenreißen, um nicht sofort wieder umzudrehen. Danach ging es.

Insgesamt waren sie heute zu fünft. Die Kollegen waren damit beschäftigt, Fotos zu machen, Fingerabdrücke zu nehmen, mit Klebestreifen DNA-Proben vom Fußboden und allen anderen Oberflächen zu nehmen und nach Objekten zu suchen, die auf die Identität des Täters schließen ließen.

»Haben Sie in Ihrer Laufbahn schon mal etwas Ähnliches erlebt?«, fragte Carolin, die jüngste Kollegin im Team, ihren Chef Maurer. Der schüttelte den Kopf. »Ich glaube nicht, dass bei den Ermittlungsbehörden in Münster überhaupt irgendjemand schon mal so etwas gesehen hat.«

»Wofür baut man so was?«, fragte Carolin und steckte eine leere Speicherkarte in ihre Kamera.

»Ich weiß, dass die Kollegen bei der Kriminalpolizei und die Menschen, die hier eingesperrt waren, auch intensiv darüber nachdenken. Bei aller Objektivität, die wir hier walten lassen müssen: Ich glaube, dass das hier einfach eine riesige Tötungsmaschine ist. Die Gasflaschen draußen baut man doch nicht einfach aus Spaß dahin. Die Schläuche führen einfach hier rein, nicht zu einer Heizung oder zu einem Herd. Der Täter hat sich hier eine Gaskammer hingebaut. Und was macht man damit sonst, wenn man sie nicht nutzen will«, sagte Maurer.

»Aber warum betreibt jemand so einen Aufwand? Man muss ja mal sehen, dass der Entführer das hier nicht nur über Monate mühsam aufgebaut haben muss, sondern dass das auch noch einen Haufen Geld gekostet haben muss. Außerdem ist er bei jeder der vier Entführungen das Risiko eingegangen, gefasst zu werden«, sagte Carolin.

»Ich gebe Ihnen natürlich recht. Sie und ich würden all das als rational denkende Menschen in Betracht ziehen und eine Kosten-Nutzen-Kalkulation mit allen Faktoren anstellen. Ich glaube nur nicht, dass unser Täter so was getan hat. Weil er eben nicht rational ist, sondern psychisch krank, wie ich glaube. Und da muss ich wiederum sagen, dass ich in meiner Laufbahn schon viele Dinge erlebt habe, die sich uns nicht erschließen«, sagte Maurer.

Carolin gab sich mit der Antwort nicht zufrieden. »Aber finden Sie das nicht furchtbar frustrierend? Ich meine, wir üben einen spannenden Beruf aus, indem wir Fälle untersuchen. Wir wenden wissenschaftliche Erkenntnisse an, um Menschen zu finden, ihnen Taten nachzuweisen, aber auch Taten zu verstehen. Manchmal aber auch, um herauszufinden, ob es sich um einen Unfall oder eine natürliche

Todesursache handelt. Dann ist es doch ernüchternd, wenn von vornherein feststeht, dass man die ganze Wahrheit nie herausfinden wird, oder?«

Maurer konnte seine Kollegin gut verstehen und fühlte sich an sein jüngeres Ich erinnert. »Sie sind neugierig. Das ist eine sehr gute, für den Job essenzielle Eigenschaft, die Sie sich unbedingt bewahren sollten. Und nehmen Sie noch einen Rat von einem alten Hasen entgegen: Sie werden in Ihrer eigenen Karriere immer wieder Fälle erleben, die Sie ratlos zurücklassen, die trotz eindeutiger Beweislage die Frage nach dem Warum nicht vollständig beantworten. So etwas kann einen wahnsinnig machen. Besinnen Sie sich in solchen Momenten auf den Job, für den Sie hier antreten: mithilfe wissenschaftlicher Techniken der objektiven Wahrheit ein Stück näher zu kommen. Denn wenn Sie behaupten können, dass Sie alles getan und Ihren Job gut gemacht haben, werden auch so Momente ein Stück erträglicher.«

Carolin lächelte. »Das mache ich, vielen Dank.«

Einen Augenblick später gab es einen lauten Knall, der durch das gesamte Holzgebilde schallte und die Leute der Spurensicherung aufhorchen ließ. War es einer der vielen Mechanismen in der Gesamtkonstruktion oder hatte sich wieder eines der schwereren Holzteile gesetzt, wie es in den vergangenen Stunden schon ein paarmal vorgekommen war? Sehr schnell stellte sich heraus, dass das Geräusch von einem Menschen verursacht werden musste, denn nach dem Knall folgte rhythmisches Hämmern. Tatsächlich machte sich gerade jemand außen an dem Holzbau zu schaffen. Maurer und Carolin schauten einander fragend an.

»Ist noch jemand draußen?«, fragte Carolin.

»Eigentlich nicht. Von unserem Team sind alle hier. Und die beiden Kollegen, die die Lagerhalle bewachen, stehen draußen vor dem Tor. Ich kann sie, um sicherzugehen, kurz versuchen anzurufen.« Maurer kramte sein Handy aus der Tasche. Natürlich hatte er hier unten im Keller keinen Empfang, er steckte das Handy wieder ein.

»Hallo, wer ist da draußen?«, rief er und schlug mehrere Male kräftig gegen die Wand.

»Herr Maurer? Kommen Sie mal bitte her. Ich glaube, ich weiß, woher die Geräusche kamen«, rief Carolin ihren Chef zu sich.

Maurer drehte sich suchend nach ihr um. Carolin kniete auf dem Fußboden neben der Eingangsklappe. »Jemand hat die Klappe zugeschlagen und sie von außen vernagelt. Die Spitzen der Nägel sind an dieser Seite rausgekommen.« Carolin drehte sich um und trat mit ihren Füßen immer wieder so fest sie konnte gegen die Klappe. Ohne Erfolg.

Inzwischen waren die anderen Kollegen die Treppe heruntergekommen. Maurer drehte sich sprichwörtlich der Magen um. Seine Klaustrophobie meldete sich und die Angst begann in ihm aufzusteigen. »Lassen Sie mich es mal versuchen«, schlug er vor. Er setzte sich wie Carolin zuvor auf den Boden und trat wiederholt gegen die Klappe, bis ihm die Füße wehtaten und er eine Pause einlegte.

Panik setzte bei allen Mitgliedern des Teams ein, als es plötzlich zu zischen begann. Einige Sekunden später durchströmte ein stechender Geruch den Raum.

»Scheiße, das ist Gas«, schrie Maurer.

Ein Tumult brach aus. Niemand wusste, wer sich da draußen zuerst an der Klappe und jetzt an den Gasflaschen zu schaffen gemacht hatte. Eigentlich spielte es aber auch keine Rolle, da die Intention desjenigen klar war: Er wollte die Leute der Spurensicherung umbringen. Einer nach dem anderen versuchte jetzt wie wild, gegen die Klappe zu treten und den rettenden Ausgang wieder freizubekommen. Vergeblich. Der Gasgeruch wurde stärker und die ersten beiden Männer mussten sich übergeben.

Die fünf Leute liefen jetzt wild umher und stießen zusammen. Das Fehlen des durch das Gas verdrängten Sauerstoffs sorgte dafür, dass sie keinen klaren Gedanken mehr fassen konnten. Unkoordiniert versuchten sie jetzt, die Wände an Stellen außerhalb der Klappe zu durchschlagen, was von noch weniger Erfolg gekrönt war als bei der Klappe. Auch der Einsatz umherstehender Gegenstände als Schlag-Werkzeuge machte keinen Unterschied mehr. Sehr bald fiel einer nach dem anderen in Ohnmacht und blieb reglos auf dem Boden liegen.

Horst Maurer war der Letzte, der noch bei Bewusstsein war. Er kroch über den Teppich, bis seine Körperkräfte vollends schwanden. *So endet es also. Wer hätte das gedacht?*, ging ihm durch den Kopf. Er hatte schon immer geahnt, dass seine Arbeit ihn eines Tages umbringen würde. Dass diese Vermutung sich auf diese Weise bewahrheiten würde, hätte er nicht vermutet.

Eine unheimliche Stille herrschte in dem Holzbau und Maurer hörte nur noch das gleichmäßige Zischen der Gasflaschen. Bis sich auf einmal ein merkwürdiges, knackendes Geräusch daruntermischte. Mit allerletzter Kraft öffnete Maurer die trägen Augenlider und hob seinen Kopf. In einer Wandnische steckte ein Elektroschocker, der die Quelle des Knackens war und dessen heller Lichtbogen

Maurer blendete. Er wusste sofort, was das bedeutete, und ließ seinen Kopf wieder auf den Teppich sinken. Einen Augenblick später entzündete sich das Gas und eine Feuerwalze breitete sich in einer mächtigen Explosion in dem gesamten Holzgebilde aus. An einigen Stellen sprengte der Druck die Außenwände ab und durch den plötzlichen Zustrom an Sauerstoff wütete das Feuer umso kräftiger. Da die gesamte Konstruktion aus Holz bestand, hatten die Flammen genug Nahrung und wurden immer heißer. Es war eine große Gnade für die Teammitglieder der Spurensicherung, dass sie bewusstlos waren und ihnen die unmenschliche Tortur des Verbrennens bei lebendigem Leib erspart blieb. So bekamen sie nicht mit, wie ihre Körper langsam vom Feuer verschlungen wurden.

Wenige Minuten später stand die gesamte Konstruktion in Brand und diese Flammen züngelten an der Kellerdecke. Das Feuer hatte einen so großen Bedarf an Sauerstoff, dass in dem Gang, der zum Kellerraum führte, ein hörbarer Sog entstand.

Die hölzernen Außenwände gaben irgendwann nach und die gesamte Konstruktion fiel krachend in sich zusammen. Die Gasflaschen, die noch immer neben dem inzwischen lodernden Haufen standen, waren jetzt ganz ohne Schutz der Hitze ausgeliefert. Zuerst begann der Lack auf der metallenen Oberfläche Blasen zu werfen. Als der Druck im Innern der Behälter zu groß wurde, barsten die Gasflaschen schließlich. Das sich explosionsartig ausdehnende Gas sorgte für einen großen Feuerball, der den gesamten Raum durchflutete und bis weit in den Durchgang vordrang und sogar bis hinauf in die Lagerhalle reichte.

Die beiden Polizeibeamten, die am Tor zum abgesperrten Areal wachten, rechneten nicht damit, dass heute Abend noch viel passierte. Irgendwann im Laufe der Nacht würden die Kollegen von der kriminaltechnischen Untersuchung ihre Arbeit abgeschlossen haben und wieder abrücken. Mehr nicht. Dass sie hier Wache standen, war wohl nur eine reine Vorsichtsmaßnahme, denn wer sollte hier schon etwas anstellen? Die Entführungsopfer waren befreit und der flüchtige Täter würde bestimmt nicht so schnell wieder an diesen Ort zurückkehren. Dementsprechend entspannt gingen die Polizisten ihrer Arbeit nach. Bis plötzlich einer stockte.

»Hast du das gesehen?«, fragte er seinen Kollegen.

»Was denn?«, hakte der andere nach.

»Da war gerade etwas. Es sah aus wie ein kurzer Feuerschein. Ich habe es durch die geöffnete Tür erkannt. Lass uns lieber mal nachschauen.«

Die Beamten rannten los. In der Lagerhalle vernahmen sie ein merkwürdiges Geräusch, das sich wie ein Luftstrom anhörte. Außerdem wurde der Boden, je weiter sie in die Halle vordrangen, immer heißer. Es dauerte nicht lang, bis sie beim Blick in den Keller bemerkten, dass es brannte, und sie riefen die Feuerwehr.

Derweil nutzte eine dunkle Gestalt die Gunst der Stunde, um sich durch ein Loch im Zaun etwas abseits des Tores unbemerkt vom Gelände zu schleichen.

Kapitel 31

Von einem sicheren Ort hinter einem Lieferwagen aus betrachtete er das Geschehen auf dem Bremer Platz. Die Vorfälle des heutigen Tages hatten das Gefühl in ihm ausgelöst, jegliche Kontrolle abgegeben zu haben. Und das mochte er gar nicht. *Das war nicht geplant, es hätte nicht passieren dürfen. Ich habe mir so eine Mühe gegeben mit eurem Haus. Es hätte dort so schön sein können für euch. Das war doch ein schöner, sicherer Ort. Und dann kommen zwei verblödete Pubertierende und stören die Harmonie. Dass der eine sterben musste, geschah ihm ganz recht. Aber musste der andere gleich die Polizei holen? Fast hätte ich ihn gehabt. Dann hätte ich auch ihn zum Schweigen gebracht und ich müsste jetzt nicht hier stehen und mich wieder mit dem Abschaum befassen.*

Er ließ noch einmal seinen Blick über das gesamte Gebiet hinter dem Hauptbahnhof wandern. Geübt wie er war, erkannte er gleich mehrere Polizisten, die den Platz und speziell Julia Buschkowsky im Auge behielten. Julia selbst entdeckte er fröhlich über den Platz laufend. Er beobachtete, wie sie zielstrebig auf einen Mann aus der Szene zuhielt. Er war ganz offensichtlich ein Dealer und Julia und er gaben sich nicht einmal viel Mühe, ihren Handel zu verbergen. Der Mann steckte Julia ein Tütchen zu und sie gab ihm dafür das Geld, bevor sie zu ihren Freunden zurückging und sich sogleich daranmachte, abgeschirmt von den anderen, einen Schuss vorzubereiten.

Du solltest jetzt tot sein, dachte er. *Mach dir bewusst, dass die Polizei dich nicht vor allem schützen kann. Ich bin schlauer als die. Schlauer als ihr alle. Und das wirst du sehr bald erfahren.*

Kapitel 32

Julia fühlte sich wie neu geboren. Oder besser, sie fühlte sich, als wäre ihr eine zweite Chance geschenkt worden. Vergnügt lief sie auf dem Bremer Platz umher und sprach mit ihren Freunden und selbst denjenigen, die ihr sonst nicht so wohlgesonnen waren. Heute störte sie nichts von dem, was vielleicht mal zwischen ihr und dem ein oder anderen Junkie in der Vergangenheit vorgefallen war. Vergessen waren für einen Augenblick die Rivalitäten und die Konkurrenz untereinander und das Bewusstsein darum, dass die meisten hier für etwas Heroin oder Geld ihre Großmutter verkaufen würden. Alle schienen sich zu freuen, Julia lebendig wiederzusehen. Natürlich hatten sie mitbekommen, dass sie von einem Irren entführt worden war, umso schwerer wog die Erleichterung, dass der Mann sie nicht getötet hatte wie zuvor Astrid Semmler.

Das Beste für Julia persönlich war die Aussicht, sich heute Abend nach tagelanger, teilweise qualvoller Abstinenz endlich wieder einen Schuss setzen zu können. Nachdem sie ihre Runde über den Bremer Platz beendet hatte, steuerte sie zielstrebig Udo an, den Dealer, der sie regelmäßig mit neuem Stoff versorgte. Jeder hier kannte Udo und auch wenn er ein Unsympath war, rief er immer faire Preise auf. Heute machte er Julia ein Sonderangebot.

»Weil du noch lebst. Da habe ich auf Dauer mehr von«, wie er ihr augenzwinkernd mitteilte.

Julia freute sich darüber, heute lief einfach alles rund. Sie gesellte sich wieder zu ihren Freunden in ihrer Stammecke am Rande des Platzes. Sie setzte sich auf den Boden und legte sich ihr Spritzbesteck zurecht. Heute war ihr alles egal, sie wollte zum Konsumieren weder in die Fixerstube noch in ein Versteck hinter irgendeinen Busch gehen. Trotzdem wollte sie sich den Schuss nicht allzu offensichtlich setzen, immerhin passte die Polizei ja auf sie auf.

»Könnt ihr euch bitte mal im Kreis um mich aufstellen? Hier wimmelt es von Bullen«, bat Julia.

»Heute machen wir alles für dich«, antwortete ihr Kumpel Ralli und schirmte seine Freundin zusammen mit den anderen ab.

Zu fühlen, wie das Heroin in ihren Körper eindrang, war so, als liefe man durch einen warmen Glücksregen. All die Angst, die schlechte Stimmung, die Gedanken ihrer teilweise mies gelaunten Leidensgenossen in dieser Holzbaracke während der letzten Tage und die Entzugserscheinungen waren es wert gewesen, diesen einen intensiven Moment des Glücks zu genießen. Udo hatte ihr wirklich einen fantastischen Stoff verkauft.

Julia saß auf dem Boden und ließ ihren Oberkörper kreisen. Die harte Pflasterung unter ihrem Hintern machte ihr nichts aus, sie nahm sie gar nicht wahr. Ihre gesamte Wahrnehmung bestand nur aus Licht und Wärme. Bis sie plötzlich eine unheimliche Kälte überkam. Das gelbe, angenehme Licht vor ihrem inneren Auge wich einer sich schnell ausbreitenden Dunkelheit. Ihre Hände verkrampften, bald darauf ihr gesamter Körper. Auf einmal kippte sie zur Seite und schlug heftig mit dem Kopf auf dem Boden auf. Julias vor Schmerz gekrümmter Körper zuckte immer stärker und vor ihrem Mund bildete sich Schaum.

»Scheiße, was hat sie? Eine Überdosis?«, rief Ralli. »Wir haben es doch alle gesehen, so viel hat sie sich ja gar nicht gespritzt!« Panisch rief er um Hilfe und sofort kamen zwei Polizeibeamte angerannt. Blitzschnell verschafften sie sich ein Bild von der Lage und verständigten den Notarzt.

Der Dealer Udo beobachtete die Szene aufmerksam aus einiger Entfernung und machte sich unauffällig aus dem Staub.

Julia zuckte noch ein paarmal, bis alle Kraft ihren Körper zu verlassen schien und sie reglos auf dem Boden liegen blieb.

»Jetzt macht was«, brüllte Ralli die beiden Polizisten an.

»Immer mit der Ruhe. Wenn ihr nichts Besseres zu tun habt, als euch selbst mit dem Zeug umzubringen, ist das doch nicht unsere Schuld«, sagte einer der Beamten. Ralli fühlte sich angegriffen und ging auf den Polizisten los. Sein Kollege brachte die beiden auseinander und machte sich danach sofort an die Herzlungenmassage. Sein Einsatz zeigte keinerlei Wirkung, Julias Herzschlag kehrte nicht zurück.

Nach fünf Minuten traf der Rettungswagen ein und tauchte den Bremer Platz in blaues Licht. Auch der Notarzt konnte nichts mehr für Julia tun und notierte nach zwanzig Minuten erfolgloser Reanimation den Todeszeitpunkt auf den Totenschein.

Unter Tränen betrachtete Ralli den Körper seiner toten Freundin. »Das kann doch nicht sein«, schluchzte er ungläubig. »Da überlebt sie diese Scheiße, nur um hier ein paar Stunden drauf an einer Überdosis zu sterben.«

Wenig später wurde Julias Leichnam in die Gerichtsmedizin gebracht.

Kapitel 33

Thomas' Auto jagte durch die nächtliche Stadt. Um diese Uhrzeit war es zum Glück leer auf den Straßen Münsters und er raste unbehelligt seinem Ziel entgegen. Nachdem Wilfried Deuter ihn aus dem Bett geklingelt hatte, war er von einem Augenblick auf den anderen hellwach gewesen. Es sei etwas Schlimmes passiert bei der Lagerhalle. Ein Feuer im Keller, hatte Deuter ihm mitgeteilt und sofort wieder aufgelegt. Immerhin habe Deuter ihm noch mitteilen können, dass auch Jan Wolf schon Bescheid wisse und unterwegs sei.

Tausend Dinge gingen Thomas durch den Kopf, während er verkrampft das Lenkrad umklammerte. *Was für ein Feuer? Handelte es sich um einen Unfall? Waren die Leute von der Spurensicherung in Sicherheit? Horst Maurer und sein Team befanden sich doch im Keller?* Thomas hoffte, schnell Antworten auf seine Fragen zu erhalten. Vor allem hoffte er jedoch, dass die schlimmsten Szenarien, die er sich grundsätzlich auszumalen pflegte, nicht eingetroffen waren.

Als er sich der Lagerhalle näherte, musste er feststellen, dass sein schlimmstes Szenario diesmal leider noch übertroffen wurde. Der Feuerschein der lichterloh in Flammen stehenden Lagerhalle war bis weit über die Grenzen Münsters aus zu sehen. Auf dem Gelände der Halle standen ein

Dutzend Einsatzfahrzeuge der Feuerwehr und mindestens genauso viele Feuerwehrleute sprühten Wasser auf das Gebäude. Thomas fragte sich, ob diese Maßnahme überhaupt etwas nützte. Vor allem machte er sich jedoch Sorgen um seine Kollegen.

Thomas stellte seinen Wagen vor dem Tor zum Areal ab, wo die beiden Polizeibeamten, die zum Bewachen der Halle eingeteilt worden waren, fassungslos das Geschehen beobachteten. Als Thomas sie ansprach, zuckten sie zusammen.

»Was um Gottes willen ist hier passiert?«, fragte er die Beamten.

»Wir wissen es nicht. Wir standen hier und dann gab es im Keller eine Explosion, wir haben es von hier aus gesehen. Kurz nachdem wir die Halle betreten hatten, um nachzuschauen, ging es richtig los. Ein Teil des Fußbodens ist eingestürzt. Das sah aus wie ein Loch zur Hölle. Die Flammen griffen daraufhin ganz schnell auf den Rest des Gebäudes über. Wir haben es zum Glück raus geschafft«, berichtete einer der beiden.

»Was ist mit den Leuten von der Spusi, haben die es auch raus geschafft?«

Die Beamten zuckten mit den Schultern. »Wir wissen es nicht«, antwortete der andere.

Thomas wurde ungehalten. »Was heißt hier, Sie wissen es nicht? Ist Horst Maurer oder einer der anderen hier vorbeigekommen?«, fragte er schroff.

»Nein«, antwortete der Mann.

»Das ist doch scheiße.« Thomas marschierte los auf das Gelände. Die Hitze, die die Lagerhalle abstrahlte, war selbst aus dieser Entfernung stellenweise so groß, dass er sein Gesicht mit dem Unterarm abschirmte.

Schnell fand er den Einsatzleiter der Feuerwehr, der etwas abseits inmitten mehrerer Feuerwehrleute stand, denen er Anweisungen gab. Danach stellte Thomas sich vor. »Es besteht die Möglichkeit, dass in der Halle noch Leute sind«, sagte er.

»Ihre Kollegen da drüben haben uns schon darüber informiert. Wie Sie sehen, ist es gerade unmöglich für uns, in die Halle vorzudringen und sie rauszuholen«, sagte der Einsatzleiter, der laut seinem Namensschild Ralf Mensing hieß.

Thomas schaute zur brennenden Halle. »Gibt es eine Chance, dass man das überleben kann?«, fragte er.

Der Einsatzleiter sagte lange nichts. »Es gibt wenige Fälle, in denen Menschen sich bei so einem Brand in Nischen oder Kellerräumen verstecken konnten. Aber beten Sie lieber, dass niemand mehr drin war.«

Thomas nickte. »Wann können Sie rein?«

»Das wird noch Stunden dauern. Wir lassen das Gebäude kontrolliert abbrennen. Dann müssen wir die Reste runterkühlen und sicherstellen, dass uns die Trümmer nicht gefährlich werden. Vielleicht im Laufe des Vormittags«, spekulierte Mensing.

»Können Sie denn schon was zur Brandursache sagen? Ich meine, kann es Brandstiftung gewesen sein?« Thomas hatte als Feuerteufel den Entführer im Sinn, der noch immer auf freiem Fuß war. Das war auch der Grund, warum er in diesem Moment ein schlechtes Gewissen bekam und sich Vorwürfe machte, nicht für genügend Schutz der Kollegen von der Spurensicherung gesorgt zu haben.

»Die Ursache kann Brandstiftung sein, es kann jedoch auch an einem Kurzschluss oder unvorsichtigem Umgang mit brennbaren Stoffen gelegen haben. Das werden wir ermitteln«, sagte Mensing.

In diesem Augenblick sah Thomas, wie Jan Wolf mit den Armen umherwedelnd auf ihn zulief. »Was ist denn hier los?«, fragte er mit der Situation sichtlich überfordert.

»Die Lagerhalle ist in Brand geraten. Wir wissen leider noch nicht, was mit Horst Maurer und seinem Team passiert ist, wir müssen die Daumen drücken«, fasste Thomas kurz zusammen.

Einen Moment später gab es einen ungeheuren Krach und fast das komplette Dach der Lagerhalle stürzte ein. »Verdammt«, rief Ralf Mensing noch und eilte zu seinem Trupp.

»Ich glaube, wir sind hier jetzt etwas im Weg, gehen wir lieber zurück«, sagte Thomas.

Unterwegs zu ihren Fahrzeugen erfuhr Thomas von seinem Kollegen, dass die brennende Lagerhalle heute Nacht nicht die einzige schlechte Nachricht bleiben sollte.

»Ich habe auf dem Weg hierher mehrmals versucht, Sie anzurufen. Deuter hatte es auch des Öfteren probiert«, sagte Jan.

Thomas schaute auf sein Handy und sah die Anrufe in Abwesenheit auf seinem Display. »Stimmt. Die Hintergrundgeräusche im Einsatzbereich der Feuerwehr und der Brand waren zu laut, da habe ich das Klingeln nicht gehört. Was gab es denn?«

Jan blieb stehen und schaute Thomas ernst und unsicher an. Er hatte gehofft, dass Thomas es mittlerweile schon irgendwoher erfahren hatte, aber jetzt musste er wohl die Nachricht überbringen. »Julia Buschkowsky ist tot«, sagte Jan.

Im ersten Augenblick dachte Thomas an einen schlechten Scherz. Nach der Erleichterung über die befreiten Gefangenen war diese Nacht ja noch viel schlimmer als alles, was sie in den Tagen zuvor hatten durchstehen müssen. »Sie ist tot? Sind Sie sicher?«, fragte er.

»Ja, Deuter hat es mir selbst gesagt.«

»Wie ist sie denn gestorben? Wurde sie umgebracht?« Thomas dachte natürlich als Erstes an den Entführer und die Rechnung, die er eventuell noch offen hatte.

»Sie hat sich wohl eine Überdosis gespritzt. Vor etwa zwei Stunden«, antwortete Jan.

Thomas schaute verdutzt. »Halten Sie das für plausibel? Ich meine, da ist sie tagelang gefangen, freut sich über ihre Befreiung – zumindest hatte ich den Eindruck – und setzt sich am selben Abend den goldenen Schuss?«

»Die Überlegung habe ich auch gehabt. Meine Erklärung war, dass sie nach den Tagen der Abstinenz vielleicht nicht mehr bei klarem Verstand war und sich aus Versehen zu viel gespritzt hat.«

Thomas schüttelte den Kopf. »Das glaube ich nicht. Die Frau nimmt seit Jahren Heroin, sie hat Erfahrung und ich schätze sie so ein, dass sie sich gut unter Kontrolle hatte. Heute bei der Sammelvernehmung hat man ihr ja fast nicht mal angemerkt, dass sie auf Entzug war.«

»Wie auch immer, Frau Buschkowskys Leiche befindet sich gerade in der Pathologie. Der Gerichtsmediziner wollte noch heute Nacht eine toxikologische Untersuchung durchführen. Um den Tod mit Stoffen auszuschließen, die sich innerhalb von ein paar Stunden auflösen und nicht mehr nachweisbar sind«, sagte Jan.

»Dann fahren wir doch am besten gleich los.«

Kapitel 34

Der Nachtwächter des Instituts für Rechtsmedizin an der Röntgenstraße ließ Thomas und Jan anstandslos passieren und bot den beiden Beamten sogar an, sie zum Obduktionsraum im Keller zu begleiten.

»Nein, danke, ich weiß, wo es lang geht, ich war schon ein paarmal hier«, antwortete Thomas und winkte ab.

»Aber zum Glück nicht als Kunde«, versuchte der Nachtwächter einen Scherz anzubringen.

Thomas war überhaupt nicht nach Spaßen zumute und er ignorierte den Scherz. Ohnehin war er der Ansicht, dass die meisten Menschen, die zu viel Zeit in Gegenwart des Todes verbrachten, mit der Zeit einen sehr eigenartigen Humor entwickelten, mit dem er nicht viel anfangen konnte. Insbesondere nicht dann, wenn die Möglichkeit bestand, dass heute Nacht sehr gute Kollegen von ihm gestorben waren.

Jan und Thomas stiegen die Treppe hinab in den Keller des Instituts. Vor ihnen tat sich ein langer Gang auf, der Thomas an den Keller in der in diesem Moment wahrscheinlich noch immer brennenden Lagerhalle erinnerte. Die Wände des Ganges waren mit weißen Keramikfliesen verkleidet und Bewegungsmelder auf verschiedenen Abschnitten sorgten dafür, dass das Licht anging, während die beiden Kommissare sich fortbewegten. Unter normalen

Umständen hatte Thomas keine Probleme damit, sich durch die Katakomben der Rechtsmedizin zu bewegen. Heute war ihm mulmig zumute, worin er sich nicht von Jan unterschied, der dazu auch noch zum ersten Mal hier war.

Irgendwann erreichten sie eine schwere Schiebetür aus Metall. Erleichtert klopfte Thomas dagegen und wenig später öffnete sie sich mit einem leisen Quietschen. Dahinter stand der Rechtsmediziner Professor Hundertmark und schien überrascht, aber nicht unerfreut angesichts des Besuches zur späten Stunde.

»Mit Ihnen habe ich erst morgen gerechnet«, sagte Hundertmark.

»Wir waren sowieso wach. Das ist übrigens mein Kollege Wolf«, stellte er Jan vor.

»Dann mal herzlich willkommen. Kommen Sie bitte mit.«

Thomas und Jan folgten dem Professor zu einem Edelstahl-Tisch, auf dem eine Frauenleiche aufgebahrt war. Es war Julia Buschkowskys Körper, der bleich dort lag und irgendwie friedlich aussah, wie Jan fand.

»Sie soll an einer Überdosis gestorben sein«, bemerkte Thomas.

Hundertmark schüttelte den Kopf. »Sie hat Heroin konsumiert, das ist ganz sicher. Aber die Menge war moderat. Was sie umgebracht hat, ist die Interaktion mit anderen Substanzen, die dem Heroin beigemischt waren: Fentanyl, Rohypnol und Paracetamol.

»Das Zeug war gestreckt?«, versicherte sich Thomas.

Hundertmark nickte. »Und nicht zu knapp. Aber in einer sehr eigenartigen Kombination. Es ist eher ungewöhnlich, dass man das auf der Straße kaufen kann. Von den toten Drogensüchtigen ist sie zumindest die erste mit so einem toxikologischen Befund.«

Auf dem Rückweg zu ihren Autos wirkte Jan ernüchtert. »Wie soll uns dieses Ergebnis jetzt weiterhelfen? Da draußen rennt mit absoluter Sicherheit ein Mörder herum und wir haben nichts als einen toxikologischen Befund in der Hand.«

»Nur Geduld. Mit der Zeit werden Sie die Erfahrung machen, dass auch auf den ersten Blick unbedeutende Hinweise zum richtigen Weg führen können«, sagte Thomas und fühlte sich so, als würde ein Vater zu seinem Sohn sprechen.

»Und wie?«

»Wir fahren jetzt zum Bremer Platz und finden den Dealer, der Frau Buschkowsky das Zeug verkauft hat.«

Kapitel 35

Als sie das Areal hinterm Hauptbahnhof erreichten, überkam Thomas ein eigenartiges Gefühl, das sich bestätigte, als er aus seinem Wagen stieg. Die Stimmung ihm und Jan gegenüber war ablehnend, fast sogar feindselig. Ein Pappbecher landete auf seinem Auto. Thomas hatte gesehen, aus welcher Richtung er angeflogen kam, und machte schnell den Werder ausfindig. Es war ein Drogensüchtiger, der ihn aggressiv anstarrte.

»Was sollte das?«, stellte Thomas den Mann zur Rede.

»Das fragst du auch noch? Scheißbulle. Ihr solltet uns beschützen und was macht ihr? Gar nichts. Obwohl es von euch hier nur so wimmelt, sterben trotzdem noch welche von uns«, antwortete er.

Thomas hatte weder Lust noch Zeit zu antworten, denn am anderen Ende des Platzes entdeckte er einen der Kumpel von Julia Buschkowsky. Nach kurzem Überlegen fiel ihm auch sein Name wieder ein, er hieß Ralli. Er wollte gerade über die Straße in die »Masematte« gehen, vermutlich aufs Klo.

»Hey«, rief Thomas und Ralli drehte sich um. Er hatte verquollene Augen. Von Feindseligkeit war in seinem Gesicht keine Spur, eher von Trauer. Julias Tod hatte ihn sichtlich mitgenommen.

»Herr Kommissar, guten Abend«, sagte er.

»Guten Abend. Und mein Beileid. Wir müssen mit Ihnen sprechen, wir sind hier wegen Julia.«

»Hab ich mir schon gedacht.«

»Sie hat sich heute Abend einen Schuss gesetzt. Wo hat sie den Stoff gekauft?«, fragte Thomas.

»Der Typ heißt Udo«, antwortete Ralli.

»Udo und weiter?«

»Ich weiß den Nachnamen nicht. Was wollen Sie überhaupt von ihm?«

»Das tut momentan nichts zur Sache. Sie wissen, wie er aussieht, richtig? Wo treffen Sie ihn für gewöhnlich, wenn Sie neues Heroin brauchen?«, fragte Thomas.

»Der schwirrt immer hier auf dem Bremer Platz herum. Ich habe den aber schon seit ein paar Stunden nicht mehr gesehen. Ist bestimmt irgendwo in einer Bahnhofskneipe. Er hat da so ein Stammlokal, das ›Butt's‹, hinten an der Hafenstraße«, sagte Ralli.

»Na gut, kommen Sie mit. Sie müssen mir helfen, ihn zu identifizieren.«

Ralli gefiel sich selbst nicht in der Rolle des Denunzianten. Doch er ahnte, dass Udo etwas mit Julias Tod zu tun haben musste, und spielte mit.

»So, da sind wir«, sagte Ralli, »aber lassen Sie mich vorgehen.« Thomas und Jan blieben dicht hinter ihm, als er die Bar betrat. Es war sehr praktisch, da sie ihren Begleiter so als Deckung nutzen konnten. So fielen sie in der Bar mit ihrem Publikum aus einer eher prekären Bevölkerungsschicht vielleicht nicht ganz so schnell als Polizisten auf.

Ralli entdeckte Udo schnell. Er saß ganz hinten auf einer Bank und unterhielt sich mit einer Frau. Sofort stürmte Ralli auf ihn los. Thomas und Jan konnten gar nicht so schnell reagieren, wie er ihn bereits von seiner Bank gerissen hatte und mit den Fäusten immer wieder in Udos Gesicht schlug. »Du Arsch hast Julia umgebracht, du miese Drecksau!«

Schließlich schaffte Jan es, Ralli von Udo wegzuziehen. »Was soll das, ich zeig dich an! Ich ruf die Bullen, das schwör ich dir«, drohte Udo und rappelte sich auf. Er blutete aus der Nase und tupfte sich mit dem Ärmel das Gesicht ab.

»Machen Sie sich keine Mühe, die Polizei ist schon hier«, sagte Thomas und präsentierte seinen Ausweis. Udo schaute ihn entsetzt an. Er versuchte noch schnell abzuhauen, aber Thomas schaffte es, ihn festzuhalten. »Ich glaube, wir nehmen lieber die hier«, sagte er, zog die Handschellen aus seiner Jacke und legte sie Udo an.

Als Thomas und Jan ihn abführten, leistete er keinen Widerstand. Er warf lediglich Ralli einen hasserfüllten Blick zu, der es daraufhin vorzog, noch eine Weile im »Butt's« zu bleiben.

Udo hockte mit verschränkten Armen im Vernehmungsraum und schaute abwechselnd Thomas und Jan an, die ihm gegenübersaßen.

»Ich will meinen Anwalt sprechen«, sagte er protestierend.

»Wir können ihn gern anrufen, wer ist es denn?«, fragte Thomas.

Wie er vermutet hatte, kannte Udo keine Anwälte. »Dann geben Sie mir einen Pflichtverteidiger«, sagte er.

»Wollen Sie mit dem Anwalt vielleicht besprechen, wie das hier in Ihrer Jacke gelandet ist?« Thomas präsentierte eine Plastiktüte, in dem mehrere kleinere Tütchen mit Heroin steckten.

»Das gehört mir nicht«, insistierte Udo.

Thomas wurde laut. »Versuchen Sie nicht, uns für dumm zu verkaufen. Was glauben Sie, wessen Fingerabdrücke wir darauf finden werden. Dafür gehen Sie in den Bau.«

In Udos Kopf ratterte es. »Ihr hättet mich seit Jahren jeden Tag festnehmen können. Warum ausgerechnet heute? Was wollt ihr von mir?«, fragte er schließlich und machte einen viel kooperativeren Eindruck als zuvor.

»Es geht doch. Sie haben heute Julia Buschkowsky Heroin verkauft. Sie ist daraufhin verstorben, wie Sie unzweifelhaft mitbekommen haben sollten. Was zum Teufel haben Sie ihr da für ein Zeug angedreht? Normales Straßen-Heroin war das nicht. Bei manchen Richtern geht das, was Sie getan haben, als Mord durch.«

»Das … das ist nicht von mir«, stotterte Udo.

»Das Thema hatten wir doch gerade schon. Natürlich kommt das Zeug von Ihnen, dafür gibt es Zeugen. Außerdem sind Sie die einzige Bezugsquelle, das weiß jeder«, sagte Thomas.

»Ich meine, ich habe ihr das Heroin verkauft, das stimmt schon. Aber direkt vorher habe ich es von einem Typen bekommen. Der sagte, er gibt mir hundert Euro, wenn ich Julia genau das Päckchen verkaufe«, erinnerte sich Udo.

Thomas und Jan schauten einander an. »Wie sah der Kerl aus?«, fragte Thomas.

»Schwer zu sagen. Er trug eine Cappy und Sonnenbrille«, sagte Udo.

Thomas hatte genug gehört. Er sprang vom Tisch auf

und klopfte gegen die Tür des Vernehmungsraums. Ein uniformierter Beamter kam herein. »Sie können ihn abführen. Er bleibt heute Nacht hier in der Ausnüchterungszelle.«

»Ich habe Ihnen doch alles gesagt«, protestierte Udo, als ihn der Polizist aus dem Raum brachte.

»Sie bleiben heute Nacht hier und denken über Ihr Leben nach«, sagte Thomas.

Seufzend setzte er sich zurück an den Tisch und schaltete das Mikrofon aus.

»Es war er«, bemerkte Jan.

»Ja. Und er ist noch cleverer, als wir dachten. Er hat Julia umgebracht, ohne dass wir es mitbekommen haben. Aber das Schlimmste ist, dass wir jetzt wissen, dass er es zu Ende bringen will. Wenn wir es nicht verhindern, wird er die anderen drei auch noch umbringen. Wir müssen ihn vorher fassen.« Thomas verließ für ein paar Minuten den Raum und rief die Polizisten an, die er zum Schutz von Fabian, Klaus und Alexandra abbestellte hatte, um sie über die Situation zu informieren. Außerdem wies er sie an, extrem vorsichtig zu sein und die Augen offen zu halten.

Als Thomas wieder in den Vernehmungsraum kam, setzte er sich seufzend hin und vergrub das Gesicht in seinen Händen. »Ich weiß, dass wir ihn finden müssen. Aber ich bin mit meinem Latein am Ende, Herr Wolf.« Es fiel Thomas sichtlich schwer, Jan gegenüber seine Ratlosigkeit zuzugeben.

Jan räusperte sich. »Heute in der Pathologie haben Sie mir etwas sehr Inspirierendes mit auf den Weg gegeben. ›Mit der Zeit werden Sie die Erfahrung machen, dass auch auf den ersten Blick unbedeutende Hinweise zum richtigen

Weg führen können.‹ Das waren Ihre Worte. Vielleicht müssen Sie Ihren eigenen Rat beherzigen«, sagte Jan.

Thomas lehnte sich zurück und lächelte. »Und mich auf meine Intuition verlassen?«, fragte er.

»Zum Beispiel«, antwortete Jan.

Thomas sagte lange Zeit nichts und starrte gegen die Wand. »Ich glaube, ich habe eine Idee. Kommen Sie mal mit.«

Kapitel 36

Jan folgte Thomas mit einem fragenden Gesicht in Thomas' Büro.

»Ich habe beschlossen, dass ich jetzt einer Intuition nachgehe. Das war Ihr Tipp. Erinnern Sie sich noch an das Haus in Hiltrup? Das Haus, in dem Herbert Kehrer lebt und das mir so seltsam bekannt vorkam. Ich glaube nach wie vor, dass wir dort etwas übersehen haben. Herr Kehrer hat uns doch gesagt, dass das Haus lange Zeit der Stadt gehört hat. Gehen wir doch mal der Sache auf den Grund.«

»Gut und schön. Aber es ist bald Mitternacht. Wie wollen Sie denn bei der Stadtverwaltung jetzt jemanden erreichen?«, fragte Jan.

»Durch gute Kontakte. Eine weitere Lektion für Ihre Laufbahn als Polizist: Bauen Sie sich ein Netzwerk aus Leuten auf, die Ihnen einen Gefallen schulden«, sagte Thomas, holte sein Handy hervor und stellte es auf Lautsprecher.

Am anderen Ende der Leitung meldete sich ein verschlafen klingender Mann.

»Ulf, hallo, hier ist Thomas.«

Ulf versuchte seinen Unmut über die nächtliche Störung zu verbergen und möglichst höflich zu antworten. »Wie kann ich dir helfen?«

Thomas erläuterte seinem Freund die Situation und stieß auf Verständnis dafür, dass die Sache keinen Aufschub duldete. »Ihr habt bei euch im Katasteramt doch während Corona auch alle im Homeoffice gearbeitet, oder? Da hast du ja bestimmt deinen Dienstrechner zu Hause und kannst mal eben was nachschauen«, sagte er.

»Ich sitze schon am Schreibtisch. Schieß los«, forderte Ulf auf.

»Es geht um eine Immobilie in Hiltrup. Sie gehört einem gewissen Hubert Kehrer.« Thomas diktierte seinem Freund die Adresse. Der wusste direkt Bescheid.

»Das Gebäude ist mir bekannt. Es befand sich jahrelang im Besitz der Stadt Münster, weil es niemand haben wollte«, berichtete Ulf.

»Der jetzige Eigentümer erwähnte so etwas. Aber warum hat es niemand gekauft?«, fragte Thomas.

»Bei einem Brand ist damals die gesamte Familie ums Leben gekommen. Ab da war das Haus bekannt als das Toten-Haus. Und wer will schon da wohnen? Bis sich dann schließlich jemand gefunden hat. Bei der Immobilienknappheit kam es dann wohl irgendwann nicht mehr darauf an, was vorher in dem Haus passiert war«, sagte Ulf.

Thomas wirkte einen Moment lang abwesend. »Wie hieß denn die Familie?«, fragte er.

»Laut Grundbucheintrag von damals Kuhn«, antwortete Ulf.

Thomas und Jan schauten einander an. »Vielen Dank, damit hast du uns sehr weitergeholfen.«

Thomas legte auf. »Die EC-Karte von Fritz Kuhn hat uns also doch zum Haus der dazugehörigen Familie geführt. Und ich erinnere mich jetzt auch wieder, warum mir das

Gebäude so bekannt vorkam. Ich war damals Kommissar-anwärter und in Ihrem Alter. Wir haben in der Folge des Brands ermittelt, ob es sich um Brandstiftung handelte. Die Feuerwehr war jedoch zu dem Schluss gekommen, dass es sich um einen Kurzschluss handelte.«

»Und da kam Ihnen der Name Kuhn nicht bekannt vor?«, hakte Jan nach.

Thoma schüttelte den Kopf. »Der Familienname ist kein einziges Mal gefallen. Außerdem haben sich meine Aus-bilder mit dem Papierkram beschäftigt und der Vorfall liegt ja auch schon ein paar Tage zurück. Warten Sie mal.«

»Aber was bedeutet das denn jetzt? Dass jemand unter dem falschen Namen Fritz Kuhn herumläuft und Men-schen entführt, einsperrt und ermordet?«, fragte Jan.

»Das gilt es jetzt herauszufinden«, antwortete Thomas.

Er setzte sich an seinen Schreibtisch und tippte auf der Tastatur herum. »Es gibt noch Zeitungsartikel von dem Fall auf der Internetseite der Westfälischen Nachrichten. Auch da wird der Name nicht erwähnt.«

Thomas las sich die Texte sorgsam durch. Plötzlich stockte er. »Das gibt's doch nicht«, sagte er.

»Was ist?«, fragte Jan.

»Es ist nicht die ganze Familie gestorben. Lesen Sie mal«, forderte Thomas seinen Kollegen auf.

Jan überflog den Artikel bis zur entsprechenden Stelle. »… gab die Behörde bekannt, dass der 13-jährige Sohn der Familie als Einziger den Brand überlebt hat. Er ist körper-lich unversehrt, steht allerdings unter Schock und wurde noch am Abend zur Behandlung ins LWL-Klinikum ge-bracht«, las er vor. »Mmh, da steht auch nicht, wie der Junge heißt.«

»Das macht nichts. Ich weiß, bei wem wir alle Infos, die wir über den Jungen benötigen, bekommen.«

Kapitel 37

Professor Niklas Feld lag auf dem Sofa und schaute fern. Das Nachtprogramm war wirklicher Mist, wie er immer wieder, wenn er Urlaub hatte und mal länger aufblieb, feststellen musste. *Kein Wunder, dass die Jugendlichen heute alle psychische Störungen entwickeln, wenn sie mit so einem Schrott zugedröhnt werden,* dachte er nur, um sich selbst kurz darauf zu korrigieren. *Ach nein, die allermeisten schauen ja gar kein Fernsehen mehr, sondern sind nur noch auf TikTok oder Instagram unterwegs. Aber das ist ja eigentlich noch viel schlimmer. Und wer darf sich dann nachher um die Leute kümmern? Wir Psychiater.*

In diesem Augenblick klingelte es an der Tür. Verwundert darüber, wer um diese Uhrzeit noch klingelte, versuchte er mittels Verrenkungen zu erkennen, wer da draußen war. Er sah zwei Gestalten vor der Haustür stehen, konnte deren Gesichter jedoch nicht erkennen.

»Wer ist da?«, fragte Feld über die Gegensprechanlage.

»Thomas Herold, Kriminalpolizei Münster. Und Kommissaranwärter Jan Wolf.« Thomas hatte noch immer ein sehr schlechtes Gewissen dem Professor gegenüber. Die Angst davor, es könnte heute Nacht noch weitere Tote geben, ließ ihn jedoch über seinen Schatten springen.

Feld schwieg einen langen Augenblick, bevor er antwortete. »Heute also mit Kommissaranwärter anstelle eines Spezialeinsatzkommandos. Dafür ist es aber ein ungewöhnlicher Zeitpunkt, an dem Sie mich aufsuchen.«

Feld hatte allen Grund, sarkastische Bemerkungen zu machen, Thomas nahm es ihm nicht übel. Er schilderte dem Professor die Situation und konnte nur hoffen, dass er ihm trotz allem, was auf seinem Hausboot vorgefallen war, helfen würde. Sekunden später ertönte der erlösende Türsummer und die beiden Beamten traten ein.

Die drei Männer nahmen im Wohnzimmer Platz. »Sie möchten also mehr über den Jungen erfahren, der das Feuer überlebt hat. Was möchten Sie wissen?«, begann Feld.

»Der Name wäre als Erstes sehr hilfreich. Ist es tatsächlich Fritz Kuhn?«, fragte Thomas.

Feld nickte. »Ja, so heißt er.«

»Was ist damals in dem Haus in Hiltrup passiert?«, fragte Thomas.

Professor Feld atmete tief durch. »Was genau passiert ist, wollen Sie wissen. Tja, in der Zeitung stand ja, dass es einen Kurzschluss im Haus gab, der einen Brand auslöste, in dessen Folge Familie Kuhn gestorben ist. Vater, Mutter, Schwester, alle tot.«

»Wie hat Fritz das überlebt?«, fragte Thomas.

»Das weiß ich bis heute nicht. Er saß weinend im Vorgarten, als die Feuerwehr kam, und erzählte mir, dass er zu dem Zeitpunkt, als das Feuer ausbrach, im Keller war«, erinnerte sich Feld.

»Wenn Sie davon berichten, klingt es nicht so, als wären Sie so überzeugt davon, was in der Zeitung stand«, merkte Thomas an.

»Zuerst habe ich die Kurzschluss-Geschichte geglaubt.

Je mehr Zeit ich mit Fritz während der Therapie-Sitzungen verbrachte, desto mehr Zweifel bekam ich jedoch«, erinnerte sich Feld.

»Wieso?«

»Es gab Widersprüche. Aber so genau weiß ich das nicht mehr, es ist ja auch schon Jahre her, dass Fritz bei mir in Behandlung war. Ich habe mir aber umfangreiche Notizen in der Krankenakte gemacht. Die befindet sich allerdings im Archiv des LWL-Klinikums. Ich muss dazusagen, dass Fritz vor fünf Jahren noch mal im LWL-Klinikum behandelt wurde«, sagte Feld.

»Ich möchte nicht unverschämt sein, aber besteht die Möglichkeit, dass wir die Akte noch heute Nacht einsehen können? Ich gehe davon aus, dass auch ein Foto von Fritz Kuhn darin ist. Das könnte für die Fahndung hilfreich sein«, fragte Thomas.

»Natürlich. Ein Foto machen wir von jedem Patienten. Beziehungsweise von seinem Personalausweis oder Reisepass«, antwortete Feld. »Wir können gleich los.«

»Sehr gut. Ich weiß das zu schätzen. Eine Sache muss ich allerdings noch wissen: Wenn Sie Zweifel an der Kurzschluss-Theorie hatten, was war Ihnen als alternative Ursache für den Hausbrand in den Sinn gekommen?«, fragte Thomas.

»Nun ja. Ich war am Ende der Therapie so weit, dass ich ihm alles zugetraut hätte«, sagte Feld.

»Auch Mord durch Brandstiftung?«, hakte Thomas nach.

»Wenn ich ehrlich bin, ja.«

»Warum haben Sie das nicht zur Anzeige gebracht?«, fragte Thomas.

»Der Junge war dreizehn und strafunmündig. Außerdem hatte er seine ganze Familie verloren, stand unter Schock und es bestand die Möglichkeit, dass ich mich irre. Wir Psychiater sind halt auch keine Propheten. Darüber hinaus war ich die einzige Person, zu der er jemals Vertrauen gefasst hatte. Ich wollte dem Jungen, bei allem, was er durchgemacht hatte, nicht auch noch den Glauben an die Menschheit nehmen und seine Zukunft verbauen«, rechtfertigte sich Feld.

Hätten Sie es nur getan, dachte Thomas, *hätten Sie es nur getan.*

Kapitel 38

Er stellte seinen Wagen vor dem LWL-Klinikum ab und drehte den Zündschlüssel um. *Heute Nacht. Heute Nacht muss ich dem ein Ende bereiten. Die Bullen stehen zwar immer noch auf dem Schlauch, aber ewig wird es nicht mehr dauern, bis sie mir auf die Schliche kommen. Ich muss es so schnell wie möglich zu Ende bringen. Julia ist schon mal tot. Wie einfach das war. Klaus Reuters ist der nächste. Da liegt er jetzt in seinem Zimmer. Er wird zwar von einem Polizisten bewacht, aber wenn er genauso dumm ist wie die anderen, sollte es kein Problem sein.*

Er versicherte sich, dass er sein Messer und das Chloroform in seiner Tasche hatte, und wollte gerade aussteigen, als er stockte und die Fahrertür wieder schloss. Ein Wagen fuhr vor und stoppte vor dem gut beleuchteten Haupteingang des LWL-Klinikums.

»Wer ist denn das?«, flüsterte er. Bis er sah, dass drei Männer ausstiegen. Der Fahrer und der Beifahrer waren Kriminalkommissar Thomas Herold und sein Schoßhündchen Jan Wolf. Der Mann auf der Rückbank war Professor Niklas Feld.

Scheiße, was wollen die denn zu dieser Uhrzeit hier?, dachte er und versank reflexartig in seinem Sitz. Natürlich war es unmöglich, dass die drei ihn aus dieser Entfernung und dazu noch bei Nacht in einem unbeleuchteten

Fahrzeug entdeckten, aber man wusste ja nie. Die Anwesenheit der Truppe brachte ihn zum Grübeln. *Soll ich weitermachen oder abbrechen? Nein, ich habe zu viel Zeit und Mühe investiert, jetzt erst recht. Und wenn das bedeutet, dass es drei Tote mehr gibt.*

Er wartete, bis Thomas, Jan und der Professor im Gebäude waren, und stieg aus.

Kapitel 39

Die Lobby des LWL-Klinikums erschien in einem schummrigen Licht. Der Mann an der Rezeption, die vierundzwanzig Stunden lang besetzt war, begrüßte die drei Männer anfänglich überrascht. Als er Professor Feld erkannte, entspannte sich sein Blick.

»Keine Sorge, Herr Westhorst, ich bin es«, beruhigte Feld und wedelte mit seiner Schlüsselkarte.

»Ich dachte schon, Sie wären Einbrecher. Oder ich hätte vergessen, die Eingangstür abzuschließen«, erwiderte Westhorst erleichtert. »So später Besuch und dann noch zu dritt ist hier eher selten.«

»Die Herren sind von der Polizei«, erklärte Feld.

»Das hat bestimmt mit dem Patienten zu tun, der seit gestern wieder hier ist?«, fragte Westhorst neugierig.

»Im weitesten Sinne. Wir sind allerdings hier, weil wir dringend runter ins Archiv müssen«, sagte Feld.

»Kein Problem, ich bringe Sie kurz runter.« Westhorst erhob sich stöhnend von seinem Drehstuhl. »Dann kommen Sie mal mit.«

Die drei Männer folgten Westhorst durch die Lobby. Eine sich automatisch öffnende Tür an deren Ende gab den Weg zu einem dunklen Flur frei, der sich erhellte, als die vier eintraten. Nach ein paar Schritten gelangten sie an eine Treppe, die hinunter in den Keller führte.

Beim Hinabsteigen überkam Thomas ein mulmiges Gefühl. Nachts in einer ihm von den Räumlichkeiten her unbekannten psychiatrischen Einrichtung unterwegs zu sein, in der auch Mörder und Gewalttäter behandelt wurden, schien ihm ein perfektes Setting für einen Horrorfilm zu sein. Mit dem Unterschied, dass das hier die Realität war.

Westhorst führte die Truppe bis zu einer schweren, doppelflügeligen Brandschutztür. »Da wären wir«, sagte er, zog einen großen klimpernden Schlüsselbund aus der Tasche und öffnete die Tür.

Sofort strömte der Geruch nach altem, verstaubtem Papier heraus. Thomas war der Duft aus dem Polizeiarchiv bestens bekannt.

Westhorst drückte den Lichtschalter und die knallend zündenden Leuchtstoffröhren tauchten den Raum in ein grelles, unangenehmes Licht. Westhorst trat zur Seite und gab den Weg frei in den Raum, in dem Dutzende graue Metallregale in zwei Reihen aufgestellt waren.

»Ich gehe dann jetzt mal. Ich lasse den Schlüssel stecken. Wenn Sie fertig sind, schließen Sie einfach wieder zu und geben Sie den Schlüssel später wieder ab«, sagte Westhorst und machte sich auf den Weg zurück nach oben. Als seine leiser werdenden Schritte ganz verschwunden waren, wurde es plötzlich still im Archiv. Die Akten schluckten fast den gesamten Schall und mit Ausnahme des gleichmäßigen Surrens der Leuchtstoffröhren gab es keine weiteren Geräusche.

»Tja, dann mal los. K wie Kuhn«, sagte Feld und begab sich auf die Suche. Thomas und Jan folgten ihm.

Die Regale waren alphabetisch und darüber hinaus

nach Jahren geordnet. Professor Feld entdeckte das Regal mit dem Buchstaben K auf der hinteren Seite des Raumes.

»Dahinten«, sagte Feld. In dem Moment, als er mit dem Polizeibeamten im Schlepptau losmarschierte, flackerte das Licht und ging für einen kurzen Moment aus. Offenbar war schon lange niemand mehr hier unten gewesen und die Röhren hatten schon bessere Zeiten erlebt.

Als das Licht wieder da war, arbeiteten Feld und die anderen sich weiter vorwärts durch den Regalwald.

»Hier ist es.« Feld stoppte, überflog kurz ein Regalfach und zog eine Akte heraus. Er klappte den Ordnerdeckel auf und blätterte darin herum. Thomas und Jan schauten ihm gespannt über die Schulter.

»Und hier wäre das Foto.« Feld hielt den Beamten eine Seite hin, auf dem die Kopie eines Personalausweises zu sehen war.

»Das ist Fritz Kuhn?«, fragte Thomas.

»Ja. Sogar in Farbe«, antwortete Feld.

Jan schaute Thomas entsetzt an. »Das ist Fabian Kolb. Wir haben ihn doch gestern erst mit den anderen Geiseln befreit«, sagte er.

»Das heißt, er hat uns die ganze Zeit etwas vorgemacht. Der Entführer selbst war einer der Entführten.« Thomas brauchte einige Sekunden, um die Nachricht zu verarbeiten.

»Ich weiß zwar nicht, wovon Sie reden, aber der Mann auf dem Foto heißt mit Sicherheit Fritz Kuhn«, sagte Feld.

»Ja, das ist Fritz Kuhn, aber er hat sich für Fabian Kolb ausgegeben. Wir müssen sofort zu seiner Wohnung und ihn festnehmen«, sagte Thomas.

Plötzlich ging im Keller das Licht aus. Die Männer

warteten einen Moment. Die Röhren würden bestimmt, wie vorhin, nach einer kurzen Zeit wieder zünden. Doch diesmal blieben sie aus. Es war stockfinster. Aus Richtung der Eingangstür glaubten die Männer plötzlich Schritte zu hören.

»Hallo? Wer ist da?«, rief Thomas, doch es kam keine Antwort. Stattdessen ertönte ein erst kratzendes, dann in ein Quieken übergehendes Geräusch. Thomas schaltete seine Handytaschenlampe an und versuchte, etwas zu erkennen, indem er zwischen die Regalböden hindurchleuchtete. Vergeblich. »Wer auch immer Sie sind, geben Sie sich zu erkennen!«, sagte Thomas. Eine Sekunde darauf gab es einen lauten Knall. Und noch einen und noch einen. Thomas leuchtete in die Richtung und sah, dass die Regale, eines nach dem anderen, wie Dominosteine, umkippten.

»Weg hier!«, schrie er. Im letzten Moment, bevor sie erschlagen wurden, konnten sie sich in Sicherheit bringen.

Als das letzte Regal umgekippt war, hörten die drei Männer, wie die schwere Tür zum Archiv abgeschlossen wurde.

»Sind alle in Ordnung?«, fragte Thomas und leuchtete dem Professor und seinem Kollegen ins Gesicht. Beide antworteten ihm mit einem leicht verstörenden Nicken.

»Dann nichts wie raus hier.« Thomas und die anderen gingen an der Kellerwand entlang, bis sie die Höhe des Ausgangs erreichten. Umständlich mussten sie über ein umgefallenes Regal klettern, erreichten aber ihr Ziel.

»Er hat abgeschlossen, und jetzt?«, fragte Jan.

Thomas leuchtete auf einen grünen Balken an der Tür. »Das ist nicht nur eine Brandschutz-, sondern auch eine Fluchttür.« Er zog an dem Hebel und drückte die Tür auf.

»Das war einfach«, kommentierte Jan.

»Offenbar glaubt derjenige, der uns hier eingeschlossen hat, dass wir hier erst mal nicht mehr rauskommen. Und ich kann mir schon vorstellen, wer das war«, sagte Thomas.

Kapitel 40

Fritz Kuhn drückte den Schalter und die Automatiktür zur Station 2 a öffnete sich. Er atmete durch. Ich muss mich beeilen. *Die drei Idioten werden wohl nicht ewig im Kellerarchiv bleiben.* Er setzte sich in Bewegung. Die Gummisohle auf dem Linoleumboden quietschte. Wenn er nicht von der Nachtwache bemerkt werden wollte, musste er beim Gehen mehr Acht geben.

Wo ist nur das verdammte Zimmer von Klaus Reuters? Fritz hatte ihn immer nur draußen im Park gesehen, woher sollte er wissen, wo er lag? Es blieb ihm nichts anderes übrig, als jedes Zimmer einzeln zu kontrollieren. Vorsichtig öffnete er die erste Tür. Im schwachen Licht, das von einem Lämpchen in der Fußleiste abgestrahlt wurde, sah er lange Haare. Hier war er falsch. Auch hinter der zweiten Tür verbarg sich das Zimmer einer Frau. Bei Zimmer drei und vier hatte er auch kein Glück und er wurde ungeduldig. In einem unvorsichtigen Augenblick schloss er die Tür ein wenig zu laut. Er hielt inne. *Hat das jemand gehört?* Ängstlich horchte er. Tatsächlich regte sich etwas im Aufenthaltsraum der Pflegekräfte. Eine Schwester kam um die Ecke. Es war die Stationsleiterin Frau Brecht, die heute Nachtwache hatte.

»Wer sind Sie? Was wollen Sie?«, fragte sie streng. Sie schaute genauer hin. »Herr Kuhn? Ich wusste gar nicht, dass Sie wieder Patient hier sind. Auf welcher Station liegen Sie?«

»Ach, wissen Sie, das ist eine lange Geschichte«, antwortete Kuhn. Selbstbewusst und sicheren Schrittes ging er auf Frau Brecht zu, die ihn noch vom letzten Aufenthalt im LWL-Klinikum vor wenigen Jahren kannte. Die Stationsleiterin war mit der Situation überfordert.

»Wissen Sie, es ist besser, wenn Sie jetzt gehen. Die Patienten hier können nicht noch mehr Störungen ihrer Routine gebrauchen. Gestern ist ein Patient von einer Entführung zurückgekehrt.« Frau Brecht wich ein paar Schritte zurück. Sie wusste nicht, was Kuhn im Schilde führte. Als er ein Tuch aus seiner Jackentasche zog und es mit Chloroform tränkte, bekam sie es mit der Angst zu tun und versuchte fortzurennen. Kuhn rannte hinterher und hatte sie bald eingeholt. Sofort drückte er ihr das Tuch auf Nase und Mund. Frau Brecht strampelte und fuchtelte mit den Armen umher, doch nach wenigen Sekunden erschlaffte ihr Körper und ihr Peiniger ließ sie ungebremst auf den Boden fallen. *Endlich Ruhe,* dachte er.

Kuhn zog Frau Brecht in eine Ecke neben den Aufenthaltsraum und setzte seine Suche nach Klaus Reuters' Zimmer fort. Die übernächste Tür brachte ihm schließlich Erfolg.

Kuhn schaltete das Licht an. Klaus lag seitlich auf dem Bett und drehte sich langsam in Kuhns Richtung. Die Lampe an der Decke blendete ihn. Als seine Augen sich an die Helligkeit gewöhnt hatten, schaute er seinen Besucher ungläubig an. Er wusste erst nicht, ob er es wirklich war, denn der Mann aus dem Container hatte immer einen Bart. Dann war er sich sicher.

»Fabian, was machst du denn hier?«, fragte er und glaubte, noch zu träumen.

Kuhn schritt langsam zu ihm herüber und setzte sich auf sein Bett. »Ich glaube, ich muss da was richtigstellen«, sagte er und zog langsam sein Messer aus der Jackentasche.

Kapitel 41

»Dann nichts wie nach oben. Klaus Reuters liegt auf Station 2 a, da müssen wir hin.« Thomas rannte durch den Gang und die Treppe hoch, sodass Professor Feld und sogar der deutlich jüngere Jan Probleme hatten, mit ihm Schritt zu halten.

Als sie in der Lobby ankamen, wunderten sie sich. »Wo ist Herr Westhorst?«, fragte Jan.

»Scheiße«, rief der sonst so beherrschte Professor Feld aus. Neben der Rezeption befand sich eine immer größer werdende Blutlache. Feld eilte hinter die Theke und fand Westhorsts reglosen Körper auf dem Boden neben dem Drehstuhl.

»Er ist hier. Da ist eine Wunde am Bauch, vermutlich eine Stichverletzung.« Feld tastete Westhorsts Hals ab und fühlte einen schwachen Puls. »Er lebt noch. Rufen Sie den Notarzt, schnell!«, rief er Jan zu, der umgehend sein Handy aus der Tasche zog. Feld riss derweil Westhorsts Hemd auf und drückte so fest er konnte auf die tiefe Stichwunde am Bauch.

»Ich komme hier ohne Sie klar, laufen Sie. Bevor er noch mehr anrichtet«, sagte Feld.

Thomas und Jan rannten die Treppe hinauf bis zur Station 2 a. Direkt vor der Automatiktür lag der uniformierte Polizist, der zu Klaus Reuters' Schutz abbestellt worden war. Thomas und Jan ahnten nichts Gutes.

»Nicht noch ein Opfer«, sagte Jan.

»Er ist außer Kontrolle. Jetzt scheint ihm alles egal zu sein«, kommentierte Thomas. Er kniete sich neben den Polizisten. Augenscheinlich waren keine Wunden vorhanden. Auch atmete er noch. »Kuhn hat ihn nur betäubt«, sagte Thomas, »er ist nicht in Lebensgefahr.« Er drückte den Knopf und die Automatiktür gab den Weg zur Station frei.

»Dahinten ist eine Zimmertür geöffnet, da muss es sein«, sagte Jan und die Männer sprinteten los.

Klaus saß aufrecht im Bett und schaute Kuhn entsetzt an. »Was willst du mit dem Messer, Fabian?«, fragte er und rutschte so weit er konnte nach hinten, während Kuhn immer näher kam.

»Es tut mir leid, dass ich das tun muss, aber ich muss es zu Ende bringen«, sagte er.

»Was faselst du da? Was musst du zu Ende bringen? Wir haben die Scheiße in der Lagerhalle doch nicht zusammen überlebt, nur dass du mich …« Klaus stockte. »Du warst es, nicht wahr? Du hast uns entführt«, sagte er.

Kuhn nickte. »Ich musste es tun. Und jetzt muss ich es beenden.«

»Das müssen Sie nicht«, sagte plötzlich eine Stimme. Vor Schreck fuhr Kuhn mit dem Messer in der Hand herum und sah Thomas und Jan in der Zimmertür stehen.

»Bleiben Sie stehen, oder es passiert was«, rief er. Kuhn drehte sich mit dem Messer immer wieder abwechselnd zu Reuters und den beiden Beamten um. Dass die Polizisten sich so schnell befreit hatten, passte nicht in seinen Plan.

Thomas zog seine Pistole aus dem Halfter und richtete sie auf Kuhn. »Legen Sie das Messer weg«, befahl er mit fester Stimme.

»Ich kann nicht, ich habe keine Wahl«, wimmerte er und schien mit sich selbst zu ringen.

»Jeder hat eine Wahl«, sagte Thomas.

Draußen ertönte das schnell näher kommende Martinshorn des Notarztes in der Ferne.

»Nein, Sie verstehen das nicht, es geht um mehr als um das Leben von Klaus Reuters«, sagte Kuhn.

»Ich verstehe es nicht? Dann erklären Sie es mir!«, schlug Thomas vor. Er versuchte auf Zeit zu spielen und es schien zu funktionieren.

»Das möchte ich nicht«, sagte Kuhn.

»Ich schlage vor, dass Sie das Messer weglegen und wir uns dann weiter unterhalten«, wiederholte Thomas.

Kuhn schüttelte den Kopf und lächelte süffisant. »Ich kenne die Tricks der Polizei. Zuerst bietet ihr …« Kuhn stockte. Thomas und Jan erkannten, warum, denn Professor Feld stand im Türrahmen. Der Notarzt war inzwischen eingetroffen und hatte ihn unten in der Lobby bei der Erstversorgung von Westhorst abgelöst.

»Ja, Fritz, ich bin es. Leg das Messer weg«, redete Feld mit seiner beruhigenden Stimme auf Kuhn ein. Thomas ließ ihn gewähren.

»Was machen Sie denn hier?«, antwortete Kuhn und wusste nicht so recht, wie er auf den Professor reagieren sollte. Er schämte sich ihm gegenüber, fühlte sich so, als hätte er ihn persönlich enttäuscht.

»Ich bin hier, weil ich dich davon abhalten möchte, noch mehr Sachen anzustellen. Weißt du noch, was du damals in der Therapie gelernt hast? Erinnere dich daran«, riet Feld seinem ehemaligen Patienten.

»Aber es hört einfach nicht auf. Ich muss es wieder in Ordnung bringen.« Kuhn begann zu weinen.

»Dann musst du dir einfach noch mehr Zeit geben«, sagte Feld.

Kuhn ließ sein Messer fallen und sackte auf den Boden. In diesem Moment stürmten Thomas und Jan auf ihn zu und nahmen ihn fest.

»Vielen Dank«, sagte Thomas zu Feld.

Feld nickte ihm zu. »Wenn Sie ihn zum Präsidium bringen, möchte ich gern mitkommen«, sagte er.

»Ich bitte darum«, entgegnete Thomas.

Kapitel 42

Thomas stand mit dem Handy in der Hand auf dem Flur. Professor Feld und Jan beobachteten ihn, wie er stumm und regungslos der Stimme am anderen Ende der Leitung zuhörte und schließlich mit einem knappen »Danke« das Gespräch beendete. Er ging einige Sekunden in sich, bevor er sein Telefon in die Jackentasche zurücksteckte. Feld und Jan trauten sich nicht, ihn anzusprechen, bis Jan sich schließlich überwand.

»Ist alles in Ordnung?«, fragte er.

Thomas schüttelte den Kopf. »Nein, gar nichts ist in Ordnung. Horst Maurer und das gesamte Team der Spurensicherung sind tot. Verbrannt. Die Feuerwehr hat sie vor ein paar Minuten im Keller der Lagerhalle entdeckt. Oder besser das, was von ihnen übrig war.«

Jan wurde bleich. »Scheiße«, sagte er.

»Das ist noch nicht alles. Der Polizist, der auf Fritz Kuhn alias Fabian Kolb aufpassen sollte, er ist ebenfalls ermordet.«

Jan schaute verwundert. »Aber Sie haben doch noch mit dem Kollegen telefoniert.«

»Nein. Es war Kuhn, mit dem ich gesprochen habe. Er gab sich für den Polizisten aus. Dann gehen noch Astrid Semmler, der Junge mit dem Skateboard und Julia Buschkowsky auf sein Konto.« Thomas lehnte seinen Kopf gegen die Wand.

Feld wagte sich aus der Deckung. »Ich weiß, dass das ein schwacher Trost ist, aber dank Ihnen haben wenigstens Klaus Reuters und Alexandra Berghoff überlebt.«

»Ja«, antwortete Thomas abwesend, »wenigstens das. Aber all die Toten. Und wofür?« Thomas drehte sich in Felds Richtung. »Wir beide gehen jetzt zu ihm in den Vernehmungsraum und er wird uns das erklären müssen. Ich will wissen, warum all die Menschen sterben mussten.«

Feld traute sich nicht zu widersprechen. »Ist in Ordnung. Aber setzen Sie ihn nicht zu sehr unter Druck, sonst macht er dicht.«

»Ich werde ihn aber bestimmt auch nicht mit Samthandschuhen anfassen«, entgegnete Thomas.

»Wir bekommen das schon hin«, sagte Feld.

»Verlassen Sie sich drauf. Und Sie, Herr Wolf, schauen uns am besten von hinter dem Venezianischen Spiegel aus zu. Drei Leute würden ihn bestimmt einschüchtern.«

Fritz Kuhn saß zusammengekauert im Vernehmungsraum. Als die Tür aufging und Thomas und Feld hereinkamen, zuckte er zusammen. Die Anwesenheit des Professors, der Person, der er als Einziger jemals vertraut hat, löste jedoch ein Gefühl der Sicherheit in ihm aus. Thomas und Feld nahmen ihm gegenüber am Tisch Platz.

Thomas schaute Kuhn tief in die Augen, bis der schließlich seinen Kopf zur Seite drehte.

»Ich habe ein paar Fragen an Sie«, begann Thomas und schaltete das Mikrofon an.

»Ich möchte gern zuerst eine Frage stellen«, erwiderte Kuhn.

»Bitte schön.«

»Wie sind Sie mir auf die Schliche gekommen?«, fragte Kuhn.

»Am Ende war es der Name, unter dem Ihre EC-Karte lief. Da waren Sie wohl zu unvorsichtig. Wie haben Sie es denn hinbekommen, dass der Kartenbetreiber immer noch Ihre alte Adresse hat?«, fragte Thomas.

»Das Konto habe ich, seitdem ich zwölf war. Seit damals hat meine Bank nie wieder die Adresse aktualisiert«, antwortete Kuhn.

»Na gut, kommen wir zur Sache. Warum der ganze Aufwand? Dieses hölzerne Gefängnis unten in der Lagerhalle und all die riskanten Entführungen, was sollte das?«, fragte Thomas.

Kuhn seufzte. »Für Sie ist das vielleicht schwer nachvollziehbar. Ich denke, der Einzige, der mich verstehen kann, ist der Professor.«

»Dann erklären Sie es Professor Feld, ich höre gern dabei zu. Und vielleicht verstehe ich es ja. Ich bin nämlich nicht ganz dumm. Auch wenn Sie das vielleicht denken«, sagte Thomas und lehnte sich zurück.

Kuhn sprach Feld direkt an. »Sie erinnern sich an unsere Sitzungen?«, fragte er.

»Natürlich.«

»Erinnern Sie sich auch daran, dass wir des Öfteren Rollenspiele mit anderen Patienten gemacht haben?«, fragte Kuhn.

»Auch das weiß ich noch. Eine sehr Erfolg bringende Therapieform«, antwortete der Professor.

»Das fand ich auch. Ich hatte gehofft, ich konnte alles wieder damit in Ordnung bringen«, erklärte Kuhn.

»Das verstehe ich jetzt nicht ganz. Was denn in Ordnung bringen?«, fragte Feld.

»Meine Vergangenheit. Meine Familie. Mein ganzes verdammtes Leben.« Kuhn schluchzte. »Meine drogensüchtige Schwester, meine Mutter, die sich immer dem Erstbesten an den Hals geworfen hat, ich als Junge, der damit überfordert war, und dann mein Vater, der dabei versagt hat, alles in Ordnung zu bringen. Er war das Familienoberhaupt, er hätte doch was tun müssen!«

»Du hast dir also ein großes Rollenspiel zusammengestellt?«, fragte Professor Feld.

Kuhn nickte.

Thomas schaltete sich ein. »Nur um nichts misszuverstehen. Sie haben sich Ihre Familie von früher wieder zusammengebastelt? Mit Alexandra Berghoff als Ihre promiskuitive Mutter, Julia Buschkowsky als Ihre drogensüchtige Schwester, Klaus Reuters als Sie selbst als depressives Kind und Ihr Alter Ego Fabian Kolb als Vater Kuhn?«

»Ich musste doch alles in Ordnung bringen. Ich musste den Familienfrieden wiederherstellen, den Knoten lösen und damit das Wirrwarr in meinem Kopf. Nur so hätte ich endlich gesund werden können«, erklärte Kuhn.

»Und zwischendurch haben Sie sich immer aus Ihrem selbst gebauten Haus rausgeschlichen, wenn Sie ein weiteres Opfer entführt haben?«, bohrte Thomas nach.

»Entführt? Nennen Sie das nicht so«, bat Kuhn.

Thomas hatte tatsächlich einige Schwierigkeiten, Kuhns Gedankenwelt nachzuvollziehen. »Okay«, begann er nach einer Pause. »Wieso haben Sie denn gestern Nacht versucht, Ihre drei Entführungsopfer umzubringen?«

Kuhn kämpfte mit sich, bis Feld ihn schließlich ermutigen konnte, zu antworten. »Ich habe es nicht geschafft, die Familienangelegenheit zu lösen. Deshalb mussten die drei sterben wie meine Familie«, sagte er und senkte den Kopf.

»Sie haben vor zwanzig Jahren das Haus angezündet?«, fragte Thomas und versuchte dabei so empathisch wie möglich Kuhn eine Antwort zu entlocken.

Der schaute weiterhin auf den Boden und nickte stumm. »Irgendwann habe ich es nicht mehr ausgehalten. Eines Abends habe ich die Türen zum Elternschlafzimmer und zum Zimmer meiner Schwester abgeschlossen. In der Garage stand ein Zwanzig-Liter-Kanister mit Rasenmäherbenzin«, sagte er schließlich und machte eine Pause. »Ihre Schreie waren entsetzlich laut.«

Auch Feld fiel in diesem Moment aus allen Wolken. Er selbst hatte es vor Jahren nicht geschafft, dieses dunkle Geheimnis ans Licht zu bringen.

»Und warum musste Astrid Semmler sterben?«, hakte Thomas nach.

»Niemand hätte sterben müssen«, rief Kuhn verzweifelt. »Astrid Semmler war ein Unfall. Sie wollte weglaufen und ist ausgerutscht. Da brauchte ich kurzfristigen Ersatz.«

»Verstehe. Und den haben Sie dann in Julia Buschkowsky gefunden«, suggerierte Thomas.

Kuhn nickte wieder.

»Und der Junge mit dem Skateboard?«

»Er hätte mich verraten. Was sollte ich denn tun? Na ja, dann hat sein Freund das Versteck verraten«, sagte Kuhn.

»Direkt danach haben Sie das Tor zum Areal mit der Lagerhalle zerstört, damit es aussah, als wären Sie geflohen?« Thomas erschloss sich nun der ganze Tathergang vor dem inneren Auge.

»Ja. Und dann bin ich wieder zurück zu den anderen. Ich durfte ja nicht auffallen.«

»Und ich gehe mal davon aus, dass Sie Ihr selbst gebautes Gefängnis ebenfalls angezündet haben.«

»Sie haben erwähnt, dass Sie meine DNA finden würden. Ich musste die Spuren vernichten«, erklärte Kuhn.

»Und auf dem Weg dorthin haben Sie gleich den Polizeibeamten vor Ihrer Wohnung aus dem Weg geräumt«, sagte Thomas.

»Der war auch ein Kollateralschaden«, antwortete Kuhn.

Thomas hatte Mühe, seine Emotionen unter Kontrolle zu halten. »Ist Ihnen mal in den Sinn gekommen, dass es vielleicht unverhältnismäßig ist, so viele Menschen aus dem Leben zu reißen, nur damit Sie Ihr Seelenheil finden?«

Kuhn schaute an die Decke und überlegte. »Nein, eigentlich nicht«, antwortete er schließlich.

Thomas sprang vom Stuhl auf und schaltete das Mikrofon auf dem Tisch aus. »Ich denke, das reicht erst mal.« Er verließ den Vernehmungsraum und schloss unsanft die Tür hinter sich. Niklas Feld folgte ihm in das Nebenzimmer des Vernehmungsraums, in dem Jan Wolf die ganze Szene hinter dem Venezianischen Spiegel beobachtet hatte.

»Unglaublich«, kommentierte er.

Professor Feld unternahm einen Erklärungsversuch. »Kuhn leidet unter krankhaftem Realitätsverlust.«

»Das mag sein. Zwischendurch hatte ich allerdings schon den Eindruck, als wüsste er genau, was er tut.«

»Und wie geht es weiter?«, fragte Jan.

»Jetzt werden wir Kuhn dem Haftrichter vorführen und

dann kommt er in die Untersuchungshaft. Und bei der derzeitigen Beweislage und dem Geständnis wird er den Rest seines Lebens entweder im Gefängnis oder in einer forensischen Anstalt verbringen.« Thomas schaute den Professor an, der ihm zunickte.

»Vielleicht findet er ja dort den Seelenfrieden, den er sucht«, sagte Feld.